KB196254

나는 걷는다

나는 걷는다

임경숙 소설

도화

차례

염소 도둑

미애가 죽었다!

그 비보를 듣는 순간 머릿속이 진공상태처럼 텅 비었다. 단 한 순간도 생각하지 못한 소식이 날아들었던 것이다. 충격파란 이런 것인가. 비몽사몽처럼 어지러웠다. 나는 뒤통수를 한방 세게 얻어맞은 양 휘청거렸다. 누군가의 죽음 하나로 현실이 비현실로 뒤집힌 느낌이었다. 잠시 할로윈 망토라도 뒤집어쓴 것일까. 환영의 세계로 빨려 들어가 길을 잃은 아이처럼 넋이 빠진 것일까. 정신이 탈선한 듯 덜컥거렸다. 금방이라도 좌충우돌, 어딘가에 마구 부딪힐 것만 같다.

연말이 다가와 처리해야 할 서류가 산더미처럼 쌓였고 주말도 없이 일에 짓눌려 있었다. 초를 다투며 잠을 줄이면서 마감해야 할 연말 결산이 숨통을 조였다. 그 가운데 한 친구의 부고장은 멍한 상태로 몰고 갔다. 하루하루 악착같이 아등바등거리며 오늘을 살고 내일도 그렇게 살아야 할 일상이 무슨 의미가 있을까. 누군가의 죽음 앞에서 삶이란 것은 너무도 왜소해 보였다. 나는 모든 업무를 뒤로 미루고 자리에서 일어났다. 사무실에 갇혀있는 동안 간간이 창밖을 내다보았을 때 하늘은 어느 때보다 어두웠다. 그런데 지혜의 전화를 받고 서둘러 지하 주차장을 빠져나오니 아스팔트는 물기를 머금어 한층 더 진한 색깔로 바뀌어 있었다. 바람한 점 없는 허공으로 무수한 빗줄기와 희끗희끗한 눈이 뒤섞여 내렸다. 그것은 잿빛 캔버스에 아른아른한 빗살무늬를 긋는 것처럼 보이기도 했다. 진눈깨비였다.

아직 퇴근 시간보다 이른 시간이라 도로는 붐비지 않았다. 시외곽에 위치한 장례식장까지는 상당한 거리였다. 날씨가 험한 탓인지 도로에는 의외로 차량이 적었다. 눈과 비가 마구 섞여 내리는 길은 몹시 미끄러웠다. 바짝 긴장하고 운전대를 잡은 탓인지 손바닥이 축축했다. 차창 밖 진눈깨비는 끊임없었다. 하필 이렇게 궂은 날씨에 가다니, 나도 모르게 혼잣말이 새어 나왔다. 내비게이션이 가리키는 방향대로 차를 몰았다. 와이퍼는 창에 무겁게 눌어붙는 진눈깨비를 주기적으로 밀어내고 있지만 그만큼의 젖은 눈이 또 쌓였다. 그때마다 잠시 시야가 가려지곤 했다.

장례식장은 한산했다. 미애의 가족과 친척으로 보이는 몇 사람이 검은색 상복을 입고 있었다. 그 주변에는 문상객 서너 명이 서성거렸다. 홀 안은 날씨 탓도 있겠지만 수용 인원에 비해 사람이 턱없이 적어 한없이 넓어 보였다. 게다가 코로나19 탓도 있었다. 집합 금지령에 죽은 사람을 애도하는 것도 삼가고 절제해야 할 시기였다. 건물 밖에 주차한 차량도 드문드문했다. 계속해서 주차장을 바라보고 있었지만 진입해 들어오는 차는 거의 보이지 않았다. 시나브로 어둠이 내리고 있었지만 진눈깨비는 그칠 기미도 없이 하염없이 추적추적 내렸다. 세상이 한순간 어둠 속으로 침몰하여 심해에 갇힌 거대한 폐선 같았다. 모든 게 적요했다.

여섯 시가 넘었다. 다섯 시까지는 도착할 거라고 장담했던 지혜와 민정은 나타나지 않았다. 기다리는 내내 그들에게 전화를 걸어 볼까 몇 번이나 휴대전화기를 꺼냈다. 지하철을 타지 않으면 약속 시간을 지킬 수 없는 도로 상황을 생각했다. 막힌 구간에서 애태우며 오고 있을 그들의 처지를 생각해 조바심이 이는 마음을 눌러 앉혔다.

한 도우미가 빈 식판이 가득 쌓인 구석에 우두커니 서 있다. 그녀는 마땅히 할 일이 없어 보였다. 대기하는 시간이 무료한지 연거푸 하품을 해댔다. 이따금 나와 눈이 마주쳤다. 그럴 때마다 황급히 시선을 돌렸다. 처음 보는 사람끼리 시선이 얽히는 것은 꽤나 껄끄러운 일이다. 바람맞고 마냥 기다리는 내 처지가 딱하다고 여기는 것일까. 자신이 아무 일도 하지 않고 있는 것이 부담스러운지 내게 다가왔다. 그녀는 사무적인 얼굴로 물었다.

"지금 식사를 준비해 드릴까요?"

나는 고개를 가로저었다. 그녀는 조금 민망해진 표정을 지으면서 서 있던 자리로 돌아갔다. 그러나 시간이 상당히 지났음에도 아무도 나타나지 않았다. 주변에 있는 몇몇 문상객마저 계속해서 빈자리를 지키고 있는 나를 힐끔거렸다. 다시 전화기를 들여다보았다. 카톡이나 문자도 없었다. 혹시라도 내가 시간을 잘못 알고 있는 것은 아닐까. 요즘 들어 깜박거리는 내 기억력을 의심했다. 그런 생각이 들자 그녀에게 전화를 걸어 확인하지 않을 수 없었다. 트로트 가요 벨소리가 요란하더니 그녀 목소리가 튀어나왔다.

"미안, 미안해. 수현아! 금방 도착할 거야. 누구 좀 같이 태우고 가느라 좀 늦어."

그녀는 빠른 속도로 할 말만 마치고 일방적으로 통화를 차단했다. 사람의 습관이란 죽을 때까지 고칠 수 없는 것인지도 모른다. 초등학교 때부터 친구였던 그녀는 세월이 가도 시간에 대한 개념이 없었다. 언젠가 그녀의 그런 습성을 고쳐보려고 모진 말을 뱉은 적이 있다.

그날도 점심 약속을 해놓고 삼십 분이 지나도록 약속 장소에 오지 않았다. 한창 붐비는 식당에서 주문도 하지 않은 채 테이블을 차지하고 내가 눈에 거슬렸는지 사장은 몇 번이나 이맛살을 찌푸렸다. 자리가 없어 들어왔던 손님들이 낭패한 낯빛이 되어 밖으로 나가니 그는 참을 수 없었던 모양이다. 잔뜩 사나운 얼굴로 오더니 당장 나가달라고 쏘아붙였다. 사장의 큰 소리에 여기저기서 꽂혀오는 시선들에 얼굴이 화끈 달아올랐다. 나는 쫓겨나듯 자리에서 일어나 밖으로 나왔다. 점심도 거른 채 사무실을 향해 걸어가는데 앞쪽에서 지혜가 보였다. 급할 게 하나 없는 사람처럼 아주 느긋한 걸음이었다. 그런 모습에 순간적으로 화가 치밀었다. 나도 모르게 내지르는 목소리가 제법 컸다. 지나가는 사람들이 나를 쳐다봤다.

"이게 뭐야? 늦으면 늦는다고 연락을 해 주던지. 너, 사람을 바보로 만드는데 소질 있구나. 이 따위로 약속할 거면 하지 마. 도대체 개념이 있는 애야 없는 애야! 이런 식으로 만날 거면 너랑 나, 다시는 보지 말자. 넌! 도둑이야. 남의 시간 훔쳐 가는 시간 도둑-년."

그녀는 입을 틀어막으며 휘둥그레진 눈으로 뭐라 말하려고 했다. 하지만 나는 그녀를 무시하고 쳐다보지도 않았다. 뒤도 돌아보지 않았다. 그녀가 뭐라 변명한들 내 귀에 들어올 리 만무했다. 매번 늦으면서도 미안하다는 사과 한마디 없었다. 자신의 고질적인 습관이 남에게 폐가 된다는 사실을 모르는 것 같았다. 그것을 고치지 않는 한 다시는 만나고 싶지 않았다. 그러나 그것은 나만의 생각이었다. 며칠이 지난 후 그녀로부터 전화가 왔다. 목소리는 풀이 죽어 주눅이 들어 있었다.

"너한테 도둑년 소리 듣고 얼마나 섭섭했는지 알아? 이틀 동안 잠이 안 오더라. 그깟 시간 좀 늦었다고 그런 욕을 하다니. 처음에는 나도 너 안 보려고 했어. 그런데 가만히 생각해보니 네 말이 맞는 거 같아. 내가 너한테 그런 욕 먹어도 싸지. 나 많이 반성했다. 앞으로 약속하면 절대로, 절대로 늦지 않을게. 그러니까 마음 풀고 만나 주라. 주말에 시간 좀 내. 내가 밥 살게."

그녀가 제대로 약속을 지킨 것은 그날 하루뿐이었다. 이후로도 약속 시간이 어긋날 때마다 나는 발칵발칵 화를 냈다. 하지만 어느샌가 가랑비에 옷이 젖듯 곁에 와서 헤실거리면 아무 일 없다는 듯 넘어가곤 했다. 그렇게 받아주고 넘어가 주는 게 질긴 우정인지 모르겠다. 나는 속으로 궁시렁거리면서 어쩔 수 없이 그녀를 곁에 두었다. 그녀는 몇 안 되는 오랜 친구 중 하나였다.

앉은 자세로 무릎을 구부리고 있자니 다리가 저렸다. 두어 시간 넘게 기다린 끝에 지혜와 민정이 온 모양이다. 그들의 모습은 보이지 않았지만 출입구와 직면한 호상소를 지나면서 화통같이 오열하는 소리가 그들의 도착을 알리고 있었다.

"미애야, 미애야, 이게 웬일이니? 수술 잘 됐다고 해서 금방 퇴원할 줄 알았지. 갑자기 네가 우리 곁을 떠나다니, 누가 알겠어? 나쁜 년. 지난봄에 약속했잖아. 이팝나무꽃 피면 다시 한번 뭉쳐

보자고. 꽃그늘 아래 한 번 더 걸어보자고 했잖아. 지키지도 못할 약속 해놓고 너부터 사라지냐? 남편 살려서 잘 살겠다고 했잖아. 그런데 왜 먼저 가니? 이건 아니지. 이건 아니잖아."

그들은 곡비처럼 울었다. 마치 곡을 잘해야 망자가 구천을 떠돌지 않는다는 것을 믿는지 참 서럽게도 울었다. 억장이 무너지는 울음 사이로 미애 아들의 억눌린 흐느낌이 섞여 있었다.

미애는 간암 말기 남편을 지극정성으로 돌봤다. 평생 몸담아왔던 교직 생활도 미련 없이 던졌다. 오로지 남편을 살리기 위해 밤낮으로 노심초사했다. 그런 그녀가 지난여름에 쓰러졌다. 뇌졸중이었다. 더위가 한창 극성을 부릴 때 전해진 그녀의 입원 소식에 그저 발만 동동 구를 수밖에 없었다. 중환자실에 누워 있는 그녀를 두고 코로나 거리 두기로 인해서 병문안조차 갈 수 없었다. 안부가 궁금해도 알 길이 없었다. 가을 초입쯤 그녀가 수술이 잘되어 회복 중이란 소식을 전해 들었다. 그래서 조만간에 병문안 가서 만날 걸 조금도 의심치 않았다. 그런데 오늘 그녀의 휴대전화로 전달된 아들의 문자 한 통은 '오늘 새벽 사랑하는 어머님이 하늘나라로 떠나셨습니다'였다.

그것은 마른하늘에 날벼락이었다. 마치 무방비 상태에서 일격을 당한 것처럼 정신이 없었다. 머릿속은 실타래를 마구 흩어 놓은 것처럼 어지러웠다. 업무는 기계적으로 처리하고 있었지만 순간순간 아득함이 밀려왔다. 일머리는 손에 잡히지 않았다. 삶과 죽음의 경계가 흐릿하게 뭉개져서 안개 속을 떠다니는 느낌이었다. 눈앞의 현실이 희뿌옇게 보였다. 죽음이란 턱밑까지 다가왔을 때 비로소 실감 나는 괴물이었다. 너무도 가까이에 매복하고 있었다.

미애는 누구보다 건강했다. 암울한 상태에도 불구하고 씩씩하게 견뎌냈다. 곁에서 지켜보던 사람들은 그녀를 응원하며 남편의 쾌유를 빌었다. 코로나19 동안 그녀를 만나지는 못했다. 전화상으로 듣는 목소리는 언제나 밝았다. 더군다나 깊은 병의 남편보다 말짱했던 그녀가 앞서 떠날 거라곤 누구도 생각지 못했다. 때 이른 죽음은 남겨진 자의 삶 속에 얼마나 큰 소용돌이가 치는지 새삼스러웠다. 또한 삶의 유효기간에 대해서 다시금 생각하지 않을 수 없었다. 손등과 손바닥처럼 쉽사리 뒤집히기 쉬운 게 사람의 삶과 죽음의 경계선인가.

지혜와 민정은 얼마나 울었는지 눈자위가 벌겋게 부어올랐다. 홀 안으로 들어서는 그들 뒤에 남자가 따라 들어왔다. 남자는 나를 외면한 채 시선을 멀리 던져두고 뻘쭘하니 서 있었다. 민정이 남자에게 방석을 꺼내주면서 앉기를 권했다. 남자는 하필이면 내 앞에 와 앉았다. 검정 마스크로 하관을 가리고 있어 누군지 알 수가 없다. 두 눈만 빼꼼했다.

"수현아, 애 기억나?"

민정이 턱짓으로 남자를 가리켰다.

"글쎄, 누구?"

나는 남자를 유심히 살폈다. 남자는 어디가 불편한 것인지 부자연스럽게 앉았다. 마스크를 벗고 얼굴을 내밀었지만 생소했다. 뭔지는 모르겠으나 마음에 거스러미가 인 것처럼 껄끄러웠다. 남자의 눈빛은 나사가 풀린 모양으로 한없이 느슨하고 나태해 보였다. 며칠 면도를 하지 않은 것인지 입 주변은 제멋대로 자란 수염으로 인해 불결해 보이기까지 했다.

"너 정말 생각이 안 나? 초등학교 때 같은 반, 김영모잖아."

그 이름을 듣는 순간 쓰고 있던 안경을 콧잔등 위로 끌어올렸다. 초점을 맞춰 김영모라고 하는 남자를 다시 한번 쳐다봤다. 내가 빤히 쳐다보자 그는 내 눈을 피했다. 나는 두껍게 이끼 낀 시간들을 밀어내며 기억을 더듬어 보았다. 갑자기 심장이 쿵 내려앉으며 미친 듯 방망이질을 해댔다. 지나간 세월 속에서 지우고 싶은 흑역사가 있다면 망설임 없이 제일 먼저 지우고 싶은 부분이 바로 그와 연관된 것이다. 언제 떠올려 봐도 그와 얽혀있는 그 시간은 악몽 그 자체였다. 두 번 다시 마주치고 싶지 않은 사람이었다. 이 시간 이런 자리에서 그를 만나게 될 줄은 꿈에서조차 생각지 못한 일이었다.

그의 행색은 남루했다. 바짝 여윈 체구와 볕에 그을린 까만 얼굴, 움푹 팬 두 뺨과 자글거리는 주름들, 이 모습이 그가 살아온 이력인가. 그가 김영모임을 확신하게 만든 것은 아랫입술 아래

찍혀있는 까만 점이었다. 턱 부위에 도톰하게 올라온 그 점은 말할 때마다 입술의 움직임에 따라 실룩거렸다. 그 모양을 보고 있으면 이상하게도 기분이 나빴다. 어떤 말을 해도 점의 움직임이 묘해서 비아냥거리는 표정으로 귀결되곤 했다. 잘못 자리 잡은 점의 위치는 상대방에게 이죽거리는 모양새로 보였다. 나는 그를 눈여겨 살펴봤다. 그의 전체적인 분위기는 순탄하게 나이들지 못하고 마구잡이로 살아온 과거가 엿보였다. 그가 아무리 점잔을 뺀다 한들 바탕은 어쩔 수 없는 바닥처럼 보였다.

"이수현, 그동안 잘 살았나 봐. 신수가 훤한데."

그와 나 사이, 꽤 많은 시간이 흘렀음에도 불구하고 나를 향한 첫마디부터 꼬였다. 나는 갑작스레 맞닥뜨린 이 상황에서 무슨 말부터 꺼내야 할지 몰랐다. 상대할 가치가 없으니까 아무런 대꾸도 하지 말고 자리를 박차고 나가버릴까. 아니면 지나가는 말처럼 평범을 가장해 그동안 안부라도 아무렇지도 않은 듯이 물어볼까. 나는 몇 번이나 말을 가다듬어 보았으나 싸움을 걸 듯 포문을 열어제꼈다.

"원수는 외나무다리에서 만난다고 했던가? 다시는 안 볼 줄 알았는데 뜻밖이네."

지혜가 나에게 눈을 찡긋거렸다. 민정은 손을 내저었다. 그러지 말라는 신호였다. 하지만 내 속에는 잠자고 있던 분노가 아직도 꿈틀거렸다. 시간이 지나도 지워지지 않았다. 나는 종이컵에

물을 따라 단숨에 들이켰다. 그를 향해 퍼붓고 싶은 말들이 부글부글 끓어올랐다. 나는 어금니를 사려 물었다. 한번 토해내기 시작하면 걷잡을 수 없는 폭언을 어떻게 다스릴지 자신이 없었다. 더군다나 여기는 장례식장이다. 소란을 피울 수도 없거니와 그렇게 해서는 안 된다고, 내 안에서 경고음이 삑삑거렸다. 그도 눈치는 있었던지 더 이상 말을 이어가진 않았다. 어색한 침묵이 맴도는 가운데 상이 차려졌다. 입안에 든 국밥이 깔깔했다. 맛도 모른 채 묵묵히 삼켰다. 밥알은 모래알 같았다. 천천히 씹으려 해도 겉돌기만 했다. 언제나 예고 없이 사라지는 것에는 익숙하지 않았다. 모두가 국밥을 뜨고 있지만 국밥 외에는 차려진 음식에 손을 대지 않았다.

밤이 깊어질수록 생전에 안면이 있던 미애의 지인들이 조금씩 늘어났다. 우리는 모르는 사람들을 피해 밖으로 나갔다. 출입구 가까이에 있는 자판기에서 커피 몇 잔을 뽑았다. 민정이 슬쩍 다가오더니 목소리를 낮췄다.

"너 아직도 옛날 그 일 때문에 영모랑 척지고 사는 거야? 너, 아까 보니까 사람이 아주 달라 보이더라. 평소의 너답지 않게. 어렸을 때 일 가지고 너무 그러지 마라. 이젠 나이도 먹을 만큼 먹었잖아. 그때는 뭣도 모르는 애들였잖아. 철부지들이 뭘 알았겠어?. 영모도 장난 좀 치려고 그랬다가 네가 몹쓸 일을 당한 거고. 영모 재도 알고 보면 불쌍한 놈이잖아. 여태 사람 구실도 못해서 누나들한테 빌붙어 산다잖아."

나는 하마터면 입안에 머금고 있던 커피를 분수처럼 내뿜을 뻔했다.

"너도 쟤 편이야? 영모가 불쌍하긴 뭐가? 사람은 제가 지은 업보대로 사는 거지."

"수현이 너도 참, 쟤한테 모질게 굴지는 마. 미애가 죽었다고 이제서야 우리 앞에 나타난 거 보면 애처롭지 않니? 그래도 미애가 첫사랑이라고 저승길 배웅해 주러 온 건데. 쟤한테 우리까지 너무 야멸차게 굴 필요는 없잖아? 좀 너그럽게 굴어 봐."

나는 헛웃음만 나왔다.

"민정아, 네가 나였다면 너는 그럴 수 있을까? 당해보지 않은 사람은 몰라. 나는 영모 놈이 얼마나 사악한 놈인지 일찌감치 겪어봤어. 내가 살아있는 한 결코 잊을 수 없는 폭행을 경험했으니까. 쟤는 지금도 아마 같은 놈일 테지. 사람은 변하지 않아. 내 생각은 그때나 지금이나 변함없어."

"하긴 너한테는 그럴 수 있겠다. 그때 담임이 딴 학교로 쫓겨 갔고 너는 병원에 있다가 다른 학교로 전학 갔으니까. 오죽했으면 그랬을까. 이해할 수 있어. 그래도 이제는 좀 마음 편하게 먹어."

그녀는 내 어깨를 토닥거리며 고개를 끄덕여 주었으나 진심으로 여겨지진 않았다.

영모는 밤새 장례식장에 남겠다고 우겼다. 지혜와 민정이 말렸다. 남의 이목도 있으니 찜질방에 가서 밤을 보내고 내일 보자고 했지만 고집을 피웠다. 상가를 지키고 있는 미애 아들이 마음에 걸린다고. 미애 남편도 중환자실에서 생사를 다투는 마당에 누가 뭐라 하겠냐고 떼를 썼다. 미애 남편은 산소 호흡기에 목숨을 저당 잡힌 채 간당간당한 상태로 언제 삶의 불꽃이 꺼질지 모르는 위급 상황이었다. 죽음을 향해가는 초침은 째깍째깍 예정대로 흘러갈 것이다. 줄초상이 날지도 몰랐다. 졸지에 부모를 한꺼번에 잃을지도 모를 미애 아들이 마음에 걸려 도저히 자리를 비울 수 없다는 게 그의 주장이었다.

"오늘 밤에라도 그 양반 죽으면 너희가 와 줄 수 있어? 너희는 걸리는 게 많잖아. 남편도 애들도 직장도 있는 너희가 단숨에 달려올 수는 없잖아. 걸리는 게 많은 너희 대신 내가 남겠다는 거야. 나처럼 홀몸이나 가능한 일 아니니? 왜 남의 이목을 의식해? 미애 아들만 생각하면 바로 답이 나오잖아. 밤에 빈소를 지키고 있는 사람은 아들뿐이야. 생전에 아무리 친했어도 얼굴만 삐죽 내밀었다가 부리나케 달아나는 사람들뿐이고. 장례식장을 한번 둘러봐. 썰물처럼 모두 빠져나갔잖아. 아무리 코로나가 무섭다 해도 진짜 무서운 건 변해버린 인정이지. 너무한다는 생각이 들지 않아? 입장을 바꿔놓고 생각해봐. 너희에겐 이게 남의 일로만 보여? 그러니까 나 말리지 마."

　그의 말에는 묘한 설득력이 있었다. 지혜와 민정은 그가 미애의 첫사랑이란 게 소문나면 혹여 아들이나 친인척에게 불미스러운 소문이 날까 걱정했다. 한편으로는 기가 막힌 죽음 앞에 그래도 자리를 지켜주는 것이 오히려 아들에게는 위로가 될 것이란 생각도 들었다. 미애 아들은 오히려 밤이 깊어지기 전에 어서 가라고 등을 떠밀었다. 험한 날씨를 염려하면서 주차장까지 나와 배웅해 주었다.

　자정이 넘어 집으로 돌아왔다. 온종일 갇혀있던 공기에선 시큼한 냄새가 났다. 아침에 깎아 먹고 식탁 위에 그대로 두었던 사과 껍질에서 스며 나온 냄새였다. 불을 켜자 어둠은 순식간에 물러나고 형광 불빛이 눈에 아리게 쏟아져 들어온다. 이틀을 몰아 하루를 산 듯 몹시 피곤했다. 씻지도 못한 채 소파에 몸을 뉘었으나 머릿속은 휑했다. 가슴에서 묵직한 무언가 빠져나간 듯 헛헛했다. 잠시 눈을 감았지만 잠은 쉬 올 것 같지 않았다. 몸은 물먹은 솜처럼 축축 늘어졌으나 머릿속은 생각이 너무 많아 편두통이 일었다.

　나는 소파에서 일어나 화장실에 들어갔다. 양치질을 했다. 편두통이 일 때마다 써먹던 방법이다. 두통약 대신 이를 닦고 나면 신기하게도 머리가 말개질 때가 있었기 때문이다. 거울 속에는 피로에 찌든 얼굴이 어른거렸다. 이미 이울기 시작한 얼굴이 한 없이 쓸쓸해 보인다. 지금은 거울 속의 나를 바라보고 있지만 언젠가는 저 얼굴도 지상에서 감쪽같이 사라질 것이다. 그리고 나를 알고 있던 사람들도 하나둘씩 사라지다 보면 내 존재의 무게는 티끌보다 더 작아져서 완벽하게 흩어질 것이다. 어두운 생각들이 몰려오는 밤이다. 양치질을 끝냈어도 편두통은 가시지 않는다. 계속해서 욱신거린다. 머릿속은 고무줄을 한계치까지 늘였다가 갑자기 놔버린 것처럼 놀라운 탄성으로 옥죄어왔다. 벽시계의 바늘 넘어가는 소리가 유난히도 크게 들린다. 종점을 향해가는 시간을 재촉하듯 한 치의 오차도 없이 균일하게 재깍거린다. 몸을 뒤척이며 눈을 감고 억지로 잠을 청해본다. 그러나 애를 쓰면 쓸수록 잠은 멀리 달아날 뿐이다. 저 멀리서 기억들이 양 떼처럼 몰려온다. 머리를 빳빳하게 쳐들고 울타리를 넘어오는 양들을 세어본다. 한 놈 두시기 석 삼 너구리 오징어 육개장 칠렐레 팔보채 구구단 십장생. 어릴 적 숫자를 셀 때 음률에 맞춰 읊조리던 가락을 도돌이표로 몇 번이나 돌려봐도 잠은 쉬 찾아오지 않았다. 암막 커튼 너머로 세차게 울부짖는 겨울바람 소리가 났다. 베란다 환기를 위해 조금 열어두었던 창문 틈을 비집고 바람이 들어오는 모양이다. 빈집에 음산하게 울려 퍼지는 귀곡성 같다.

그해 겨울은 유난히도 매서웠다. 맨손으로 쇠붙이 문고리를 잡으면 손에 쩍쩍 달라붙는 통에 몸서리가 쳐지는 강추위였다. 학교에서는 불조심 기간이라 아무리 동장군이 극성을 부린다 해도 절대 불을 피워서는 안 된다고 누차 강조했다. 그날 아침 나는 교실에 맨 먼저 도착했다. 의자에 앉았으나 너무도 추웠다. 책상과 의자에 와 닿는 선득한 느낌이 싫었다. 이가 달달 떨렸다. 자리에 앉지 못하고 발만 동동거렸다. 움직이면 조금이라도 덜 추울까 해서 교실 안을 걸어 다녔다. 얼마쯤 지났을까. 복도에서 왁자지껄한 소리가 났다. 그 소리와 함께 교실 뒷문이 왈칵 열리더니 한 무리 남자애들이 교실 안으로 쏟아져 들어왔다. 그들은 아무도 없는 줄 알고 들어왔다가 나를 발견하고는 흠칫 놀라는 기색이었다. 나도 깜짝 놀라 얼른 자리에 가 앉았다.

"뭐야, 우리가 일등인 줄 알았는데 꼬맹이가 먼저 와 있네."

그들은 난롯가에 둥글게 머리를 맞대고 저들끼리 뭔가를 한참 동안 수군거렸다. 그리고는 곁눈질로 나를 힐끔거렸다. 나는 아무것도 듣지 않은 척 일부러 책을 꺼내놓았다. 그들과 말을 섞을 만큼 가까운 사이가 아니었다. 나는 전학 온 지 얼마 되지 않아 그들 모두가 서먹했다. 이름과 얼굴도 익히지 못한 때였다. 다만 유난히 설치고 다니는 영모는 전학 온 날부터 알고 있었다. 그는 틈이 날 때마다 내게 다가와 이런저런 신상을 캐물었다. 아버지의 직업 특성상 이사가 잦았다. 나는 일 년에도 두세 번 전학을 다니다보니 반 애들과 굳이 가까이하고 싶지 않았다. 특히 남자

애들은 키가 작은 나를 심하게 놀려먹어 거리를 두려고 했다. 영모는 말을 꺼낼 때마다 입에서 단내가 났다. 나에 대해 궁금한 게 많았는지 묻는 것도 많았다. 내가 입을 꾹 다문 채 아무 말도 하지 않으면 주머니 속에서 부스럭거리며 사탕이나 과자 나부랭이를 꺼내 들이밀었다. 아마도 그는 나에게 사탕이나 과자를 주면 제 뜻대로 나를 조종할 수 있다고 생각한 모양이다. 부모 몰래 가져온 사탕이나 과자가 반 애들에게는 먹혔다. 그는 단 것이 부리는 요술에 도취했는지 애들 위에 군림하며 위세를 부리고 다녔다. 반 애들은 그가 학교에 올 때마다 주머니 속을 빵빵하게 채웠던 단맛에 길들어갔다. 그 당시 군입정거리에 궁색한 애들은 그의 주변으로 개미 떼처럼 모여들었다. 그의 말 한마디면 비굴할 만큼 순종적으로 굴었다. 달콤한 냄새에 몰려드는 일개미처럼 그의 꽁무니를 열심히 따라다녔다. 어느 날인가 다른 반 여자아이가 그에게서 알사탕 하나 얻어먹으려다가 온갖 창피를 당한 일이 있었다. 그녀는 하루종일 씩씩거리다가 하굣길에 만난 그의 뒤통수에다 대고 고래고래 소리를 질러댔다.

"이 도둑놈아! 사탕 한 알이 뭐라고 끝끝내 안 주냐? 너 그러고 다니면 너네 집 망할 거야. 왜 그런지 알아? 네 엄마 아버지가 파는 것보다 네가 훔쳐다 먹어 조지는 게 더 많아서 그래. 너 때문에 네 놈 집구석 몽땅 망할 거야!"

그녀 말의 위력은 얼마 지나지 않아 나타났다. 정말 영모네 만물상회는 쫄딱 망했다. 그의 아버지가 하루아침에 심장마비로 세상을 떠났다. 영모네 가세는 한순간에 기울었다. 그의 최종 학력이 국졸이고 보면 그의 황금기는 형편없이 짧았다.

"어이 꼬맹이, 춥지 않냐? 난로에 불 피울 테니까 이리로 와봐."

남자애들이 나를 꼬드겼다. 나는 일부러 못 들은 척했다. 뭔지 모를 수상한 냄새가 풀풀 났다. 그들은 연거푸 나를 재촉했다. 어떻게 해야 하나 망설였다. 시간이 지날수록 목소리는 점점 사나워졌다. 그들은 나에게 금방이라도 한 대 후려칠 듯 주먹을 들어올리기까지 했다. 게다가 영모는 매섭게 째려보기까지 했다. 나는 겁을 먹고 잔뜩 움츠러들었다. 그때 우두머리 격인 영모가 앞자락이 불룩 튀어나온 주머니 속에서 성냥곽을 꺼내 내게 내밀었다.

"꼬맹아, 성냥 좀 그어줄래?"

그는 다정하게 말했지만 실은 위협이었다. 나는 망설이지 않을 수 없었다. 어제 담임이 종례 시간에 했던 말이 생각났기 때문이다. 다른 지역 애들이 학교에서 불을 피웠다가 교실을 홀라당 태워 먹은 사건이 있었다. 담임은 종례 시간마다 그것을 예시로 삼아 불조심할 것을 누누이 강조했다.

"교실에서 불 피우면 절대 안 된다고 선생님이 말씀하셨잖아.

난 너희 일에 끼고 싶지 않아. 난롯불 피우고 싶으면 너희끼리 해. 난 싫다니까."

나는 그가 내민 성냥곽을 피해 몸을 뒤로 제쳤다. 의자 등받이에 허리를 밀착하고 버텼다. 순간 그의 눈빛이 달라졌다. 내 손목을 거칠게 잡아당겼다. 그 바람에 나는 영모 쪽으로 딸려갔고 품 안에 안긴 꼴이 되었다. 바로 눈앞에서 번쩍하는 빛이 보였다. 그것은 성냥불이었다. 코끝에 유황 냄새가 스쳤다.

"이 겁쟁이 꼬맹아, 그냥 나처럼 이렇게 성냥 한 번 긋는 일이야. 아주 쉬운 거니까 너한테 시키는 거야. 어려운 거라면 당연히 내가 하지. 애들아, 안 그러냐?"

"맞아, 맞아."

남자애들은 한목소리였다. 그는 내 손에서 벙어리장갑을 벗기더니 손가락에 성냥개비를 억지로 끼웠다. 두 눈을 부라린 채 내 눈을 쏘아봤다. 어쩔 수 없이 성냥을 그었다. 그는 아주 만족한 얼굴로 키득거렸다. 남자애들은 내 책가방에서 아직 쓸 여분이 많은 공책까지 마구잡이로 꺼냈다. 그리고는 아무렇게나 북북 찢어내 함부로 구겼다. 난로 속으로 속으로 들어간 종이들은 조그만 불길에도 화르륵, 뱀의 혀처럼 날름거리며 타올랐다. 그들의 낯빛은 주홍 불빛으로 번들거렸다. 나는 그들이 낄낄대며 나를 놀리는 소리가 싫어 귀를 막고 눈을 감았다.

담임이 조례 시간에 맞춰 출입문을 열고 들어왔다. 유난히 흰 얼굴이 빨갛게 달아올라 있었다. 반 아이들은 숨을 죽였다. 그의 얼굴빛은 감정의 기복을 정확하게 측정하는 계측기였다. 너무도 투명하게 전달되는 감정 색깔에 반 애들은 마른침을 꿀꺽 삼켰다.

"어떤 놈이야? 불 피운 놈 나와! 당장 나와!"

담임은 벼락같이 소리를 질렀다. 교실 분위기는 깊은 밤처럼 고요했다. 누구도 숨소리를 내지 않았다. 그의 숨소리가 거칠었다. 반 아이들은 머리 위로 고압선이 지나간 듯 고개를 푹 수그리고 미동조차 없었다.

"당장 나오지 못할까!"

두 번째 고함이 떨어졌다. 그 바람에 나는 간이 콩알보다 더 작아졌다. 두려움의 덩치는 점점 더 커갔다. 그의 입에서 세 번째 소리가 튀어나온다면 반 전체는 재앙을 맞이하는 것이나 다름 아니다. 지금 당장 누군가 앞으로 나서지 않으면 하루종일 단체기합을 받는 것은 불을 보듯 뻔했다. 책상 위로 올라가 무릎 꿇고 의자를 들어야 했다. 의자의 무게를 못 이겨 흔들거리거나 팔이 조금이라도 내려오면 가차없이 귀싸대기가 날아왔다. 나는 몰려오는 공포로 덜덜 떨었다. 나는 제발 영모와 그 무리가 자진해서 교탁 앞으로 나서주길 간절히 바랐다. 그때였다. 갑자기 작은 소란이 일었다. 누군가의 입에서 내 이름이 나왔다. 그러자 반 애들은 연쇄 반응처럼 내 이름을 웅얼거렸다. 고개를 돌려 주변을 둘러보았다. 수십 개의 눈동자가 일제히 나를 쳐다봤다. 내 자리에서 대각선으로 앉아있는 영모가 손가락을 들어 소리 없이 나를 가리켰다. 그는 아주 해맑은 웃음기를 머금고 있었지만 나는 소름이 돋았다.

쿵쿵쿵, 빠른 발자국 소리가 들려왔다. 고개를 돌리려는 순간 머리가 심하게 흔들렸다. 신음조차 내지 못할 어마어마한 충격에 머리가 꺾였다. 앞이 깜깜했다. 쇠로 만든 갈퀴처럼 차디찬 손이 목덜미를 낚아채더니 아무렇게나 끌어냈다. 나는 이리저리 부딪치며 끌려나가 교실 바닥에 내팽겨졌다. 담임의 분노만큼 내 몸에 가해지는 충격은 상상을 초월했다. 정신마저 산산조각 나는 것 같았다. 불을 피운 전후사정을 말하고 싶었으나 입이 뗄 수가 없었다. 무어라 말할 틈도 주지 않고 마구잡이 폭행이 가해졌다. 닥치는 대로 후려치고 걷어찼다. 분노의 화신이 따로 없었다. 그는 너무도 잔인하게 나를 부수었다. 영혼까지 부술 태세였다. 미쳐 날뛰는 자에게 당하지 않을 재간이 없었다. 시간이 지날수록 내게 와 닿는 고통이 차츰 무뎌졌다. 몸에 부딪히는 흉기들은 둔탁한 소음만 낼 뿐이었다. 그의 폭행은 오전 내내 이어졌다. 수업 시간에는 냉기 가득한 복도에서 두 손을 들어야 했고 쉬는 시간에는 교실로 다시 끌려 들어가 맞았다. 주먹으로 맞고 각목으로 터지고 구둣발로 차였다. 그는 순간순간 분풀이라도 하듯 팼다. 내 정신은 겁에 질려 오락가락했다. 정신이 나갔다 들어왔다 제멋대로 드나드는 바람 같았다. 얼굴을 얼마나 맞았는지 모든 감각이 뭉툭했다. 머릿속이 몽롱했다.

오전 수업이 끝나갈 즈음 교실 창가에 그림자가 어른거렸다. 나는 가까스로 고개를 들었다. 영모가 혀를 길게 빼물고 나를 조롱하듯 쳐다보았다. 나는 부어오른 눈을 치뜨고 그를 노려보았다. 천근만근이나 되는 바윗덩이 같은 팔을 든 채 그 눈빛을 절대 잊지 않으리라 입술을 앙다물었다. 그 표정과 그 혓바닥을 보면서 뼛속까지 새겨 넣었다. 담임은 수업을 끝내고 점심을 먹기 위해 교무실로 돌아갔다. 그의 모습이 시야에서 완전히 사라졌을 때 나는 들고 있던 손을 내리고 자리에서 일어났다. 교실로 들어가 가방과 소지품을 챙기고 학교를 빠져나왔다. 그가 뒤에서 쫓아 나올까 몹시 두려웠지만 더 이상 학교에 있다가는 죽을 것 같았다. 어떤 변명도 통하지 않는 그에게 나는 사냥 당하는 짐승 같았다. 교문 밖으로 나서서 길을 걸어가는 동안 마주치는 사람은 거의 없었다. 털목도리로 얼굴을 꼭꼭 싸매고 집을 향해 절뚝거리며 걸었다. 누군가 내 맨얼굴이라면 보았다면 어느 누구도 알아볼 수 없었을 것이다. 눈자위는 부어올랐고 입술은 터졌다. 손가락 몇 개는 부러졌는지 무엇이 닿을 때마다 비명이 새어 나왔다. 옆구리는 숨을 쉴 때마다 무지막지한 고통이 몰려왔다. 성냥불 한 번 그은 것치고는 그 대가가 너무 비쌌다.

다음 날 어둑해서야 회사 업무가 끝났다. 어제 왔던 길을 되짚어 차를 몰았다. 어둠이 깊게 밴 길은 다행스럽게도 드문드문 켜진 가로등이 비춰주고 있었다. 장례식장에 들어서자 지혜와 민정은 로비에 나와 있었다. 검은색 코트를 걸친 그들도 안색이 좋지 않았다. 지난밤 나처럼 잠을 이루지 못한 것 같았다.

"오늘 밤엔 문상객이 없어서 너무 썰렁해. 가뜩이나 추운데 사람들마저 조문하러 오지 않으니 괜히 내가 서럽다. 정승댁 개가 죽으면 문전성시 이루고 정승이 죽으면 썰렁하다는 말이 빈말은 아니네. 어쩌면 교단에 섰던 애가 문상 오는 동료도 별로 없고 제자들도 코빼기를 안 내미는지 이해할 수가 없어. 아무리 현직에서 떠났고 코로나가 무섭다 해도 다들 너무 하는 거 아냐? 미애 걔가 이렇게 인복이 없었나? 괜히 큰 장례식장 빌려서 더 쓸쓸한 것 같다."

민정은 서너 개의 조화만 서 있는 입구 쪽을 바라보며 씁쓸해했다.

"그건 아닐 거야. 코로나 전염 때문에 사람들이 극도로 몸을 사리고 있어서 그런 거지. 게다가 여기저기 연락할 어른도 없잖아. 어린애가 어떻게 부고를 내겠어? 경황이 없다 보니 사정이 이렇게 돌아간 게지. 우리라도 끝까지 남아서 마무리 잘해 보자."

지혜의 말에 고개를 끄덕였다. 살아오면서 장례식장을 몇 번 다녀봤지만 이토록 한산한 상가는 처음이었다. 코로나 이전에 거리에 넘치던 사람들은 다 어디로 숨은 것일까. 화려한 조명은 초저녁부터 꺼지고 밤새 몰려다니던 취객들은 어디로 사라진 것일까. 불콰해진 얼굴로 진한 농담을 던지던 골목들은 어디서 잠자고 있는 것일까. 도로 위에 밀려다니던 차들은 어디서 달리기를 멈추고 깊은 동면에 들어간 것일까. 문상객이 사라진 을씨년스런 상가에서 죽음의 실체는 더욱 짙은 명암을 드리웠다. 나는 텅 빈 홀에 들어가 자리를 잡았다. 영정사진 앞에서 서성거리던 영모가 다가왔다. 그새 옷차림새가 달라져 있었다. 어디서 빌려 입은 것인지 품이 맞지 않은 상복 차림이었다. 민정의 눈이 동그래지더니 그의 위아래를 훑어보았다.

"어머! 영모야, 네가 상주 같다. 남들이 보면 미애 남편인 줄 착각하겠다. 이걸 입을 생각은 어떻게 한 거야?"

"어제 말했잖아. 미애를 마지막으로 배웅해 주러 왔다고. 그래도 기본 예의는 갖춰야 하지 않을까. 이거 낮에 사무실에서 대여했어. 미애 처지를 생각하면 가슴이 무너진다. 무능한 놈 버리고 잘난 놈 만나 살라고 보내줬더니 이렇게 빨리 인생 마무리할 줄 몰랐다. 차라리 그때 죽기 살기로 매달려 볼걸. 헤어지지 말자고 목숨이라도 걸어볼걸. 지지고 볶고 피 터지게 싸우더라도 그냥 살아볼걸. 왜 이렇게 미련이 많은지 모르겠다."

그는 취기를 빌려 가슴 속에 쌓인 말을 꺼냈다. 제 가슴을 퍽퍽 쳐댔다. 마음껏 울고 싶은데 터트리지 못한 응어리가 비어져 나왔다. 그러더니 중심을 잃고 바닥에 쓰러졌다. 검은색 형체가 바닥에 납작 펼쳐지는 모습이었다. 슬픔이 지나쳐 기절한 것일까. 내가 알고 있는 김영모는 여전히 음흉하고 억세고 거칠어야 했다. 그래야 계속 미워할 수 있는 타당한 이유를 갖게 되는 것이다. 그런데 이렇게 눈앞에서 쉽게 허물어지는 모습은 지극히 낯설었다. 그는 미애와의 이별로 인해 명치끝이 아려오는 통증으로 사는 내내 울먹거리며 견뎌왔다고 했다. 그렇다 한들 지금 그것이 나와 무슨 상관이란 말인가. 나는 아무런 흥미도 느끼지 않으려고 했다. 아니, 남의 상가에 와서 술의 힘을 빌려 주저리주저리 읊어대는 술주정인지 신세타령인지 모를 소리를 늘어놓고 있는 그가 한없이 가증스러웠다.

지혜와 민정이 그에 대해서 이러쿵저러쿵 아무리 떠들어도 내게는 의미가 없었다. 그저 지나치는 빈말로 들릴 뿐이었다. 그를 철저히 묵살하고 싶었다. 그와 눈곱만치도 연결되면 또 다른 악연으로 이어질까봐 극도로 몸을 사렸다. 그것은 생각만 해도 끔찍했다. 지금이라도 그를 피할 수만 있다면 당장이라도 피하고 싶은 게 솔직한 심정이었다.

"온종일 서 있었더니 의족을 댄 부분에 문제가 생긴 것 같다. 민정아, 나 좀 부축해서 일으켜 줄래? 방에 가서 한번 봐야겠다."

그는 바닥에서 몸을 추스르더니 천천히 일어났다. 민정이 일어나 한쪽 어깨를 받쳐주었다. 그는 간신히 중심을 잡고 한쪽으로 기울어진 채 힘겹게 걸음을 옮겼다. 한쪽 다리를 심하게 절었다. 절룩거리는 모습을 보여주지 않으려고 애쓰는 모습이 역력했다. 그는 지나치게 나를 의식하는 것 같았다. 그는 상주들이 머무는 방으로 들어갔다. 어제와 오늘 내내 그와 마주치면서 외면했던 과거의 조각들이 하나둘씩 맞춰졌다. 그가 다리 한쪽을 잃었다는 사실을 까맣게 잊고 있었다. 기억하기 싫은 것을 억지로 잊는다고 잊는 것은 아니었다. 억지로 묻혔던 사실이 두더지처럼 꿈틀거렸다. 나는 회사에 급한 일이 생겼다고 어설픈 거짓말을 하고 자리를 빠져나왔다.

"내일 아침에 화장터로 와. 내일까지만 수고하자 우리."

아무렇게나 흐트러진 신발 중 내 것을 찾고 있는데 지혜가 등 뒤에서 소리쳤다.

좁은 골목길이다. 불빛 하나 없는 길이다. 먹물 같은 밤이 한없이 깊어 보인다. 그 골목을 지나야 할 명백한 이유도 모른 채 눈먼 자처럼 걷는다. 골목의 깊이가 빨판처럼 나를 빨아들인다. 또각또각, 내 뾰족구두 소리가 회절되어 돌아온다. 규칙적인 리듬이 막다른 골목 끝으로 이끈다. 그 안에 무엇이 있는지 모른다. 다만 본능이 이끄는 대로 걸어갈 뿐이다. 골목은 한없이 길었다. 가도 가도 끝날 것 같지 않다. 저편에서 끌어당기는 어떤 힘에 팽팽한 긴장을 느낀다. 아무것도 보이지 않는 길에서 용케도 방향을 놓치지 않는다. 얼마나 들어온 것일까. 나는 뒤를 돌아본다.

칠흑 같은 어둠 한 덩이 웅크리고 있다. 되돌아가기에는 너무 깊숙이 들어왔다. 차라리 가던 방향으로 나아가는 것이 낫지 않을까. 멈췄던 걸음을 다시 시작한다. 내 발자국 소리가 새삼스럽게 울려 퍼진다. 그 소리에 집중한다. 그런데 이상하다. 조금 전부터 다른 소리가 섞여 있다. 나만의 소리가 아닌 희미한 배경 같은 소리에 걸음을 멈춘다. 내가 내는 소리 외에 분명 다른 소리가 스며 있다. 한 템포 느린 박자처럼 축 처진 소리다. 그 소리는 바닥과 접촉하는 소음을 내며 점점 가까워진다. 소리는 들리지만 형체는 볼 수 없다. 머리카락이 곤두선다. 대체 무얼까.

언젠가 숲길에 산책하러 갔을 때 들려왔던 그 소리다. 숲 가장자리에서 무언가 아작아작 씹는 소리 속에 심지 같이 짓눌린 신음이다. 자신이 원치 않는 생사의 경계에서 있는 힘을 다해 내지르는 억눌린 비명이다. 나는 소리가 일으키는 공포에 눌려 도망치듯 산을 내려온 적이 있었다. 그때의 공포가 새삼스럽게 살아난다. 나는 살얼음이 끼어가는 의식을 다잡고 두리번거린다. 어둠이 완벽하게 지배하고 있다. 거기에는 악몽이 도사리고 있었다. 눈을 뜨고 있으면서 이것은 분명 꿈일 거란 자각, 그러나 그것은 현실이고 외면하려 해도 직면할 수밖에 없는 폭력이란 얼굴이다. 눈에 보이든 안 보이든 영혼을 파괴하는 어둠의 완력이다.

대학을 졸업한 후 첫 근무지는 고향 근처였다. 외갓집에서 시외버스로 한 시간 반 정도 거리였다. 새벽같이 일어나 집을 나서면 해가 진 후에야 돌아왔다. 해넘이 시간은 계절에 따라 달랐다. 겨울에는 퇴근하고 돌아올 때 깜깜한 들판을 거쳐 산자락을 휘감아 지나오기 때문에 창밖 풍경을 볼 수 없었다. 그러나 여름 해는 길어서 오고 가는 집과 직장 사이 모든 풍경이 눈에 들어왔다. 그해 여름 퇴근길 버스는 몹시 혼잡했다. 그러나 시간이 지날수록 내리는 승객들이 더 많아서 숨통이 좀 트였다. 나는 빈자리를 찾아 뒷좌석으로 갔다. 버스의 불규칙적인 진동에도 불구하고 미친 듯이 잠이 밀려왔다. 피로에 감긴 눈은 자꾸만 아래로 내려갔다. 땀내가 물씬 풍기는 어느 촌로의 어깨 위로 머리가 떨어졌다. 땀냄새가 너무도 지독했기 때문에 의식은 깨어있지만 좀처럼 눈은 떠지지 않았다.

그때였다. 버스가 급작스레 멈춰 섰다. 사고라도 난 것일까. 버스 기사가 급하게 경적을 울렸다. 비몽사몽간 눈꺼풀을 비비며 밖을 내다보았다. 버스 바로 앞에 택시 한 대가 눈에 띄었다. 버스와 같은 방향으로 서 있는 택시는 뒤 트렁크가 활짝 열려 있었다. 한 남자가 엉덩이를 뒤로 뺀 채 네 발로 다부지게 버티고 있는 염소와 승강이를 벌이고 있었다. 덩치가 큰 남자가 염소의 뿔을 단단히 붙잡고 택시가 있는 방향으로 끌었다. 하지만 염소의 힘은 만만치 않았다. 서로가 팽팽히 맞서는 형국이었다. 버스 기사는 길을 가로막고 있는 남자에게 거친 말로 어서 길을 비켜달라고 재촉했다. 남자는 버스 기사의 고함에도 불구하고 염소와 힘겨루기에만 빠져있었다. 버스 기사는 약이 올랐던지 욕설을 내뱉으며 악다구니를 쳤다. 남자는 못 들은 척 아무 대꾸도 하지 않았다. 염소의 뿔에 받혀가면서 열려 있는 트렁크를 향해 오로지 안간힘을 쓸 뿐이었다.

어느 순간 뒤로 버티던 염소는 무게 중심을 앞쪽으로 옮기더니 남자를 밀어내기 시작했다. 그 바람에 남자는 뒷걸음치면서 택시 쪽으로 가까워졌다. 길이 열렸다. 버스 기사는 그 틈을 이용해 반대 차선으로 버스를 몰았다.

"저놈의 새끼, 남의 염소 훔치고 있구먼. 저런 것들은 삼청 교육대로 보내야지. 손모가지든 발모가지든 분질러놔야 다시는 남의 것을 도둑질 안 하지."

버스 안 여기저기서 암, 암, 그래야지 하는 맞장구 치는 소리가 들려왔다. 택시 옆을 지나면서 뒤를 돌아보았다. 도둑이 누군지 보려고 한 것은 아니다. 다만 남자와 염소 사이 승패의 결과가 조금 궁금했을 따름이었다. 고개를 든 남자는 노을빛에 반사되어 붉게 타올랐다. 아니, 온몸의 기운을 끌어내느라 핏빛이 되었는지 모른다. 남자는 두 팔 가득 염소를 끌어안고 트렁크 안으로 염소를 집어넣는 중이었다. 남자는 염소의 무게에 짓눌려 얼굴이 노을빛보다 더 붉게 불타고 있었다. 그는 놀랍게도 영모였다. 외지에 나가 있느라 십 년이란 시간이 흘렀다 해도 절대 잊을 수 없는 얼굴이었다. 그를 보는 순간 체기처럼 가슴이 턱턱 막혀왔다. 가슴이 쿵쿵 뛰었다. 나는 그를 한순간도 잊지 않았다. 버스가 산자락을 비스듬한 곡선으로 꺾일 때까지 눈 한 번 깜박거리지 않고 쳐다보았다. 그는 염소를 트렁크에 실은 뒤 버스를 따라왔다. 나는 무엇을 해야 할지 몰랐다. 그러나 반드시 뭔가를 해야겠다는 생각이 들었다. 버스가 종점에 도착했다. 나는 길 건너편 공중전화 부스에 들어갔다. 수화기를 들었다. 입술이 바짝바짝 타들었다. 나는 두근거리는 가슴을 누르고 숨을 골랐다. 경찰에게 또박또박 한 음절씩 알려주었다.

"남의 염소 훔친 놈을 신고합니다. 범인은 택시 운전사 김영모란 놈입니다."

회사에 연가를 내고 하루를 비웠다. 이른 아침임에도 길은 많이 막혔다. 서두른다고 재촉했지만 화장터까지는 제법 시간이 걸릴 것 같았다. 너무 늦지 않을까, 하는 초조함이 몰려왔다. 출근길은 늘상 그렇듯이 시내로 들어오는 차량이나 나가는 차량으로 북적거렸다. 외곽으로 빠지는 갈림길도 마찬가지였다. 문득 이곳이 매연 가득한 아스팔트가 아니라 푸른 초원이었으면 얼마나 좋을까 하는 생각이 들었다. 갈수록 눈을 뜨고 감을 때까지 길에서 보내는 시간은 늘어났다. 문명이 발달할수록 그 반복적인 패턴에서 벗어날 수 없는 모양이다. 앞차의 속도에 맞춰 기계적으로 발을 떼었다 붙였다 하는 반복적인 동작에 쥐가 났다.

은하수 화장장은 인가로부터 멀리 떨어진 산속에 자리했다. 높지도 낮지도 않은 산을 배경으로 주차장에는 몇 대의 차량이 주차되어 있을 뿐 무덤처럼 고요했다. 상주들은 실내로 들어갔는지 아무도 보이지 않았다. 잎이 떨어진 앙상한 겨울나무들이 길목을 지키고 있었다. 좁은 길을 따라 팻말의 화살표가 가리키는 대로 안으로 들어섰다. 유족 대기실에는 미애 아들이 흐느끼고 있었다. 그 옆으로 지혜와 민정 그리고 영모가 번갈아 미애 아들의 눈물을 닦아주며 어깨를 보듬었다. 눈물이 그렁그렁한 눈들이 나를 발견하고 얼른 눈가를 훔쳤다.

"수고가 많구나. 내가 너무 늦은 건 아니지? 서두른다고 했는데도 이렇구나."

"너까지 참 고생한다. 굳이 오지 않아도 되는데. 어쨌거나 고맙다. 미애도 고마워할 거야. 미애는 방금 화장로에 들어갔어. 한 시간 조금 더 걸린다고 하니까 그동안 뭐라도 좀 먹을까?"

민정이 종이상자에서 샌드위치와 음료수를 꺼냈다.

"새벽에 잠이 오지 않아서 좀 만들어봤어. 맛은 어떨지 몰라도 요기는 해야지. 넋놓고 있다가는 하루종일 굶을 것 같아서 좀 챙겨왔어."

지혜가 탁자에 그것을 펼쳐놓고 미애 아들을 불렀다. 미애 아들은 하루 이틀 사이 눈에 띄게 수척해져 있었다. 미애 부부가 늦은 결혼으로 얻은 아들은 아직 부모 품에서 품어줘야 할 나이였다. 미애도 성급하게 떠났고 머지않아 그렇게 떠날 미애 남편을 생각하자 가슴이 먹먹했다. 화장로에서 불타고 있는 미애를 생각하자 말할 수 없는 감정들이 해일처럼 일어났다 가라앉는다.

올봄 어느 주말이었다. 모처럼 이른 저녁을 먹고 막 산책을 나서려는 시각이었다. 사무실에서 앉아있는 시간이 많아질수록 자꾸만 아랫배가 튀어나왔다. 더 늦기 전에 건강에 신경 써야겠다는 각오를 다지던 때였다. 뜬금없이 지혜가 전화를 걸어왔다.

"수현아, 너 지금 어디니?"

"왜, 무슨 일 있어?"

"미애가 너 만나고 싶다고 해서 말인데 만날 수 있어?"

"못 만날 이유도 없지. 동창끼리 얼굴 보는 일인데 뭘."

그날 정말 가벼운 산책이라도 하는 기분으로 나갔다. 미애는 초등학교 졸업 이후 한번도 만난 적이 없었다. 학교에서도 그녀와는 말도 나눠본 적이 없었다. 막역하게 지내던 몇몇 친구들을 통해 영모와 관계있는 정도로만 알았다. 막상 그녀를 만났을 때는 아주 서먹했다. 그녀가 왜 나를 만나고 싶은지 알 수 없었다. 약속 장소에서 만나 허브차를 마시고 공원의 산책로를 따라 호수 주변을 돌았다. 가로등 불빛 아래 이팝꽃이 고봉밥처럼 푸지게 피어 있었다. 수면으로부터 잔잔하게 이는 바람에 한껏 피어난 꽃들이 부드러운 리듬을 타고 있었다. 오랜만에 만났음에도 불구하고 그녀는 어색하지 않았다. 마음의 파동을 일으킬 만한 얘깃거리도 없이 그저 어제 만났다가 오늘 다시 만난 사이처럼 가벼운 얘기를 했다. 그때 그녀의 처지에 대해서 누구도 말해주지 않았다. 그녀 자신도 평온한 얼굴이었기 때문에 별 탈 없이 잘살고 있구나, 하는 정도로만 여겼다.

"너 만나기 전에 한참 망설였는데 만나보니 왜 망설였는지 모르겠다. 그냥 편하게 만나면 될 것을. 너무 늦게 만난 건 아닌지, 암튼 반갑다 얘."

그녀는 잔잔하게 웃으며 말했다. 무슨 할 말이 있었는지 조금은 쑥스러워하는 기색을 내보이며 머뭇거렸다. 등 뒤에서 비치는 불빛에 내 그림자가 앞으로 길쑴하게 늘어나 있었다. 주변보다 짙게 물든 내 그림자를 밟으며 그녀의 다음 말을 기다렸다.

"너 그거 알아? 우리 학교에 처음 전학왔을 때부터 친해지고 싶었는데 그러지 못했던 거 말야. 너한테는 보이지 않는 벽이 있는 거 같았어. 속으론 참 사귀고 싶었는데 얼마 지나지 않아 다른 학교로 가는 바람에 기회를 놓쳤어. 그래도 지혜나 민정이와 연락하고 지낸다기에 약속 한번 잡아달라고 했어. 오늘 나와 줘서 고마워. 앞으로는 자주 만나서 밥도 먹고 차도 마시면서 서로 친하게 지내면 어떨까?"

"그렇게 하지 뭐. 만나고 싶을 때 전화해. 새 친구 생긴 거니까 좋은 일이지."

나는 명함을 꺼내 미애에게 주었다. 그녀는 걸음을 멈추고 잠시 그것을 들여다보았다.

"대단하다 너. 이렇게 큰 회사에서 일해? 직급도 장난이 아니네. 정말 대단하다."

나를 바라보는 그녀의 눈빛이 달라졌다. 눈을 크게 뜨고 입술도 동그랗게 벌렸다. 나는 순간 실수했음을 깨달았다. 연락처를 알려준다고 무심코 꺼낸 명함이 나와 그녀 사이에 거리감이 생길까 민망했다. 봄밤의 부드러운 바람을 맞으면서 그녀와 나는 참 좋다, 참 좋아, 하면서 유난히도 흰 이팝꽃을 함께 올려다보았다. 기억에 남을 만한 대화는 나누지 않았지만 꽃그늘 아래로 묵묵히 걸어갔다. 밤하늘 달빛도 유난히 밝았다. 그녀와 나는 달빛을 밟으며 다음을 기약했다. 그녀는 헤어지기 전에 말했다.

"만날 사람은 이렇게 만나게 되는구나. 아무리 나이를 먹고 세월이 변했다 해도 결국엔 다시 만나게 됐구나. 그게 인연이란 것이고. 그래서 나는 인연이란 말이 좋아."

화장장 인부가 상주 이름을 부른다. 인부는 미애 아들 앞으로 오동나무 상자를 건넸다. 미애 아들은 아직 열기가 남아있는 엄마의 골분을 끌어안고 흐느꼈다. 바짝 여윈 어깨를 들먹거렸다. 어미 잃은 작은 새처럼 한없이 작아 보인다. 나는 눈을 질끈 감았다. 냉정을 유지하려 했으나 자꾸만 눈물이 났다. 인부의 안내를 받아 순서대로 배정된 수목장 자리로 이동했다. 양지바른 곳이었다. 인부는 그 자리가 온종일 해가 비치는 남향이고 주변의 산이 감싸주는 포란형 못자리라 소개했다. 마치 닭이 알을 품어주는 지세라서 후손 발복에 더없이 좋은 곳이라 했지만 그것은 괜한 위로용 멘트로 들렸다. 미리 파놓은 자리에 상자를 내려놓으며 미애 아들은 몸부림치듯 울음을 쏟아냈다. 몇 뼘 안 되는 구덩이 속으로 상자가 놓였다. 한 줌 흙으로 돌아가는 마지막은 너무도 간단했다. 그래서 미애의 죽음이 더 실감 나지 않았다. 모든 장례 절차는 너무도 간소했다. 각자의 터전으로 돌아가기 전에 영모가 내게 다가왔다.

"수현이 너한테 꼭 묻고 싶은 게 있어."

그의 표정은 무거워 보였다. 그는 처음으로 나를 정면으로 쳐다봤다. 뭔가 단단히 각오한 듯 단호해 보였다.

"너는 내가 단순히 미애 때문에 여기에 왔다고 생각해?"

따지듯 묻는 말투에 가슴이 서늘했다. 왜 이런 질문을 하는지 의도를 알 수 없었다.

"물론 미애 일도 있지만 사실은 수현이 너를 만나러 왔어. 궁금하더라. 어떻게 사는지 꼭 알고 싶었어."

"그게 왜 궁금한데? 또 내게 끼어들려고? 너 따위가 알 필요도 없잖아. 내 인생에 한번 끼어들어 한바탕 휘저어 놨으면 됐지. 아직도 뭐가 부족해?"

나는 발끈했다. 그에 대한 분노가 아직도 끓어올랐다. 말이 사납게 나갔다.

"너만 피해자라고 생각해? 나는, 나는 뭔데? 나는 인생 자체가 없어져 버린 거야. 그런데 지금 너는 말짱하게 잘 살잖아. 나는 개전의 정도 없이 동네 사람들에게 지탄받고 낙인찍혔어. 삼청교육대로 끌려가 다리도 잃었어. 이런 내 꼴을 확인했으니 이젠 시원하니? 이젠 후련하냐고?"

그는 미친 듯이 소리 질렀다. 나도 그 못지않게 소리 질렀다.

"그래, 내 속이 다 시원하고 후련하다. 네 인생은 네가 만든 거야. 업보대로 사는 거지. 누구 탓이 아니잖아? 생각해 봐. 네가 저지른 일은 잊어버리고 이제 와서 왜 남 탓을 하는 건지 참 어이가 없네. 네가 똑바로 살았다면 아무 일도 일어나지 않았어. 너한테도 나한테도!"

점점 커지는 말싸움에 지혜가 나섰다.

"너희 둘 다 뭐 하는 거야? 미애 묻은 지 얼마나 됐다고 그래? 그래, 흙 속에 들어가면 싸우지도 못하니까 머리 터지게 싸워 봐. 누구 하나 죽을 때까지 실컷 싸워보라고! 지나간 일에 아직도 목숨 거는 너희들 보면 징그럽다. 징그러워."

지혜가 고함을 질렀다. 그 바람에 다툼은 맥이 빠졌다. 누군가의 죽음 앞에 옳고 그름이 무슨 의미가 있단 말인가. 나는 입을 다물었다. 차로 돌아와 시동을 걸려는 순간이었다. 영모의 목소리가 열린 창문 틈으로 날아들었다. 가슴을 후비듯 날카로웠다.

"너는 내가 모를 줄 알았지? 염소를 택시에 싣고 오던 날 공중전화 부스에서 경찰에게 나를 신고하던 너를 봤어. 너는 내가 아무것도 모를 거라 생각하고 있을 테지만. 그때 내게는 어머니가 많이 편찮으셔서 염소라도 고아드리려고 그랬어. 돈은 없고 어머니는 죽어가고. 내가 할 수 있는 게 그 짓밖에 없었다고."

모두가 떠났다. 내가 영모와 얽힌 순간은 지극히 짧았다. 그러나 그 여파가 이렇게 길 줄은 몰랐다. 나는 빈 주차장에 혼자 남았다. 겨울나무처럼 외로웠다.

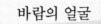

바람의 얼굴

모텔을 나서자 마법의 성 같은 유흥가 불빛이 현란하다. 골목 길은 이리저리 꼬여서 미로 속 같다. 퀴퀴한 냄새가 물씬거리는 골목을 벗어나자 8차선 차로가 나온다. 도로변에 끝없이 이어진 가로등은 창백했다. 골목 안 불빛과 대로변 불빛은 색깔의 차이 때문인지 꿈과 현실의 거리만큼 풍경이 아주 달랐다. 그것은 마치 꿈속을 벗어나 현실로 돌아온 것 같은 느낌을 준다. 가로등은 어둠을 몰아내고 있지만 그 불빛으로 인해 배경의 명암은 더 도드라지게 만들어냈다. 기억 속에 내장된 가로등은 늘 푸르스름한 색깔이었다. 학창 시절 밤늦게 하교하다 친구와 헤어질 때면 불빛에 비친 창백한 얼굴에 놀라 소스라치게 했던 빛이었다. 사람을 괴기스럽게 보이게 했던 가로등은 지금도 여전히 창백하다.

　거리는 어둠보다 더 깊은 정적이 깔려있다. 방향을 알 수 없는 바람이 거리를 배회한다. 바람은 전신주와 앙상한 나뭇가지에 부덮히며 소리를 낸다. 바람은 거칠게 다가와 나를 에워싼다. 거리를 점령하듯 내 영혼을 점령하듯 기세등등하다. 머리칼이 마구 흩날린다. 나는 공항으로 가기 위해 택시를 기다렸으나 좀처럼 오지 않았다. 휑한 도로에는 이따금씩 외양이 화려한 외제차만이 바람처럼 질주했다. 요란한 경적소리를 내며 순식간에 사라진다. 바람은 성글게 짠 스웨터 사이로 사정없이 파고든다. 나는 바람에 항복하듯 손에 든 캐리어를 도로변에 내려놓고 가슴을 여민다. 그리곤 아주 천천히 바람을 향해 안부를 묻는다. 바람은 예전부터 알고 지낸 사람에게 인사하듯 친숙한 표정을 짓는다. 하지만 나에게 바람은 고뇌의 덩어리인지도 모른다. 늘 예정된 길에서 일탈하게 만드는 돌발 변수로 다가왔기 때문이다.

   겨울 아침은 여섯 시가 지났는데도 긴 잠에서 눈을 뜨지 못하고 있다. 비행기 시간에 맞춰 도착한 공항 대합실에는 여행객들로 가득 차 있었다. 밖과 안에서 느껴지는 이질감은 어둠과 불빛, 삶에 애착을 가진 사람과 애착을 끊으려는 사람, 생기 있는 얼굴과 생기를 저당 잡힌 얼굴이 극명하게 대비되는 장소다. 이 대합실 안에서 얼이 빠진 표정을 짓고 있는 사람은 나뿐인가 싶었다. 출국 수속을 밟는 사람들 맞은편 의자에 앉아 여행사 직원을 기다린다. 더 이상 이곳에서 버틸 수 없는 상황이 나를 밖으로 밀어내고 있다. 그 상황 때문에 허둥거리며 도망치듯 서두른 여행이다. 성수기라서 항공권도 매진되었다. 안면이 있는 여행사 직원에게 급히 구한 좌석은 어느 단체에서 예약했다가 한 자리만 취소한 것이었다. 아무려면 어떤가 싶어 막상 공항에 도착하고 보니 잘한 일인지 확신이 서지 않는다.

한 무리의 일행이 내게서 조금 떨어진 위치에서 아침인지 간식인지 모를 컵라면을 들고 대합실 바닥에 질펀하게 앉아 먹고 있다. 기다란 면발을 입안으로 욱여넣으면서 연신 고함에 가까운 사투리로 떠들어댄다. 그들과 일행이라면 어쩌지, 하는 생각이 설핏 스친다. 나쁜 예감은 언제나 들어맞았다. 내 예감이 빗나가길 바랐지만 사실 빗나간 적은 별로 없었다. 아무려면 어떤가. 어차피 떠나기로 작정했다면 일행이 누구든 그대로 밀고 나가는 게 우선이다. 일행에 대해 신경 쓰지 말자고 생각한다. 내게는 그럴 만한 여유가 없다. 뒤에서 누군가 잡아챌 것 같고 잡히고 나면 몹쓸 봉변을 당할 것 같다. 어디든 상관없이 한국을 떠나야 했다. 거기가 중국이면 어떻고 미국이면 어떠랴. 일단은 떠나는 것에만 온 정신이 팔려 있다.

자판기에서 뽑은 커피를 빈속에 넣자 위통이 싸하니 아려온다. 여행이란 떠났던 자리로 되돌아와야 완결이 된다. 나는 떠난 자리로 돌아올 수 있을까. 떠난 자리는 그대로 남겨두고 다른 자리로 가기 위해 출발만이 있는 여행인지 아직도 혼란스럽다. 그가 내게서 떠났기 때문에 내게서 사라졌기 때문에 나도 그처럼 떠나고 사라지기 위해 떠나는 것인가. 진한 커피가 남긴 통증처럼 혼란스러움이 독하게 밀려온다.

여행사 직원이 나타났다. 희망여행사라는 팻말을 들어 올리자 입에서 컵라면 스프 냄새를 풀풀 풍기는 사람들이 그 아래로 모여든다. 직원은 항공권을 나눠주며 해외여행이 초행인 듯한 일행에게 여행 중 지켜야 몇 가지 주의사항을 알려준다. 특히 중국에서는 여권을 재발급받으려면 한 달 이상 그 나라에 체류해야 하니 분실하지 않도록 조심하라는 말에 방점을 두었다. 일행은 어깨에 두른 가방을 가슴 쪽으로 바짝 잡아당기고 그 안에 넣어둔 여권의 실체를 확인이라도 하듯 손바닥으로 툭툭 쳐본다. 그는 그 외에도 우리나라와 다른 문화적 차이로 인해 일어날 수 있는 위험한 행동에 대해서 자제할 것을 요구했다. 그는 일행의 눈빛이 반짝거리는 것을 보고 자신의 임무가 제대로 전달됐음에 흡족한 얼굴이다. 그는 손을 흔들며 중국어로 인사한다.

"주니이루펑안!(가시는 길 평안하시길!)"

비행기는 이륙하자마자 곧바로 바다 위로 날아오른다. 창밖에 떠다니는 구름은 빠른 속도로 스쳐 지나간다. 마치 안개 터널을 순식간에 통과하는 느낌이다. 고도가 높아질수록 구름은 쏜살같이 아래로 내려가 실타래처럼 얽혔다 풀어지고 풀어졌다 다시 얽혔다. 구름 아래로 내려다보이는 바다는 우주의 은하처럼 흐른다. 구름만 흐르는 게 아니다. 파도가 부딪히며 일궈내는 포말이 바다 위를 떠돌고 있다. 구름과 포말은 한데 어우러져 구름이 바다인지 바다가 구름인지 구분되지 않는다. 차가운 겨울 햇빛에 반사되는 순백의 색채에 눈이 시리다. 또다시 가슴이 미어질 듯 먹먹해진다. 아무것도 생각하기 싫다. 육신의 모든 기운이 빠져 나간 느낌이다. 눈앞의 물체들이 제 형체를 잃어가면서 희뿌옇게 버무려지는 백화白化현상이 또 일어난다. 어느새 호흡이 가빠지고 맥박이 빨라지고 있다.

그날, 회사에 중요한 일이 없으면 외부에 나가 골프를 치거나 낚시로 소일하던 정사장이 거칠게 문을 열고 자금부로 들어왔다. 정사장은 창가에 서 있던 내게로 달려들었다. 그의 손에 들려 있던 서류뭉치는 순식간에 허공으로 튀어 오르더니 내 머리 위에서 나선을 그리며 떨어져 내렸다. 그는 평소와 다르게 완전히 이성을 잃었다. 핏대가 선 목소리가 사방이 막힌 사무실 안에서 마구 부딪혔다.

"김 대리가 회사 말아먹었어? 회삿돈을 어디다 빼돌린 거야. 이 부장은 날랐는데 왜, 왜 김 대리는 남은 거야? 아직도 빼먹을 게 남아서 그래?"

나는 바닥에 떨어진 서류뭉치를 집어들었다. 머릿속이 하얬다. 뭐가 잘못된 것일까. 국세청과 법원 그리고 은행에서 날아온 서류들이었다. 스테이플러로 묶인 서류마다 경고성 문구가 가득

찼다. 압류라는 단어가 빈번하게 출몰했다. 눈에 들어오는 단어마다 수위가 높아 헤어나올 수 없는 늪처럼 느껴진다.

경제 불황 속에 무역업은 최대 위기를 맞고 있었다. 회사마다 휘청거렸다. 수출과 수입 부진은 회사 재무를 악화시켰고 도산이나 감원 사태는 다반사였다. 설송무역도 자금 유통에 길이 막혀 몇 차례의 부도 위기를 넘나들더니 결국에는 버텨내지 못하고 문을 닫았다. 설송무역의 사장 친구였던 해강무역 정사장이 평소에 안면이 있던 나와 몇 명의 직원들을 거두어 주었다. 밀려나간 직원들은 무슨 빽이 있어 그리로 갔냐고 그 비결을 알려달라고 하루에도 몇 번씩 연락을 해왔다. 나에겐 비결도 빽도 없었다. 기댈곳이 하나 없는 나는 살아남기 위해서 무슨 일이든 목숨 걸고 하는 것 외에는 아무것도 없었다. 그런 태도가 회사 내에서는 성실하다는 평판을 얻었고 동종 업계에도 이름이 알려졌던 모양이다. 나는 나를 받아준 정사장이 고마워서 야근도 마다하지 않고 밤낮으로 회사 일에 몰두했다.

눈앞에 있는 서류뭉치와 은행에서 통보해 온 부도처리 공고장을 보는 순간, 전후 사정이야 어찌 됐든 정사장에게 얼굴을 들 수가 없었다. 그는 내 앞에서 커다랗게 입을 벌리고 쉴 새 없이 악다구니를 퍼부어댔다. 나는 몹시 허둥거렸다. 둔감하게도 그제서야 이 부장의 도주를 알아차렸다. 그러면 그렇지, 그럴 줄 알았어. 하는 직원들의 싸늘한 눈길 속에서 숨이 가빠왔다. 다리가 후들거리며 몸이 떨렸다. 등줄기를 타고 식은땀이 흘렀다. 눈앞이 하얘졌다. 가슴 깊은 어딘가에서 잊고 있었던 바람 소리가 났다. 오래, 아주 오래되어서 잊어버렸다고 생각했던 바람소리였다.

승무원들이 식사 시간이 되었는지 바삐 움직였다. 기내 통로를 따라 음식물이 쌓인 카트를 밀고 다닌다. 좁다란 탁자 위에 할당된 음식은 미국행이나 유럽행 기내식과는 달리 향신료 냄새가 퍽 자극적이다. 은박지 호일로 포장된 음식은 뜨거웠다. 그것은 열어보지 않아도 알 수 있었다. 냄새만으로도 알 수 있는 장어덮밥이다. 그는 장어라면 자다가도 벌떡 일어나는 사람이었다. 정력에 좋다는 속설을 맹신하는 사람이었다. 여름이면 민물장어집에서 반쯤 익혀 포장한 장어를 사다가 저녁 밥상에 올리면 그렇게 좋아할 수가 없었다. 그런 밤이면 유독 내 몸을 탐했다. 그는 장어가 꼬리를 흔들며 물풀 사이를 헤엄쳐가는 모습처럼 내 몸속을 헤집고 다녔다. 나는 밤일에 시들한 그를 북돋아 기운을 내게하려던 것인데 그는 다른 쪽으로 기운을 뺐다. 그는 철을 가리지 않고 장어라면 민물에 살건 바다에 살건 가리지 않고 먹어 치웠다. 장어의 기운을 빌어 젊은 내 몸을 지배하려 했으나 장어의 효험은 그때뿐이었다. 나는 장어가 입안에서 기름기가 많고 미끈거리는 질감 때문에 입맛에 맞지 않았다. 나는 물끄러미 기내식을 내려다보다가 창밖으로 시선을 돌렸다.

52

중국은 밥 한번 먹고 나면 닿는 나라였다. 비행기에서 내려다 본 중국은 먼저 황토색으로 다가왔다. 누런 땅 위로 뻗어나간 방사선형 도로가 마치 거미줄처럼 펼쳐져 있다. 길은 원점으로부터 뻗어나가 무한대로 이어질 것처럼 보였지만 이내 산으로 막히고 강 뒤로 숨어버린다. 나는 끊어진 길을 안타깝게 이어보려 하지만 끊어진 길은 그대로 끊어진 채 이어지지 않는다. 예정된 길도 때로는 끊기는 법이다. 나는 길을 따라가던 시선을 거두고 주변을 둘러본다. 옆자리에 앉은 검은 파카가 식판과 나를 번갈아 보며 아직 은박지에 싸여있는 장어덮밥을 힐끔힐끔 쳐다본다. 나는 남자의 식판과 내 것을 얼른 바꿔 놓았다. 남자는 나를 민망한 듯 어설픈 웃음을 지어 보였다. 고맙다는 신호인 듯했다. 그리고는 왕성한 식욕으로 게 눈 감추듯 순식간에 소꿉놀이 같은 식판을 비웠다. 먹은 후 트림까지 하며 묻지도 않은 말을 건넨다.

"기내식이라 카고 쬐매 주니 간에 기별이 가겠습니꺼, 여행 뎅기려면 속이 든든해야지 잘 쫓아뎅기지 않습니꺼?"

남자의 입가에 갈색 소스가 묻어 있다. 나는 그것을 닦으라고 말하려다가 그만둔다. 처음 보는 사람과 말을 섞을 만큼 마음의 여유가 있는 게 아니었다. 승무원이 음료수 카트를 끌고 오자 남자는 커피 두 잔을 시켜 한 잔을 내민다.

"어데서 옵니꺼?"

남자는 한결 낯가림이 가신 말투다. 나는 그 물음에도 답할 마

음이 내키지 않았다. 혼자 내버려두었으면 했다. 그러나 남자는
내 입에서 뭐라고 말이 나올 때까지 말을 걸었다. 옆에서 나를 힐
끔거리는 시선이 집요했다.

"커피 좀 드이소. 중국에 내리면 곧장 돌아다닐 낀데 뭐라도
좀 먹어둬야 든든하지 않습니꺼?

남자는 뜨거운 커피를 후후 불며 홀짝거린다. 나는 남자가 커
피를 마시느라 내게서 눈을 떼자 애써 참았던 숨을 조용히 몰아
쉬었다. 지금 나에게는 남자의 입과 커피잔 사이에서 흘러나오는
작은 바람 소리조차 날카롭다.

상해에 도착하면서 우리 일행이 구체적으로 보였다. 그들은
경상도 지방에서 온 아홉 쌍의 부부와 내 옆에 앉았던 검은 파카,
그리고 이들과는 어울릴 것 같지 않은 나였다. 그들은 해외여행
을 가기 위해 몇 년 동안 곗돈을 모았다. 드디어 목표한 금액이
차자 농번기를 피해 나들이에 나섰던 것이다. 우리는 현지에 도
착하자마자 가이드의 안내로 소형버스를 타고 시내 관광부터 시
작했다. 옌벤 출신 조선족 가이드는 어디서 배웠는지 경상도 사
투리를 흉내 냈다. 그의 말투가 어설프긴 했지만 우리가 한 민족
이라는 동질성을 확인해 주었다. 한국에 한번 와 보지 않고서도
사투리를 그럴듯하게 구사하는 자신의 언어습득 능력을 은근슬
쩍 자랑했다. 그 바람에 일행은 한국이라는 공간을 그대로 옮겨

놓은 것 같은 상해의 한 버스 안에서 같은 억양을 쓰는 가이드와 함께 유쾌한 여정을 시작했다.

상해는 생각보다 엄청나게 큰 도시였다. 시가지 곳곳에 세워진 마천루는 웅장한 현대식 건물로서 대국의 위용을 고스란히 드러냈다. 도심을 가로지르는 황포강 광장에서 바라본 초고층 건물들은 서구의 어느 도시 못지않게 최첨단 도시임을 입증했다. 국제도시의 면모를 단번에 보여줄 만큼 거대하고 화려했다. 도심 관광은 수박 겉핥기식으로 스쳐지나가듯 눈요기로만 끝났다. 버스는 임시정부 시절 청사로 쓰였던 곳으로 방향을 잡았다.

오래되어서 낡고 고인 냄새가 물씬 풍기는 빈민가 굴속 같은 골목 안에 임시정부 청사는 철문 속에 오도카니 가라앉아 있었다. 골목 안 여기저기에 마구잡이로 비집고 나온 빨래걸이와 그 장대 끝에서 물이 뚝뚝 떨어지는 빨래가 만국기처럼 펄럭거린다. 골목 안을 휘젓고 다니는 바람은 함부로 내다 버린 쓰레기들과 누렇게 변색한 나뭇잎들을 이리저리 몰고 다녔다. 대도시의 이면에 자리잡은 청사는 너무도 초라했다. 안으로 들어서던 일행 중 한 명이 빨래에서 떨어지는 물방울을 맞았는지 구시렁거린다.

"이 뭐꼬? 관광지라 캐놓고 더러븐 데는 와 끌고 왔나? 와 이래 몬 사나. 거지 소굴이 따로 없구마. 더러버 죽겠다 아이가."

일행은 청사 안으로 들어가서도 불평을 늘어놓았다. 아마도 여행지에 대한 기대를 충족시키지 못한 모양이었다. 시끌벅적한 소리에 상근직으로 근무하는 안내원이 나왔다. 그녀는 입술에 손가락을 대고 쉿- 소리를 낸다. 엄숙히 해 줄 것을 요구한다. 그래도 여기저기에서 목소리를 낮춘 잡음은 잦아들지 않았다. 후진국에 와서 선진국 사람 행세하듯 우쭐한 자세로 인상을 쓰며 연신 불평을 해댔다. 그녀는 일행을 이끌고 해설을 하면서도 눈빛에는 언뜻언뜻 경멸 섞인 기색이 지나간다.

청사 내부는 한낮임에도 어둑했다. 낡은 벽면마다 아직도 청사를 벗어나지 못한 식민 시대의 투사들이 흑백 사진으로 걸려 있었다. 그들은 한결같이 날카로운 눈빛과 꼭 다문 입매로 단호해 보였다. 그들은 흑백으로 남겨진 자기 시대를 차갑게 단절시키고 또 다른 세상을 꿈꾸었을 것이다. 암울한 현실과 맞서서 냉혹함으로 단단히 무장해야 했을 것이다. 무엇이 그들에게 냉혹함을 지니게 했을까. 그것은 죽음일지도 모른다. 생명의 유한성을 굳은 의지로 버텨내면서 저 너머에 있는 이상을 향해 자기초월적 지표가 전 생애를 지배했을 것이다. 안내원이 가리키는 사진마다 굳은 의지와 차가운 눈빛의 사내들이 나와 눈을 맞추고 있다. 내게는 그런 표정이 너무도 익숙한 풍경이기도 했다.

언제부터였을까. 그는 나에게 이제 만날 수도 없고 만나서도 안 되고 만난 것조차 까맣게 잊어야 한다며 등을 돌렸다. 목소리는 낮았지만 얼음장 같았다. 내뱉는 음절마다 스타카토 식으로 또박또박 잘라 말했다. 확실히 그는 달라지고 있었다. 나는 미련하게도 그 변화를 알아차리지 못했다. 그는 떠나기 전에 깊은 한숨이 잦아지고 소파에서 자는 날이 많았다. 출근할 때 넥타이를 매어 주던 내 손을 슬며시 밀어냈다. 야근으로 늦은 저녁밥을 차려놓을 때에는 젓가락을 든 채 넋 나간 사람처럼 허공을 물끄러미 바라볼 때도 있었다. 샤워할 때 등 밀어 달라며 귀찮게 굴던 그가 속옷을 들이밀 때조차 문 닫으라고 소릴 질러댔다. 나는 그가 변해가고 있음에도 불구하고 그저 회사 업무가 고단해서 짜증이 나서 그런 거라고 별다르게 생각하지 않았다. 회오리치는 바람도 지나가면 다시 조용해지리라 내 마음을 그렇게 다독거렸다. 서로에게 치명적인 급소만은 피해가기를 바랐다.

그는 가을이 깊어질수록 눈에 띄게 식욕을 잃어갔다. 나는 그가 가을을 타서 그런 줄 알았다. 한의원에 가서 보약을 지어왔다. 보신원에 가서 장어탕을 달여 왔다. 그는 비닐팩 속에 든 내용물을 가위로 싹둑 잘라내 개수대에 쏟아부었다.

"요즘 세상에 누가 이런 걸 먹어? 캡슐로 된 알약 한 알이면 다 해결하는데. 촌스럽게 굴기는. 제발 나 위한답시고 하는 짓 다 그만둬. 사람 질리게 하지 마."

여름 내내 귀가 아프도록 들려오던 매미 소리가 어느새 사라졌다. 대신 언제 집 안으로 들어왔는지 알 수 없는 귀뚜라미가 거실 구석에서 소리를 냈다. 달력을 보았다. 며칠 전 처서가 지났다. 더위가 멈춘다는 처서를 기점으로 곤충 소리마저 매미에서 귀뚜라미로 바뀐다는 것은 신기한 일이었다. 계절의 변화는 예민하게 느끼면서 그가 마음을 바꾸고 있다는 것은 전혀 모르고 있었다.

창밖으로 내려다보이는 길가의 은행잎이 연노랑 물감을 풀어놓은 듯 가을 정취가 물씬 났다. 아침을 준비하고 있었다. 그가 이제는 그만 내 집에서 나가겠다고 했다. 뜬금없었다. 아무런 준비도 없이 대책도 없이 이별이라니. 마음이 스산했다. 이별을 담담하게 받아들이려고 난 떨리는 가슴을 애써 누르고 있었다. 그는 커다란 캐리어를 끌고 나가다 말고 내 곁으로 돌아와 귓불 가까이에 대고 뜨거운 입김을 밀어넣었다.

"나에 대해 미련 따윈 가지지 마. 희망도 함부로 품지 말고."

청사 안 흑백 사진들이 끝난 곳에는 이 장소와 전혀 어울릴 것 같지 않은 초대형 사진이 걸려있었다. 김대중 대통령과 상해 시장이 나란히 웃으며 손을 맞잡고 축배를 드는 총천연색 기념사진이다. 두 사람의 웃음은 금방이라도 금박으로 테두리 진 사진틀을 벗어나 어둑한 흑백 공간을 마구 휘젓고 다닐 것 같다. 빛바랜 흑백 사진들 사이에서 너무도 선명한 색채와 형체들은 과거와 현재를 철저히 구별 지었다. 이것이 비단 지나간 역사뿐이겠는가. 나는 한 개인의 삶도 때론 그리된다는 것을 어렴풋이 알고 있었다.

　일행은 청사 내 기념품 가게에서 점원들과 실랑이를 벌인다. 그들은 여행객을 유인하려고 가판대에 내놓은 이 물건 저 물건 치켜들고 연신 가격을 낮춰 부른다. 일행은 물건을 건성으로 구경하며 거드름을 핀다. 기념품을 사는 사람이 하나도 없다. 가이드는 일행을 몰고 나가면서 누구에게랄 것도 없이 뚜이부치, 뚜이부치를 연발한다.

　상해의 겨울 날씨는 봄날처럼 햇볕은 따스하지만 바람은 옷 깊숙이 파고든다. 바람막이 한 벌 제대로 갖추지도 못한 채 허둥거리며 떠나온 게 일행의 시선을 끄는 것 같다. 그렇지 않아도 그들의 이목을 끌지 않으려고 애쓴 보람도 없이 수군거림은 자꾸만 따라붙는다. 일행은 중국식 식당으로 들어가 늦은 점심을 채근했다. 음식이 늦게 나온다고 불평하면서도 나오는 족족 남김없이 먹어 치운다. 빈 접시가 부지런히 나가고 새 요리가 채워져 나왔다. 일행의 식욕은 왕성했다. 가이드가 미리 주문한 것 외에도 쌀국수와 고기만두까지 몇 접시 더 시켜 먹는다. 모두가 올챙이 배처럼 둥글게 부풀어 올랐다. 등 뒤에서 시중들던 종업원들이 저희끼리 귓속말로 수군대며 새어 나오는 웃음을 참는 눈치다. 국방색 파카가 언짢아진 얼굴로 소리 지른다.

　"와 웃는데? 배가 고파 등창에 붙는 줄 알았제. 너거들도 한 끼 굶어봐라. 우리 맨치로 많이 묵게 돼 있어. 아무리 좋은 귀경이라

캐도 배를 채워야 눈에 안 들어오나.우리 말로 금강산도 식후경 이라 안 카나."

식사와 곁들인 낮술에 달아오른 얼굴을 본 종업원들은 재빨리 흩어졌다. 일행은 포만으로 튀어나온 배를 더욱 앞으로 내밀고 이쑤시개 하나씩 빼어 물었다. 지나가던 외국인들은 그 모습이 희한한 구경거리인 듯 일행을 빤히 쳐다본다. 붉은색 파카가 사납게 소리쳤다.

"뭘 보노?. 원숭이같이 생긴 자슥들이!"

광대뼈 여자가 배꼽을 잡고 허리가 휘었다

일행은 버스에 오르자마자 마이크를 붙잡고 노래 타령이다. 가이드의 만류에도 아랑곳없이 버스 안 통로를 어지럽히며 춤판 을 벌인다. 노래와 춤이 한데 어우러진 실내는 가요주점 그 자체 였다. 한국식 관광버스를 중국 땅에 옮겨 놓은 듯했다. 한 사람 의 노래가 끝나면 다음 사람이 마이크를 잡고 목덜미가 불거지도 록 고래고래 악을 썼다. 그들에게 있어서 여행이란 그저 먹고 마 시고 소리 지르는 광란의 여정 같다. 어떻게 숨겨 왔는지 팩으로 포장된 소주가 빨대에 꽂혀 머리 위로 돌아다녔다. 가이드는 일 행이 권하는 소주팩을 쩔쩔매며 사양했다. 여기저기서 마구 술을 권하는 바람에 나 역시 억지로 서너 모금을 빨았다. 춤기도 하거 니와 그들의 흥을 깨뜨릴 자신이 없었다. 노랫가락은 박자를 놓 치고 가사를 바꾸고 높낮이도 제멋대로였다. 노래는 부르는 사람 마음대로 흘러갔다.

"한 잔 하소. 어서 드이소."

검은 파카는 어느새 옆자리에 앉았는지 일행을 따라 했다. 술잔을 코앞까지 바짝 들이미는 바람에 소주는 목구멍을 타고 넘어갔다. 몇 모금에도 후끈 취기가 올라왔다. 취하는 것은 의식을 마비시키는 행위다. 하지만 마비된 의식 속에서도 그는 마비되지 않았다. 여전히 내 안에서 꿈틀거렸다. 눈화장이 짙은 여자가 들이민 도수 높은 술도 마다하지 않고 삼켰다. 목구멍에 불이 붙듯 뜨겁다. 그래도 그는 내 안에서 꿈틀거린다. 난 불보다 더 뜨거운 그를 삼킨 것은 아닐까? 아무리 화주火酒를 들이켜도 그는 사라지지 않았다. 그는 내가 가는 모든 길 위에 깊숙이 박혀 있을 작정인가 보다.

계림행 비행기 속에서 일행은 만취가 되어 곯아떨어졌다. 기내에서 소란 피우지 않은 것만으로도 다행이지 싶었다. 검은 파카는 곁에서 코까지 골아가며 잠을 잔다. 쓸쓸한 얼굴이다. 그는 버스에서 취기가 오르자 덩치에 어울리지 않게 꺼이꺼이 울어댔다. 얼마 전 아내를 암으로 잃고 여행에서 빠지겠다는 것을 억지로 끌고 왔다고 그들 중 한 명이 귀띔을 해줬다. 고생만 하다가 세상 구경도 못 해보고 죽은 아내에 대한 복잡한 심사가 눈물샘을 자극한 모양이었다. 그들 중 누구보다 술을 많이 마시고 취기에 무너졌다. 아내가 그에게 남긴 흔적일 것이다. 그들은 마누라가 없어 속이 텅 비어 허깨비 같은 그를 내 옆에다 앉혔다. 하지만 나는 상실의 이면을 보고 싶지 않았다. 그런 사람을 보고 있으면 내 그림자와 겹치기 때문이다. 곯아떨어진 그를 외면하려 해도 그의 머리는 내 어깨로 기울어진다. 가볍게 코 고는 소리가 들린다. 밤하늘을 가로지르는 비행기는 날개로부터 일어나는 기계음인지 바람 소리인지 모를 소음을 냈다. 소리는 점점 가까워진다. 남아있던 취기가 한꺼번에 깬다.

　아버지는 술에 절어 살다가 삶을 마감했다. 맨정신일 때는 조용하고 선비 같은 사람이다가 술만 마시면 다른 사람이 되었다. 취하기만 하면 손에 닿는 물건들을 모조리 내던졌다. 학교에서 돌아오면 엄마는 부엌 한 귀퉁이에서 손찌검으로 얼룩진 얼굴을 하고 있었다. 붉고 시퍼렇게 멍든 얼굴은 늘 같은 말을 되뇌었다.
　"너는 차라리 태어나지 말지. 어쩌자고 태어나서 이 지경이 됐는지 모르겠다."
　매일 울어도 마르지 않는 엄마의 눈물이 내 정수리를 적셨다. 눈물은 늘 뜨거웠다. 그 뜨거움에 놀라 엄마의 가슴에 파고들면 엄마의 심장은 참새 가슴처럼 빠르게 콩닥거렸다. 새가슴이었다. 포식자에게 쫓기는 짐승처럼 할딱거리는 박동 소리를 듣고 있으면 엄마의 헤아릴 수 없는 두려움이 내게 전이되었다. 엄마가 한없이 가여웠다. 아버지로부터 엄마를 떼어내 숨겨주고 싶었다.

어느 날 옷을 갈아입는 엄마의 몸을 보고 난 자지러질 뻔했다. 온갖 구불텅한 뱀 무늬들이 엄마의 몸을 휘휘 감고 있었다. 얼룩진 흔적들은 문신처럼 새겨져 영원히 지워지지 않을 것 같았다. 얼마나 많은 매질을 당했으면 저 지경이 되었을까. 나는 엄마의 몸에 새겨진 뱀보다 더 사악하게 꼬드겼다.

"엄마, 달아나! 아버지가 잡을 수 없게 먼 데로 도망치면 되잖아. 맞아 죽는 것보다 살 길을 찾아가. 제발 좀."

엄마는 처음에 완강히 버텼다. 시간이 흐르자 엄마도 차츰 복잡한 얼굴로 변해갔다. 엄마는 며칠이 지나자 결심이 선 듯 단단한 표정으로 바뀌었다. 아버지가 취해 잠든 사이 방으로 살금살금 들어가 작은 보따리로 행장을 차리고 나왔다. 그날 엄마는 무슨 색깔의 옷을 입고 있었는지 가물가물하다. 보라색이었는지 감청색이었는지 혼란스럽다. 마지막으로 본 옷 색깔은 흑백으로 혼합된 무채색이었는지 모르겠다. 어쨌든 엄마는 우중충해 보이는 한복을 차려입고 나를 쳐다보며 주춤거렸다. 아버지가 깨어나기 전에 어서 가라는 손짓에 마지못한 걸음으로 집에서 차츰 멀어져 갔다. 이쪽과 저쪽에서 끌어당기는 갈등의 길 한가운데서 머뭇거리다가 느린 걸음으로 사라졌다.

엄마를 붙들 수 없었다. 떠나는 엄마보다 남아있는 내가 더 힘들다 하더라도 보내주는 것이 엄마를 위해서는 최선의 선택인 듯싶었다. 그러나 막상 엄마가 눈앞에서 사라지자 못 견디게 두려

위졌다. 나는 맨발로 뛰어나갔다. 버스가 일으킨 흙먼지 사이를 헤집고 내달렸다. 버스는 돌아보는 법 없이 모퉁이를 돌았다. 고갯마루까지 죽을힘을 다해 뛰었다. 하지만 버스는 신작로에 먼지 구름만 잔뜩 일으켜 놓고 온데간데없었다. 목이 터져라 엄마를 불렀다. 엄마는 듣지 못할 게 뻔했다. 혹시라도 희뿌연 길에서 좀더 기다리고 있으면 내가 불쌍해 돌아오지 않을까. 해가 서산을 넘어가 어두워질 때까지 마냥 서 있었다. 서둘러 어둠이 내려왔고 사나운 바람 소리가 들려왔다. 바람 소리는 주변을 맴돌아 다녔다. 내가 기다린 것은 엄마였지 바람은 아니었다. 바람은 시나브로 기다렸다는 듯 내 안으로 파고들었다. 그것은 소리 죽여 침묵으로 위장하고 있었지만 언제든 되살아나 그 거센 파장으로 나를 뒤흔들었다.

자정이 가까울 무렵에서야 계림에 도착했다. 귀에선 바람 소리가 여전히 윙윙거린다. 도심 주변에는 어둠에 잠긴 봉우리들이 가파른 능선을 드러낸다. 수직에 가까운 뾰족한 곡선이다. 물기가 말라버린 사막에서 비상등처럼 간직한 수직의 낙타 등을 닮은 능선들이 겹겹이 늘어서 있다. 나는 술에서 덜 깨었는지 혼몽했다. 어둠에 잠긴 도시를 가로지르는 버스 안에서 반쯤은 넋이 빠진 듯했다. 차창을 훑고 지나가는 수많은 밤의 그림자들이 어른거린다. 나는 그림자 하나를 붙들고 이상한 환영에 빠져든다. 나는 사막의 모래 위에 마른 몸을 뉘었다. 그러자 내 몸은 우뚝 일어나 커다란 바위로 변하는 것이었다. 따가운 햇볕 아래 서 있는 바위는 점점 뜨겁게 달궈진다. 그때 모래바람이 불어왔다. 바위에 모래알이 부딪혀왔다. 그때마다 살이 깎이고 뼈가 닳았다. 나는 버섯바위처럼 기괴한 형상으로 변해갔다. 바람에 닳고 깎이는 살과 뼈들이 아팠다. 차창에는 여전히 밤의 그림자들이 이상하게 변형된 형체로 휙휙 지나가고 있다.

그는 사무실 의자를 돌려 앉으며 사무적으로 말했다. 서류를 작성하던 펜을 주면서 이혼서류를 내밀었다. 아내에게 돌아가고 싶다고. 그는 전처와 칠 년 전에 이혼했고 매번 꼬박꼬박 양육비를 부치며 치를 떨었던 사람이었다. 다시는 안 볼 사람처럼 전처라면 이를 갈았다. 그런데 이제 와서 돌아가고 싶다면 나는 전처와 어떤 관계여야 할까. 나는 그가 불쑥 내민 서류에 그가 원하면 아무 때나 서명해야 할 순위가 없는 아내였던가. 서류를 받아놓긴 했으나 자꾸만 눈앞이 흐려졌다. 그의 목소리가 커졌다. 왜 못 하느냐고, 시간 없다고, 바짝바짝 다그칠 때마다 가슴이 조여왔다. 그는 제 성깔을 못 이겨 내 책상 위에 있는 물건들을 바닥으로 쓸어버리더니 급기야 창가에 있던 화분마저 나를 향해 내던졌다. 미처 피할 새도 없이 파편 몇 조각이 종아리에 박혔다. 다리를 타고 철쭉꽃 핏물이 몽글몽글 흘러내렸다. 그의 모습은 눈앞에 보이지 않아도 볼 수 있고 만질 수 있는 대상이다. 곁에 없어도 숨소리를 들을 수 있고 시끄러운 지하철 속에서도 그의 목소리라면 가려들을 수 있다. 그를 온전히 그려내라면 그 자신보다 더 세밀하게 그려낼 수 있다. 그는 내게 그런 사람이다.

　가이드가 새벽부터 문을 두드린다. 일찍 출발해야 길이 막히지 않을 거라고 재촉한다. 주말이라 지체했다가는 사람들에게 파묻힐 거라면서 길을 서두른다. 어둠이 채 가시지 않은 비포장길을 따라 흙이 질퍽거리는 구간을 지나자 그 끝에는 놀이동산처럼 모노레일이 깔려있었다. 버스에서 내리자마자 어디에서 나타났는지 떼를 이룬 장사치들이 우리를 에워쌌다. 손에는 모자며 장신구 심지어는 돌멩이까지 치켜세우며 천 원을 외친다. 그들은 일행 중에서 유독 몸집이 비대한 국방색 파카에게 몰려든다. 그는 만 원짜리 지폐를 꺼내 잡동사니를 사 준다. 그리곤 처치 곤란한 물건들을 그들에게 도로 나눠준다. 가이드가 여기서는 어떤 물건도 사지 말라며 천 원짜리를 들고 있는 일행의 손을 말렸다. 금방 부서질 싸구려 물건은 쓰레기만 될 뿐이라며 못 본 척 무시하라고 했다. 하지만 득달같이 덤벼대는 장사치들의 끈질김은 거절하기 힘들다. 죽기 살기로 덤비는 데 당해낼 재간은 없는 것이다. 생계가 달린 목숨줄에 끈끈한 애착을 어찌 감당하겠는가. 결국 몇몇 손에는 있어도 그만 없어도 그만인 잡동사니가 잡혀 있었다.

모노레일은 빨려들 듯 동굴로 들어섰다. 동굴 속은 물소리로 가득했다. 겨울에는 비가 오지 않는데 이상하게 며칠 전 엄청난 폭우가 쏟아졌다고 했다. 가이드는 이틀 전까지만 해도 동굴이 물에 잠겨 여행객들이 들어갈 수 없었다며 우리는 재수 좋다고 했다. 물소리는 어디서 흘러나와 어디로 흘러가는지 천둥소리를 내며 지축을 울린다. 눈 감고 들으면 거대한 댐 아래 서 있는 느낌이다. 사방이 온통 물소리뿐이다. 발아래 폭포수는 용트림하듯 일렁이며 아찔한 속도로 떨어진다. 조그만 실수로 발을 잘못 딛기라도 한다면 소용돌이치는 물속으로 금방이라도 빨려들 것만 같다. 농밀하게 풍기는 물비린내가 숨을 멎게 한다. 여기저기 흩뿌려진 석회암들은 조명을 받아 기기묘묘한 형상으로 습기를 머금고 번들거린다. 그것들은 보는 위치에 따라 순간순간 다른 모습으로 바뀐다. 부처가 되었다가 달마가 되었다가 어느 순간엔 야차로 변해 있었다. 계림의 바위산은 그 안에 천태만상을 품고 있었다. 가이드는 동굴 안에서 그 무엇도 건드려서는 안 된다고 누누이 말했음에도 불구하고 일행은 듣지 않았다. 그들은 한데 어우러져 내남없이 마구 소리를 지르며 석회암 형상들을 멋대로 만지고 두들겨 보았다. 가이드는 잔뜩 화가 나 있었다. 석상들이 끝나는 곳에 이르렀을 때 그는 거친 물살에 부대끼는 조각배를 가리키며 의미심장한 눈길을 보냈다.

"지금부터 저승길 한 번 다녀오이소. 지은 죄가 많은 사람은 무서븐 기 천지삐까리일 낍니더."

가이드는 일행에게 장난스럽게 농담을 던졌지만 그 말속에는 다분히 말 안 듣는 사람들 혼 좀 나보란 뜻으로 들렸다. 일행은 서너 명씩 짝을 이뤄 배에 올랐다. 사공은 바닥에 놓인 손전등을 들라는 신호를 보낸다. 배는 거친 물살에 요동치며 금방이라도 뒤집힐 듯하면서도 위태위태하게 앞으로 나아간다. 선글라스를 좀처럼 벗지 않던 여자가 선글라스를 벗으며 겁에 질린다. 모두가 숨을 죽이며 배의 가장자리를 필사적으로 움켜쥔다. 배는 거친 물살의 요동을 벗어나자 유리알 같은 수면으로 미끄러진다. 동굴 안은 완벽한 어둠과 침묵이 흐른다. 모터가 없는 배는 벽면에 묶여있는 동아줄 하나로 사공의 힘만을 의지한 채 계속해서 앞을 향해 나아간다. 어둠 속에서 배가 수면을 가르는 소리만 공허하게 메아리친다. 소리는 공명음이 되어 긴 여운을 이끌며 되돌아온다.

때로는 손전등이 비치는 희끗희끗한 형체들이 빛에 의해 나타났다 사라지곤 했다. 문득 저승 세계의 어떤 형체들이 사방에 숨어있다가 불쑥불쑥 드러내는 것 같기도 하다. 무음의 어둠은 견고했다. 빛이 차단된 곳에서는 어둠이 더 깊었다. 예기치 않은 곳에서 예고 없이 불쑥불쑥 나타나는 종유석과 석주는 무시무시한 공포로 다가왔다. 준비하지 못한 채 맞닥뜨리는 숨은 형상들, 그리고 함정들은 무엇인가. 어둠에 갇혀 바닥을 볼 수 없는 물의 깊이는 한 치 앞도 헤아릴 수 없는 세상살이와 무엇이 다르단 말인가. 그는 떠난 이후 절대 침묵으로 사라져버렸다. 나의 침몰은 가속이 붙었다. 그가 나에게는 동굴이고 함정이고 저승이었다. 가이드 말처럼 죄가 많아서 무서운 게 천지삐까리일까. 조각배가 물을 가르는 미세한 소리마저 내게는 칼날처럼 찔린다.

  엄마는 결혼식을 서너 달 남겨놓고 정체 모를 남자에게 몸을 더럽혔다. 그렇게 생겨난 나에게 친가나 외가의 냉대는 당연했다. 특히 이모라는 여자는 드러내놓고 나를 미워했다. 나와 마주칠 때마다 더러운 놈의 새끼라고 욕을 해왔다. 담장을 넘어온 놈의 씨앗인 나는 정말 더러운 놈의 새끼였다. 그들과 소식을 끊은 지 꽤 시간이 흘렀는데 이모는 어떻게 알았는지 회사 전화로 연락을 해 왔다. 이십여 년 만에 엄마를 만났다. 이모라는 여자가 얼굴이나 한번 보자고 했을 때 아무 생각 없이 나갔다. 뜻밖에도 거기에 엄마가 있었다. 엄마는 예전보다 훨씬 늙었고 곤궁한 기색이 역력했다. 그런데도 꽃잎 같은 입술만은 여전했다. 정말 오랜만인데도 재회는 무덤덤했다. 그쪽에서 먼저 결혼했겠구나, 그럴 나이지, 하고 말을 꺼냈다. 그 말을 듣는 순간 엄마에 대한 원망이 꿈틀거렸다. 어떻게 살았느냐, 힘들었겠구나. 그런 말은 없었다. 나의 현재만 묻고 있는 엄마한테는 내 과거는 말살된 모양이다. 아침에 헤어졌다가 저녁에 만난 사람처럼 그간의 안부 따위는 단 한마디도 묻지 않았다. 나도 엄마처럼 감정을 숨긴 채 엄마처럼 되물었다. 요즘 살기가 어떠세요? 꽃잎 입술이 달싹거렸다. 그저 그렇지, 그냥 뭐……. 얼버무리는 말끝이 흐렸다. 나는 그러시군요 하고 해도 그만 안 해도 그만인 군더더기 말을 보탰다. 그 이상 할 말도 없었다. 어색한 침묵을 참지 못한 엄마가 먼저 일어섰다. 됐다. 그만 가봐야겠다. 네 얼굴 봤으니 이제 됐다. 엄마는 자리를 털고 일어났다. 난 붙잡지 않았다. 엄마는 다시 한 번 내게 눈길을 주었지만 난 쳐다보지 않았다. 그날 이모라는 여자는 엄마를 의식해서인지 더러운 놈의 새끼라는 말을 한 번도 내뱉지 않았다.

아버지는 엄마가 집을 나간 후에도 술에서 벗어나지 못했다. 술과 폭력은 아버지의 생명을 빠르게 소진시켰다. 엄마에게 가해졌던 폭력은 고스란히 내게로 돌아왔다. 밤에서 낮으로 이어지는 폭력 앞에 난 아버지가 빨리 죽었으면 좋겠다고 저주했다. 그러면서도 교실에 앉아 있으면 아버지 생각으로 가득했다. 학교가 파하면 아무렇게나 가방을 어깨에 들러메고 머리카락이 휘날리도록 달음박질했다. 학교에 있는 동안 아버지가 잘못되지는 않을까. 걱정이 돼 죽을 지경이었다. 그 이율배반적인 생각들은 아버지가 죽는 날까지 따라다녔다. 어느 날 아버지는 정말로 숨을 쉬지 않았다. 학교에서 돌아와 방문을 열었을 때 아주 진한 냄새가 코를 찔렀다. 퀴퀴하면서도 이상야릇했다. 처음 맡아보는 냄새였다. 소름이 훅 끼쳐왔다. 낯선 냄새 속에 온기라곤 전혀 없었다. 아버지는 어둑한 방에서 빈 술병들의 열병식을 받으며 추워서 그랬는지 잔뜩 웅크린 채 빳빳하게 굳어 있었다. 꽁꽁 얼어붙은 겨울 산에다 아버지를 묻었다. 마지막까지 낟알 고른 흙에 묻히지 못하고 얼어서 돌덩이 같은 흙더미 속에 누워있어서 가슴이 미어졌다. 아버지는 죽기 며칠 전, 꼭 하루는 술을 마시지 않았다. 술을 마시지 않은 눈은 젖어 있었다.

"대체 넌 누굴까? 누굴 닮았을까?"

나는 동네 사람들이 모두 내려가고 빈 산이 되었을 때 아버지 무덤을 꼭꼭 밟았다. 아버지가 참 외롭겠다는 생각이 들었다. 살아서도 혼자였고 죽어서도 혼자였다. 덩그러니 누워있는 곳에 성근 흙 사이로 스며들 차가운 바람에 아버지가 춥겠다는 생각이 들었다.

일행은 배가 바위 언저리에 닿자마자 안도하는 숨소리를 냈다. 저마다 지하동굴은 끔찍했다고 똑같은 말 일색이다. 하긴 동굴 속 미로는 가이드 말처럼 저승세계를 다녀온 것과 다름없으니 아마도 등골이 오싹했을 것이다. 사람에게는 빛이 익숙한 것이지 어둠은 서툰 영역이다. 관암 동굴을 빠져나오니 바로 선착장이다. 거기서 이강을 뒤에 두고 사진을 찍느라 일행은 야단법석이다. 지난밤 능선으로 보았던 바위산들은 이강과 접하여 산과 강의 풍경은 구도가 잘 잡힌 한 폭의 산수화 그 자체였다. 물이 불어난 이강은 잿빛으로 뿌옇게 흐렸고 바위산이 금방이라도 금속성 음향을 내뿜을 것만 같다. 바위산 아래 유람선은 물살을 유유히 가르며 상류로 거슬러 올라간다. 유람선은 꽁무니마다 주방을 달고 있다. 그곳에는 요리사의 손놀림이 분주하다. 그들은 강에서 건져 올린 새우를 뜨거운 기름에 튀겨내고 있었다. 일행은 그것을 사 들고 갑판 위에서 또다시 술판을 벌인다. 그들에게 먹고 마시는 일을 뺀다면 무엇이 남을까. 명승지로 이름난 풍경구를 여행하면서 들렀던 장소를 기억이나 할지 의심스럽다. 까만 파카가 유람선의 움직임에 따라 흔들거리며 내게로 온다. 술병과 안주를 들고 있다.

"좀 묵어보소, 우리나라 민물새우는 비싸서 못 묵는데 여긴 싸고 맛도 좋심더. 든든하게 묵어봅시더. 와 그렇게 말랐는지 불쌍해 보인다 안캅니꺼?"

남자는 튀김을 내 입속으로 재빠르게 밀어 넣는다. 일행이 와르르 웃는다.

"홀몸끼리 잘해 보소. 홀애비가 과부 심사 안다 안캅니꺼?"

내가 튀김을 꾸역꾸역 삼키자 남자는 술을 따라 준다. 지켜보는 눈이 많았다.

"손부끄럽게 하지 말고 좀 따라보소."

남자가 들고 있는 잔에 술을 채우자 단숨에 비우고 내게 또 내민다. 손을 들어 그만하겠다고 거절하니 남자는 버럭 소리를 질렀다.

"이 뭐꼬? 아지메 꼬실라고 이렇게 하는 거 아입니더. 외로운 처지가 같아보여 인정 좀 나뉜긴데 착각하지 마소."

남자는 토라져 일행에게 합류한다. 술을 마신 탓인지 물너울이 커졌다 작아졌다 하면서 내게로 밀려온다. 밀려온 물살은 빠르게 뒤로 밀려가지만 그 잔상은 망막 안에 머무르며 출렁거린다. 물살이 가득 담긴 눈이 점점 무거워진다. 눈을 감지 않으려고 아무리 애를 써도 저절로 내려앉는다. 유람선 소음은 차츰 멀어지고 소용돌이 물살 속으로 나는 자꾸만 빨려 들어간다.

한 달에 한 번 갖는 회식 자리에서 오가는 대화는 회사 일은 물론 사적인 이야기까지 안줏거리로 오를 때가 있다. 그날 안줏거리는 선녀와 나무꾼 이야기였다. 하늘에서 내려온 선녀가 나무꾼에게 옷을 도둑맞고 할 수 없이 같이 살다가 아이들 둘을 낳았는데 나중에 선녀는 그 보복으로 옷을 훔쳤던 나무꾼만 남겨놓고 하늘로 날랐다는 동화였다. 이야기 끝에 남자 직원들은 뜻 모를 웃음을 지으며 하나같이 이 부장을 쳐다봤다. 이 부장은 직원들의 시선을 의식한 듯 헛기침을 몇 번 하더니 자리를 털고 나가 버렸다.

"여자한테 날개를 달아주면 안 돼, 날아가 버린다니까. 이 부장님 와이프처럼 말야."

이 부장, 아니 그에 대해 처음 듣는 얘기였다. 그는 결혼해서 아내의 꿈을 이루어주기 위해 대학원도 보내주고 유학까지 보내줬다. 그녀는 미국에서 학위를 따자 아예 그곳에 눌러앉았다. 그 다음엔 그를 헌신짝 버리듯 버렸다는 것이다. 그는 아내가 아이들마저 데리고 가 버려 나무꾼 신세나 진배없다고, 직원들은 끌끌 혀를 찼다.

회식을 마치고 집으로 돌아와 보니 현관문 앞에 그가 만취한 상태로 잠들어 있었다. 조심스레 흔들어 깨워도 기척이 없었다. 어떻게 해야 할지 망설이다 야간 당직자에게 전화를 했다. 주소를 받아 쥐긴 했어도 축 늘어진 그를 데리고 갈 수도 없고 그렇다고 집 안으로 들이기도 난처했다. 새벽까지 집 안으로 들어오지 못한 채 그가 깨어나기만 기다렸다. 추위에 온몸이 굳을 지경이었다. 아파트 계단을 통해 차디찬 바람이 올라왔다. 그가 걱정되었다. 혹시나 하는 마음에 흔들어 보니 그제서야 깨어났다. 그는 자신이 앉아 있는 배경에 어리둥절하며 주위를 두리번거렸다. 나를 확인하고는 미안하게 됐습니다. 미안합니다, 라는 말을 거듭하더니 계단을 비틀거리며 내려갔다. 이후로도 그는 늦은 밤이면 간간이 내 집 현관문 부딪히는 소리를 냈다. 그에게 왜 그러느냐고 묻지 않았다. 다만 그가 내 아버지처럼 추워서 웅크리고 죽지는 않을까 걱정이 되어 집으로 들여놓았다.

그는 미국 출장을 앞두고 늘 잠을 설쳤다. 그는 불면의 밤에 무엇을 생각했을까. 그가 먼저 잠이 들어야 내가 잠들었던 그 시절, 나 역시 밤새워 그를 걱정했다. 나는 그에게 출장 가기 전에 아이들 한번 얼굴 보고 오라고 내가 먼저 말을 꺼냈다. 그때 그는 무척이나 고마워했다. 당신은 참 좋은 여자야. 그는 그 말을 할 때 나를 참 포근하게 안아주었다. 그런데 그가 나를 떠나야 할 이유가 무엇이었나. 그에게 아이들이 그 이유였다면 다 잊어야만 할까. 어지러운 생각으로 이마가 뜨겁다.

설핏 깨어보니 유람선은 원래 자리에 와 있다. 얼마나 곤히 잠이 든 것일까. 서둘러 선착장에 내린다. 일행은 선착장에서 꺾어진 길모퉁이에서 말을 타고 있었다. 맨발의 어린 소년들이 고삐를 잡고 흥정에 열을 올린다. 그들은 버스 정류장까지 말을 타고 갈 모양이다. 나는 그들을 따라 걸었다.

장가계까지는 열차로 열다섯 시간 거리다. 가이드는 일행을 기차역까지 인솔했다. 열차를 타고 떠나는 것까지만 자기 업무라면서 초저녁부터 열차가 떠날 자정 무렵까지 꼬박 대기했다. 일행은 낮술을 꽤나 마셨는지 여기저기 흩어져 잠들었다. 시간이 지날수록 대합실은 여행객들로 북적인다. 앞줄에 앉아있던 가이드도 피곤에 겨웠는지 잠을 이기지 못했다. 중국에선 태어나길 소주, 자라기는 항주, 먹을 것이라면 광주, 죽을 때가 되면 유주라 했던가. 소주는 부자가 많고 항주는 미인이 많으며 광주는 요리가 일품이고 유주는 명당 자리가 많다는 얘기다. 유주에 한 번쯤 들르고 싶은 충동이 잠시 일기는 했으나 이내 고개를 가로저었다. 자정이 되어서야 열차(란위)는 장가계로 향했다. 일행은 침대칸으로 된 열차 안에서 습관처럼 술을 마시느라 밤새 시끌벅적했다. 아침에 세면실에서 만난 일행은 이상하게도 피곤한 기색이 하나도 없었다. 오히려 얼굴에 자르르 흐르는 기름기로 광채가 났다. 밤새도록 침대에 누워 일행의 음주가무에 간접적으로 참가한 내 몰골만 파리했다.

장가계에 도착하자 기다리고 있던 현지 가이드가 천자산 보봉호로 안내한다. 수직으로 솟구친 산들이 앞을 가로막는다. 거대한 바위산을 뚫어 만든 엘리베이터는 단숨에 산 정상으로 데려다준다. 보봉호는 거기에 은자처럼 숨어있었다. 호수 한가운데 떠있는 누각에는 토가족 남녀가 사랑 노래를 서로 주고받는다. 노래는 금방 끝날듯하면서도 다시 이어지고 그들의 목소리는 산울림이 되어 허공으로 풀어진다. 이곳이 무릉도원인가. 세상사는모두 잊고 자연에 파묻혀 살 수 있는 곳인가. 나는 유유자적 떠있는 쪽배의 선미에 몸을 기댔다. 여기가 인간이 신선이 될 수 있는 곳인가. 이곳에 뿌리를 내리면 탐욕과 애증을 벗어던지고 지극한 평정심으로 돌아갈 수 있을까. 그는 전처에게 돌아가기 위해 나로부터 달아난 것이다. 정사장은 내가 그와 공모해서 회삿돈을 횡령한 공범으로 확신했다. 하지만 아니다. 그가 나를 속이고 정사장을 속였다. 정사장은 내가 아파트를 팔고 보험을 해약하고 마이너스 통장의 한도까지 긁어모아 그가 횡령했다는 자금 일부를 건넸지만 믿는 눈치가 아니었다. 여전히 잡아넣겠다고 으름장을 놓았다. 그곳으로 다시 돌아갈 수 있을까. 내 자리가 남아 있기는 할까. 어느 유명 화가는 죽기 전 자화상 속에 자신의 이름 석 자를 붉은 글씨로 써넣었다. 자기의 죽음을 예감하고 미리 그림 속에 흔적을 남겨둔 것이다. 나는 그의 가슴에 내 흔적을 남길 수 있을까. 그는 나의 흔적이었다. 그가 사라졌으니 나도 사라질 차례다.

국가산림공원이란 표지판이 서 있는 길을 따라 버스는 숨 가쁘게 올랐다. 남쪽 지방에 있는 산들은 잡목으로 뒤덮여 한겨울임에도 한없이 푸르렀다. 봉우리마다 깎아지른 절벽이 햇살에 반사되어 빛난다. 오를수록 장엄한 광경은 곳곳마다 한 컷의 명장면이다. 아래로 펼쳐진 숲은 안개 속에 모든 것을 감추고 있다. 그곳은 신들의 정원이라 했다. 인간이 발을 들일 수 없는 곳이라 했다. 안개로 덮인 아득한 밑바닥에서 심연의 공포가 올라온다. 나는 몸을 절벽 쪽으로 붙였다. 감히 아래를 내려다볼 엄두가 나지 않는다. 일행은 콧노래까지 부르며 흐릿한 안개 속을 유영하듯 산행을 이어나갔다. 걸음을 옮길 때마다 아래에서 무언가가 툭 튀어나와 발목을 잡아챌 것만 같다. 이 두려움의 정체는 무엇인가. 익숙한 곳을 밟지 못하고 흔들리는 바닥을 걸어온 탓일까. 나는 머릿속에 낭떠러지와 벼랑, 절벽과 절망이란 단어들을 떠올리며 안개 속에서 더듬거린다. 그때 검은 파카가 희미한 시야 속에서 가던 길을 되짚어 왔다.

"기념사진 찍는데 같이 가입시더."

남자가 내 손을 덥석 잡는다. 손바닥이 축축했다. 안개가 묻은 모양이다. 일행은 철책 난간으로 둘러쳐진 돌출 바위 앞에 모여 있었다. 그들은 단체 사진을 찍기 위해 절벽 가장자리로 몰려가 아찔하게 서 있었다. 극적인 장면을 연출하기 위해 얼굴들은 활짝 핀 꽃으로 만개했다. 가장 환한 표정을 만들고 가장 행복한 웃음으로 사진 속에 박힌다. 그때 붉은 파카가 다가와 검은 파카와 나, 둘이 붙어 사진 한 장 찍으라며 나를 검은 파카 쪽으로 떠밀었다. 그 바람에 나는 중심을 잃고 천 길 낭떠러지 쪽으로 미끄러졌다. 나는 다급한 나머지 손에 잡히는 무언가를 움켜쥐었다. 발아래 안개는 좌우로 흔들렸다. 깊은 계곡이 커다란 입을 벌리고 있었다. 나는 바닥을 볼 수 없는 안개 늪을 붙잡고 있다가 그만 손을 놔버릴까, 내 안의 속삭임이 들려왔다. 정말 손을 놔버릴까? 어차피 돌아갈 곳도 없는데 마침표를 찍는 것도 나쁘지 않다고 생각했다. 우연히 찾아온 기회를 필연적으로 받아들이는 것도 괜찮아 보였다. 나는 포근해 보이는 목화솜 같은 안개를 다시 한

번 내려다본다. 아프지 않을 것 같다. 가까스로 잡고 있던 나무뿌리를 놓으려는 순간 검은 파카가 나를 향해 몸을 날렸다. 투박하고 억센 손이 내 어깨를 덥석 낚아챘다.

"아지매! 아지매, 정신 차리소. 목숨은 하나뿐인 기라."

나는 낭떠러지 위로 올려졌다. 검은 파카에게 들킨 본심을 감추기 위해 어설프게 웃어보였다. 사라짐은 끝이 아닌지 모른다. 나는 내 인생에 대해 얼마나 알고 있는가. 막연한 충동에 이끌려 생명을 쉽게 놔버리는 건 한없이 비겁한 일인지도 모른다. 그렇게나 갈망했던 나의 끝이 이렇게 쉬워서는 안 된다. 담장을 넘어와 한 여자의 삶을 뒤틀리게 만들고 나를 원치 않는 세상으로 내보내 어둠의 통로를 지나게 만든 나의 생부는 누구란 말인가. 담장을 타고 넘어가도록 그의 등을 떠민 바람은 어디서 불어왔던 것일까. 산 정상에서 정면으로 마주친 바람, 더는 두렵지 않았다. 나는 천 길 낭떠러지 위에 서서 처음으로 나에게 안부를 물었다.

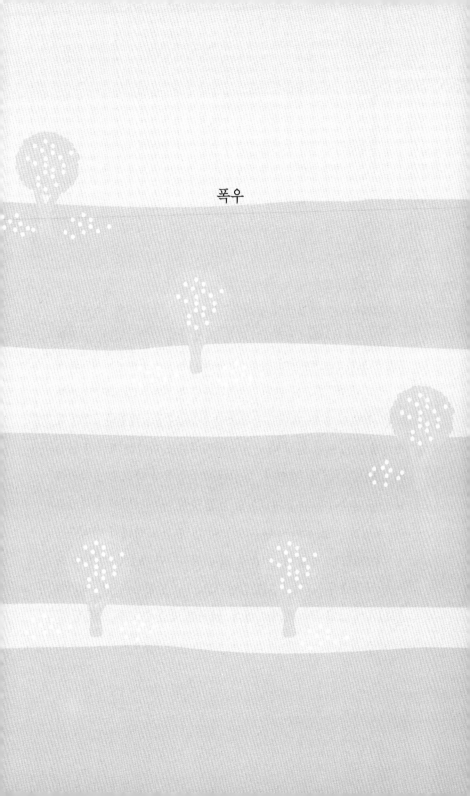

폭우

어젯밤 뉴스 말미에서 일기예보를 들었는지 기억이 나지 않는다. 뉴스 초반부터 자극성이 있는 기삿거리가 쏟아졌다. 참혹한 교통사고와 아수라장이 된 화재 현장, 데이트 폭력 사건과 묻지마 폭력 범죄, 부동산 관련 부실한 은행 부채와 디플레이션에 봉착한 세계 경제 등 고강도 목록들이 화면을 가득 채웠다. 그런 뉴스에서 받은 강한 인상 때문인지 일기예보는 희미한 자국만 남긴 채 꼬리를 감춘 것 같았다. 매일매일 한결같이 알려주는 일기예보는 마지막에 넣는 조미료처럼 감칠 맛이 나는 양념에 불과했을까. 분명 뉴스를 끝까지 다 보았는데 내일 기상 상태가 어떻다는 정보는 입력된 게 없다. 외출할 일이 생긴다면 우산을 챙겨야 하는지 궁금했다. 그러나 여름철이기도 하고 당분간 멀리 나갈 일은 없기에 그냥 무시하기로 한다. 날씨란 맞을 수도 있고 틀릴 수도 있는 것이다.

자정을 전후해서 텔레비전을 껐다. 그녀가 한없이 보고 싶었다. 무의식에 기대어 꿈속에서라도 만날까. 잠을 청하기 위해 소파에 기댄 채 명암이 사라진 화면을 멍하니 바라보았다. 시간이 지나도 좀처럼 잠은 오지 않았다. 나는 침실로 들어갔다. 휴면기에 접어든 누에고치처럼 몸을 동그랗게 말았다. 그래도 정신은 말똥말똥했다. 나는 일어나 베란다에 나갔다. 남쪽 하늘에 덩그러니 걸려있는 은빛 달을 바라보았다. 마음속에서 일어나는 수런거림을 가라앉힐 수 없다. 집안에서 이리저리 서성거리다가 새벽녘이 다 되어서야 피곤이 한꺼번에 몰려왔다. 서재의 푹신한 의자에 파묻혀 하루를 매듭지었다. 잠을 자면서도 꿈과 현실 사이를 끝없이 표류하였다. 꿈에서 본 그녀에게 다가서는 기쁨과 그녀를 그만 놓쳐버리는 슬픔이 반복되었다. 환희와 한숨이 시시각각 엇갈렸다. 그녀로 인해서 일어나는 감정이 혼란스러웠다. 관자놀이 욱신거린다. 편두통 왔다. 나는 약상자에서 타이레놀을 찾았다. 미처 냉장고에 넣어두지 않은 보리차는 미지근했다. 그 물과 함께 알약을 단숨에 삼켰다. 나는 우두커니 식탁 옆에 서 있다. 아무것도 생각하지 않는다. 이런 상태를 멍멍하다고 해야 하나, 먹먹하다고 해야 하나. 사실은 막막했다. 날이면 날마다 그녀가 생각났다. 그녀 생각에 식욕을 잃고 잠을 잘 수도 없다. 시도 때도 없이 이마가 뜨겁고 가슴이 뜨겁다. 나는 아무래도 열병에 걸린 것 같다.

아내는 열 시가 조금 넘어서 돌아왔다. 병원에서 야근이 힘들었는지 뚱한 얼굴이다. 머리를 가지런히 하기 위해서 꽂았던 실핀이 머리카락 몇 올에 아슬아슬하게 걸려있다. 내가 빤히 쳐다봐도 시선을 다른 곳으로 옮긴다. 그녀 얼굴엔 감정의 문양이 지워져 있다. 그녀는 나를 의도적으로 무시하는 듯했다. 거실을 지나 곧장 욕실 안으로 들어갔다. 조금 있으니 세게 튼 샤워기 물줄기가 타일 바닥에 떨어지는 소리가 났다. 그녀는 샤워기에서 쏟아지는 물소리나 변기의 물을 내리는 소리에 기대어 우는 버릇이 있다. 나는 화장실 내부에서 들려오는 소리에 신경을 곤두세웠다. 그녀가 우는지 그렇지 않은지 알아보기 위해 화장실 문에 귀를 갖다 대었다. 물소리만 들렸다. 요즈음 나는 아내에게 주눅이 들어 있다. 그녀는 해가 갈수록 사나워지고 무섭게 변해간다. 때를 가리지 않고 벌컥벌컥 화를 낼 때면 이대로 함께 살아야 하나 하는 생각마저 든다. 나는 그녀를 자극하지 않으려고 몸을 사린다. 그러다 보니 어떤 날에는 내가 사내자식이 맞나 하는 정체성을 의심하는 지경에 이르렀다.

그녀는 자신에게 등 돌린 세상을 향해 화가 나 있다. 그렇게도 가지려고 바둥대던 것들이 손안에 하나도 남지 않았을 때 남는 것은 격렬한 분노였다. 그 분노의 대상 중에 나를 포함한 것은 자명했다. 그녀는 화장실에서 나온 후에도 같은 얼굴이다. 어떤 감정인지 알 수 없는 포커페이스다. 내 앞에서 감정의 기복을 드러내지 않기로 단단히 작심한 눈치다. 감정을 드러낸다 하더라도 내가 해줄 수 있는 게 아무것도 없다는 걸 이미 눈치채고 있는지도 모른다. 우리 사이엔 침묵이 대화였고 대화가 곧 침묵이다. 사람에게 가장 큰 경멸은 침묵이라 했다. 그런 점에서 보면 우리는 서로 경멸하고 있는 셈이다.

결혼 초기만 하더라도 집안의 사소한 문제나 아이 때문에 주고받는 대화가 얼마나 많았던가. 언제부터 뜸해지더니 이제는 대화 자체가 단절되었다. 이제 대화는 없고 일방적인 통보만 있을 따름이었다. 마음을 소통하기 위해 상대방의 기분을 헤아리거나 감정의 농도를 조절하기엔 이미 지쳤는지 모르겠다. 겉으론 평온을 가장하고 있지만 사실은 불발된 포탄을 끌어안고 있다. 언제 안전핀이 뽑힐지 얼마나 맹렬한 기세로 터질지 모를 일이다. 서로에 대한 조율은 느슨함과 조임에 따라 강도 차이가 있을 뿐이다. 우리는 서로 팽팽해진 심지를 감추고 있었다. 상대를 염탐하는 데 열중하고 있다. 언제든 폭발음이 들려도 전혀 이상하지는 않을 것이다. 그러다가 둘 중 하나가 혹은 둘 다 참아낼 여력이 한계치에 이르면 뒤를 돌아보는 일이 없을 것 같다. 다만 상대방에게 최후의 말을 입 밖으로 꺼내지 않을 뿐이다. 우리는 차마 이 말을 내뱉지 못하고 입안에서 우물거린다.

"더 이상 당신을 견딜 수가 없어."

나는 믹싱볼에 얼음물과 선식 가루를 풀었다. 아내의 머그잔에 따르고 조금 남은 것은 그릇째 들고 마셨다. 아내는 샤워를 마친 후 풀기가 없는 나이트가운을 걸치고 나올 것이다. 그리고 동향에서 수평으로 직진해 들어오는 안방의 햇살을 피해 두꺼운 커튼을 내리고 빛을 몰아낸 다음 침대에 누울 것이다. 어둠 속에서 한낮의 잠을 청할 것이다. 그녀가 화장실에서 나왔다. 거실에서 잠시 주춤거리다 안방의 화장대 앞에서 멈추는 듯했다. 곧이어 실내화를 벗는 기척과 함께 침대 위 홑이불 부스럭거리는 소리가 났다. 나는 그녀가 내는 소리가 잦아든 다음 서재에서 나왔다. 발소리를 죽였다. 그녀의 머리맡에 머그잔을 가만히 내려놓았다. 희미한 빛 가운데 그녀의 속눈썹이 미세하게 떨리고 있었다. 나는 못 본 척 시선을 거두고 고양이 걸음으로 살금살금 걸어 나와 집을 나섰다.

동네에서 가까운 산은 녹음이 짙었다. 산 중턱쯤 올랐을 때 하늘이 우중충해졌다. 집을 나설 때만 하더라도 옅은 구름 갈피마다 햇살이 레이저 빔처럼 쏟아졌다. 그래서 곧 구름이 걷힐 거라 생각했다. 그러나 예상과는 달리 주변은 점점 어두워졌다. 설마, 하는 심정으로 산을 천천히 오르고 있었지만 가슴 한켠에는 불안이 스멀스멀 피어올랐다. 일기예보를 기억할 수 없다는 게 마음에 걸렸다. 구름이 낮게 내려오며 숲속에는 바람이 인다. 아무래도 한바탕 비가 쏟아질 것 같다. 비를 대비해 아무런 준비가 없다. 산행을 계속해야 하는지 얼른 판단이 서지 않는다. 이런 날 산행은 무모한 짓이 될 수도 있다. 하지만 내 발길은 내친걸음으로 자꾸만 산 위를 향했다. 아내가 잠든 집에서 숨소리조차 마음대로 내지 못하는 한낮의 고요함보다 차라리 산에 있는 게 나았다. 집으로 가고 싶지 않았다.

아내는 밤낮이 뒤바뀐 침실에서 여름잠을 잘 것이다. 그 안에선 모든 소리를 죽이기도 힘들뿐더러 견딜 수 없는 고통이기도 했다. 우리는 서로를 피해 가는 지름길을 잘 알고 있다. 그녀가 잠자는 동안 나는 다른 사람의 논문을 읽기도 하고 다음 학기 강의를 준비하기도 했다. 그러나 그것은 내게 아무 일도 일어나지 않았을 때 얘기다. 요즘 내 상태는 뜨거운 물에 쉽사리 풀어지는 인스턴트커피와도 같다. 커피 알갱이처럼 주변 환경에 쉽사리 물드는 정신으로 무엇을 각단지게 할 수 있단 말인가. 내 발은 그런 나를 이리저리 끌고 다녔다. 머리가 지치고 가슴이 턱턱 막혔다. 머리와 가슴이 온전치 못한 까닭에 발이 명령하고 발이 먼저 움직였다. 처음에는 집 근처를 맴돌았다. 이제는 제법 거리가 늘어나 산행으로 발전했다. 내 행동반경 안에는 소규모 연립주택 단지와 대규모 아파트 단지가 동시에 지어지고 있었다. 새로 들어설 고층 건물의 기초시설물들이 크레인의 진두지휘 아래 하루가 다르게 키 높이를 올리고 있었다. 그래도 아직은 개발 초기여서 주변의 높고 낮은 산에는 인적이 드물었다. 나와 같은 반백수가 시간을 죽이기엔 더없이 좋은 동네였다. 사람들의 따가운 시선을 피하고 어지러운 마음을 가라앉히기에는 안성맞춤인 곳이었다. 숲은 그늘이 넉넉하여 몸을 가리기에도 더없이 좋았다. 어깨를 짓누르는 대기는 점점 더 무거워졌다. 허공을 가르는 바람 소리에 나뭇잎들은 공중으로 스스슥ー 소리를 내며 날아올랐다. 풀잎들은 납작 엎드렸다. 어느새 구름의 밀도가 농밀해진다. 방향을 알 수 없는 거센 바람이 숲 전체를 흔들어댔다. 저편 어디선가 섬광이 일더니 우렁우렁한 우렛소리가 들려왔다. 뒤이어 고막이 터질듯한 천둥소리가 났다. 깜깜해진 하늘을 가로질러 앙상한 나뭇가지처럼 뻗친 번갯불이 폭죽 터지듯 터진다. 순식간에 머리 위로 몰려든 구름이 새까맣다. 어두운 숲과 낮아진 하늘 사이로 나무에서 이탈한 잎새들이 허공으로 빨려들었다.

　내게서 등 돌린 아내와 그녀를 향해 발돋움하고 있는 나, 그 사이사이로 흐느낌 같은 바람이 거세게 불어왔다. 서로에게 독이 되어버린 사랑이 후둑 후두둑ー 후둑 후두둑ー 내리치고 있다. 갑자기 쏟아지기 시작한 빗줄기가 나를 후려친다. 내리꽂는 장대비가 회초리 같다. 머리와 얼굴, 어깨와 발등까지 차별을 두지 않는다. 천지 사방이 물바다다. 산등성이로 이어지는 오솔길은 이미 샛강이 되어 물줄기가 제법 굵었다. 길을 따라 오르는 발목이 힘겹다. 종아리를 휘감는 세찬 물줄기가 온몸으로 전해진다. 물

속의 모래알과 모난 자갈이 살갗에 그대로 스친다. 장대비는 그야말로 강물을 통째로 실어다 산에 퍼부어 대는 것 같다. 비는 잦아들 기미가 없다. 천둥소리는 여전히 우르릉거리며 굉음을 낸다. 나는 처절하게 무방비였다.

나는 비를 피할 길을 찾아본다. 순식간에 젖은 몸에서 물비린내가 났다. 산을 오를 것인가, 내려갈 것인가. 그리 멀지 않은 산등성이를 바라보며 선택을 해야 했다. 나는 조금 전까지 올라왔던 길에서 비켜났다. 내가 딛고 왔던 그 길은 완전히 흙탕물이 흐르는 물길로 변했다. 사람들이 오갔던 길이란 것도 이렇게 말끔히 지워질 수도 있었다. 누군가 의지했던 길이란 것도 혼돈의 갈림길이 될 수 있다는 생각을 왜 한 번도 해보지 못했을까. 길은 길과 이어지고 맞닿아 반드시 목적지에 안착하리란 믿음은 터무니없어 보였다. 무턱대고 가고 있던 길에 길들어진 습관이 삶의 지표가 되어 제대로 이끌었던가.

지금 내가 가고 있는 이 길은 내 길이 아니다. 아버지가 정한 길이다. 나의 의지나 선택은 철저히 배제되었다. 목적지에 이를 때까지 한 번도 정체되거나 망설임 없을 것으로 잘 설계된 고속도로는 아버지의 설계였다. 열다섯 살에 전쟁고아였던 그는 종로통 한복판 잡화상의 심부름꾼으로부터 출발하였다. 아무리 작은 일일지라도 자신이 맡은 일에는 목숨을 걸었다. 그것은 주인을 위해서가 아니라 살아남기 위한 생존전략이었다. 무슨 일이든 맡겨졌다면 주인이 흡족할 만한 성과를 반드시 냈다. 잡화상 심부름꾼에서 시작했지만 상점 주인이 되기까지 피눈물 나는 노력을 했다. 우리 형제가 어렸을 때 항상 밤늦게 귀가한 그는 우리를 모두 깨워 앉혀놓곤 했다. 그리고 그 자신의 고달픔과 치열함이 삶을 어떻게 바꾸어가는지 들려주곤 했다. 어떻게 처신하면 남보다 빨리 부를 움켜쥘 수 있는지 출세하려면 어떤 마음을 지녀야 하는지를.

나는 머리통이 굵어지면서 그런 얘기에 진력이 났다. 푸념으로밖에 들리지 않았다. 세상은 바뀌고 사람들 생각은 달라졌다. 세상에는 그가 놓치고 있는 소중한 것들이 무진장 많았다. 하지만 그는 자신이 아는 테두리 밖의 것에는 조금도 알려고 하지 않았다. 그는 세대 간 커다란 간극이 있음에도 자신이 가진 생각만을 고집했다. 내가 다 큰 다음에도 그만두지 않았다. 그의 눈빛은 바닥부터 딛고 올라온 자의 자만심이 배어있었다. 말끝마다 아버지처럼 살라고 꼬리표를 달았다. 흘러간 강물은 거스를 수 없다. 자식에게 무리한 욕심을 부리는 것은 그런 삶의 고단함을 보상받으려는 심리로밖에 여겨지지 않았다. 두 형은 의사와 법관이 되어 그의 가슴에 반짝거리는 훈장이 되었다. 막내였던 나는 그렇지 못했다. 그의 심부름으로 내 키보다 훨씬 높은 자전거를 이끌고 골목골목을 누비고 다녀야 했다. 사람은 밥값을 하고 살아야 한다는 그의 지론에 따라야 했다. 제 밥값도 못하고 사는 사람은 버러지나 다름없다는 게 그가 내세운 가훈이었다. 형들이 밥값을 하기 위해 짬짬이 아버지의 짐 자전거를 끌었듯 나도 예외일 수 없었다. 거미줄처럼 얽혀있는 골목 안의 술집과 음식점이 주요 단골이었다. 수시로 들어오는 주문이 있으면 가족 중 누구랄 것도 없이 배달을 다녀야 했다.

그녀를 알기 전까지만 해도 그런 일은 당연한 일이라 여겼다. 어느 날 골목에서 그녀를 마주쳤다. 첫눈에 그만 인화되듯 눈에 박혔다. 이후로 배달일은 죽기보다 싫었다. 길을 가다 보면 문득문득 뒤를 돌아다보는 버릇이 생겼다. 어디선가 그녀가 보고 있을 것만 같았다. 경제적 여유가 있으면서도 한 푼이라도 더 긁어모아야겠다는 아버지의 돈에 대한 집착이 상처받기 쉬운 열아홉 살의 위태로움을 자극했다. 가만히 앉아있어도 숨이 턱턱 막히고 땀이 비 오듯 쏟아지던 여름 낮이었다. 나는 음료수와 술이 든 상자를 자전거에 실었다. 비좁은 골목을 따라 아슬아슬한 기분으로 막 빠져나가려는 때였다. 하필이면 그 순간 그녀와 정면으로 마주치게 되었다. 팔월의 뜨거운 햇살은 머리 위에서 수직으로 내리쪼였다. 몸에 달라붙은 옷에서 땀에 절은 시큼한 냄새가 진동했다. 정말 그녀에게 보여주고 싶지 않은 장면이었다. 하지만 후줄근한 모습은 고스란히 드러났다. 나는 창피했다. 어떤 마법이라도 통한다면 투명 인간이 되고 싶었다. 나는 당황했고 자전거는 균형을 잃었다. 자전거는 흔들거리더니 그대로 담벼락에 처박혔다. 상자들은 바닥으로 무너지면서 빈 병의 파편과 휘발하는 냄새가 쏴아쏴아 소리를 내며 공기 방울을 터뜨렸다. 탄산음료의 거품들이 보글거리며 끓고 있었다. 팔뚝과 발등에 유리 조각이 박혔다. 피가 흘렀다. 그러나 찢어진 상처보다 이제는 그녀를 마음에 담아두면 안 될 것 같다는 상실감이 엄습해 왔다. 나는 숨이 막혀 죽을 것 같았다. 그녀를 외면한 채 털썩 주저앉았다. 나의 존재조차 알지 못하는 그녀는 작은 비명을 지르며 가까이 왔다. 그녀는 서둘러 책가방에서 손수건을 꺼내 피가 흐르는 상처를 덮어주었다. 핏물이 번져가는 부위마다 손수건으로 꾹꾹 눌러 주었다. 피가 묻은 손수건을 사이에 두고 전해지는 손길에서 겁먹은 사람의 떨림이 전해졌다. 나는 그녀가 어서 사라졌으면 좋겠다는 바람뿐이었다. 비참하게 보이는 게 정말 싫었다. 그녀에게 향한 마음은 언제일지 모르겠지만 나의 최상의 모습을 보여주는 것이었다. 그런데 하필이면 이런 곳에서 이런 꼴이라니.

"많이 다친 거 같아요. 응급차를 부를게요."

그녀가 일어서서 공중전화가 있는 곳으로 뛰어가려는 순간 나는 그녀 손을 잡았다.

"나 괜찮으니까 가라고. 어서 가라고!"

그녀는 당혹스러운 표정을 지었다. 어찌할 바를 몰랐다. 다시 한번 가라고 큰소리를 내질렀을 때에야 그녀는 쭈볏거리며 물러

났다. 그러면서도 내게서 눈을 떼지 않았다. 나는 그녀가 끈질기게 바라보는 눈길이 원망스러웠다. 상실감이란 마음속의 환상을 모두 무너뜨리는 일인지도 모른다.

그녀로부터 나를 떼어내면 낼수록 파괴적인 충동이 꿈틀거렸다. 이유 없는 반항심이 치솟았다. 곤두박질치는 우울증과 분별 없는 분노가 롤러코스터처럼 급격하게 오르내렸다. 그런 걷잡을 수 없는 변덕을 어찌할 수 없어 저지르는 일은 아버지에 대한 강한 반발이었다. 내겐 분명한 이유가 있는 포악을 떨 때마다 아버지와 형들은 가차 없는 매질과 협박성 회유가 뒤따랐다.

"네가 배가 불러서 그런 모양인데, 지금 세상에 정신 차리고 살지 않으면 어떻게 되는지 알아? 제발 좀 밥값 하고 살아라 이놈아."

그놈의 밥값 타령은 해가 바뀌어도 변함이 없었다. 나는 대학 입시도 치르지 않았다. 되는대로 그냥 막 살고 싶었다. 집에서는 늘 큰소리가 났다. 어머니는 견디다 못해 중재에 나섰다. 내가 가족들과 부딪히지 않기 위해서는 잠시 떨어져 살아보는 것이었다. 나는 절집으로 들어갔다. 마음을 다잡고 공부에만 전념해보라는 어머니의 당부가 절절했다. 그녀의 애정 어린 호소가 비수처럼 박혔다. 그러나 막상 절집에 들어와 주워듣는 것은 세상 만물에 대한 무상함이었다. 세상도 버리고 부모도 버리고 혈육도 버리고 너도 버리고 나도 버리는 일이었다. 나는 매일 버림의 게송을 숨을 쉬듯 마음에 새기기 위해서 삼천 배를 올리기 시작했다. 애착을 들고 있으니 마음이 무거웠다 그 누구도 아닌 내 스스로가 만든 허상의 무게에 짓눌려 있었다. 방하착, 내려놓아야 한다. 그녀를 내려놓으려고 부처 아래 무릎을 꿇고 허리를 굽혔다. 육신이 고단하면 마음의 무게가 가벼워진다는 주지 스님의 설법에 따라 눈만 뜨면 무조건 바닥에 엎드렸다. 어느 날은 온종일 끼니도 거르고 발정 난 산짐승처럼 온 산을 헤매기도 했다. 무릎에 굳은 살이 박이고 장딴지가 돌처럼 단단해졌다. 일부러 육신의 한계를 밀어붙임에도 불구하고 내겐 온 우주를 다 짊어진 양 그녀가 무겁기만 했다. 일찍 소등하는 절집에서 밤이면 밤마다 그녀의 무게에 짓눌렸다. 낮 동안엔 이미 내려놓았다고 생각했다. 그러나 밤에 찾아오는 그녀를 내려놓을 수가 없었다. 그녀는 내려놓을 대상이 아니었다. 스님은 일체에 존재하는 모든 모양이 있는 대상은 다 허망한 것이라고 했다. 사랑도 아름다운 것 같지만 그 안을 들여다보면 온갖 더럽고 추한 것들이 들어있다고 했다. 내게는 그런 말씀이 전혀 스며들지 않았다. 나는 꿈에서 그녀를 끌어안고 짐승 같은 수음에 빠져 꺼억꺼억 신음을 토해냈다. 자리에서 일어나면 속옷이 축축했다. 내 육신은 점점 죽은 지 오래된 나무의 껍질처럼 윤기를 잃어갔다. 두 눈만 이상한 광채로 번들거렸다. 아무리 허물을 벗어도 가벼워지기는커녕 내 안에는 공허한 자리만 늘어나고 있었다.

아버지는 자식들이 재학 중일 때는 학교에 얼굴 한번 비친 적이 없었다. 입학식과 졸업식은 물론 담임과의 진로 상담조차 나눈 적이 없었다. 사자의 새끼들처럼 골짜기에 떨어져 기어오르는 놈만 받아들이려는 적자생존의 본보기를 여실히 보여주었다. 그는 당신이 원했던 자리에 자식이 놓여 있을 때는 처신이 달라졌다. 그는 아들의 출세를 위해서 이른 새벽 목욕탕의 첫 손님으로 들어가 시장통을 휘젓고 다니던 묵은 때를 말끔히 지워냈다. 그리고 가장 좋은 의복으로 치장을 한 다음 자식의 상급자를 찾아갔다.

"제가 박승호 애빕니다. 자알 부탁합니다."

그는 상급자의 나이는 불문했다. 허리를 한껏 구부리고 깍듯한 인사를 했다. 명절에는 때마다 값비싼 선물을 보내줌으로써 확실한 눈도장을 받아냈다. 특히 경조사 부조는 남들보다 곱절이나 많게 넣는 것도 잊지 않았다. 형들은 시간에 비례해 예정된 자리로 순탄하게 들어갔다. 그는 인생을 순항하는 법을 알았다. 치열한 시장 가운데에 나앉아 있을지라도 반짝반짝 빛나는 자식 덕에 기죽지 않고 목소리를 높이며 어깨를 추켜세웠다. 나는 재수도 모자라 삼수를 하고서야 그가 바라는 대학에 간신히 발을 들여놓았다.

그때도 그랬다. 십 년이란 긴 시간 동안 시간 강사라는 보따리

장사꾼으로 지방과 서울을 오갔다. 버는 것에 비해 쓰는 것이 더 많은 적자인 현실을 힘겹게 버티고 있었다. 내 삶은 경제적인 측면뿐이 아니라 시간적인 면에서도 소모적인 자리였다. 두 시간짜리 강의를 하기 위해 왕복 대여섯 시간을 쏟아붓거나 시간이 촉박한 강의를 하기 위해 택시를 대절해야 하는 요일에는 회의감을 품지 않을 수 없었다. 강사 생활을 시작할 때만 하더라도 십 년만 그럭저럭 버틴다면 그 안에 전임 강사의 안정된 기반을 잡게 되지 않을까, 하는 막연한 희망도 없지 않았다. 세월은 그냥 흘렀다. 희망이란 것도 움켜쥔 손안의 모래알처럼 알아차리지 못하는 사이 서서히 빠져나갔다. 몇 알 남지 않은 모래의 흔적만 붙은 손바닥을 펴볼 때마다 현재의 내 불안정한 거소지를 재확인할 뿐이었다. 미래에 대한 보장을 증명할 수 있는 것은 아무것도 없었다. 나는 두꺼운 벽과 벽 사이에 끼인 듯 자주 깊은숨을 내쉬었다. 그때마다 초라한 자화상이 희부연 안개처럼 눈앞에 피어오르는 것을 보았다.

새봄은 어김없이 찾아왔다. 내겐 지나간 봄이나 다가온 봄이나 아무런 차이가 없다. 다만 파릇파릇한 신입생들과 마주했을 때 느끼는 생동감으로 계절의 변화를 감지할 따름이었다. 인문관의 삼층 구석진 강사 휴게실에서 강의를 하기 위해 보따리를 점검하고 있었다. 열려있는 출입문으로 누군가 들어서는 기척이 났다. 처음 보는 얼굴이었다. 그녀는 회색빛 방 안으로 너무도 생경한 봄빛이 밀물지듯 들어오고 있었다. 캠퍼스 잔디도 누런빛을 벗지 못한 창밖의 풍경과 대비되는 연분홍빛이었다. 그녀는 동면에서 갓 깨어난 봄의 전령사처럼 눈부신 자태로 입구 쪽에 가만히 서 있었다. 환한 얼굴은 한참이나 나를 관찰하더니 고개를 한쪽으로 갸웃했다.

"혹시, 저를 아세요? 저는 그쪽 얼굴이 눈에 익은데요."

나도 그녀처럼 고개를 갸웃거렸다. 떠오르는 기억이 하나도 없었다. 오랫동안 수많은 길을 헤매고 다녔으니 어느 역, 어느 정류장에서 배경처럼 흘려보낸 사람일까. 그도 아니면 도심 속 어느 길거리에서 무연한 얼굴로 스친 사람일까.

"글쎄, 잘 모르겠네요. 어쨌든 한 학기 동안 잘 지내봅시다."

손을 내밀어 악수를 청했을 때 그녀는 스스럼없이 손을 내밀었다. 손바닥의 촉감이 의외였다. 단단하고 거칠었다. 그녀는 잠깐이지만 움츠러든 내 반응에 설명이라도 하듯 빠르게 말을 이어나갔다.

"평생교육원에서 한지공예를 가르치는 강사예요. 공예품 만드는 재료들 속에 독한 성분이 들어있어 손이 아주 엉망이에요. 좀 그렇지요?"

그녀는 부끄러운 듯 두 손을 감싸 쥐었다. 나는 강의 시간이 다 되어 그녀를 뒤에 두고 문을 나섰다. 어차피 휴게실에서 만난 사람들은 한 철이 지나면 철새처럼 모였다가 어딘가로 흩어져야 했다. 서로에게 익명으로 떠도는 철새들의 방에서 봄의 여인으로, 혹은 손의 촉감으로 기억할 것이다. 그것마저도 세파에 떠밀리다 보면 희미해져 까맣게 잊게 될 것이다.

　나는 나대로 아내는 아내대로 이리저리 뛴다 한들 도시의 변두리는 면할 수가 없었다. 둘째 아이까지 생기고 보니 장모님에게 둘째까지 맡길 엄두가 나지 않았다. 빨리 자리를 잡으라고 첫째는 기꺼운 마음으로 맡았지만 코앞에 칠순을 바라보는 노인에게 두 아이를 맡긴다는 것은 염치없는 일이다. 아내의 두 번째 임신은 사전에 없던 계획이었다. 그녀는 낳고 싶어 했고 나는 반대했다. 마흔이 다 되도록 자리를 잡지 못해 불안한 드난살이하는 처지에 새 생명을 감당할 자신이 없었다. 그녀는 나의 배우자이기보다 아버지의 믿음직한 며느리로 먼저 낙점을 받은 사람이다. 그녀는 평소의 그녀답게 가족의 소중함을 조목조목 배열하며 나를 세뇌하려 들었다. 목소리는 낮았지만 기세는 당당했다. 그녀 앞에서 나는 반대할 힘을 잃었다. 그녀가 일사천리로 펼쳐놓는 반박에 털끝만큼도 동조하고 싶지 않았다. 오히려 지금 있는 아이조차도 되돌릴 수만 있다면 그러고 싶었다. 부모로서 책임을 다하지 못하는 무능함은 아이가 자랄수록 뼈저리게 다가왔다. 아이에게 해줄 수 있는 게 한 달에 두세 번의 만남이었다. 아이의 갈증과 그리움을 채워줄 수 없다는 자괴감이 그림자처럼 따라다녔다.

"아빠, 집에 갈 때 나도 데려가. 엄마 아빠랑 같이 살고 싶단 말이야. 할머니하고 사는 거 싫어. 제발 같이 가면 안 돼?"

헤어질 때마다 바짓자락을 움켜쥔 채 칭얼대는 아이에게 이다음에, 이다음에—를 남발했다. 이른 봄부터 시작된 그녀와의 신경전은 아랫배가 불러옴에 따라 내게 패색이 짙은 깃발을 들게 했다. 그 깃발은 어느 순간 현기증이 날 정도로 비비 꼬여 개 목줄처럼 내 목을 조여올 것 같았다. 외마디도 지르지 못하도록 질긴 힘으로 제압하려 들 것이다. 가장이란 명패를 달아주고 자신이 원하는 만큼 목줄의 길이를 늘렸다 줄였다 하며 내 앞날을 끌고 다닐 것 같았다.

아버지는 평생 자욱한 매연과 먼지투성이 길에서 종종거리며 살았다. 말년에 폐암 진단을 받았다. 발작적인 기침과 고열에 시달렸다. 혼미한 정신 속에서도 나에 대한 기대의 끈은 놓지 않았다. 어머니와 형들은 긴 병에 효자 없듯이 예상외로 길어진 병수발에 지쳐가고 있었다. 하루는 그가 다급하게 나를 찾았다. 서둘러 병실에 가보니 가족 모두가 모여 있었다. 그는 마른 나뭇가지처럼 앙상한 손으로 내 손을 잡더니 담당 간호사 손을 끌어다 포개놓았다. 졸지에 세 사람의 손들이 이상한 형태로 엉켰다. 나는 어색하고 쑥스러웠지만 간호사는 덤덤해 보였다.

"겪어보니 이 아이만큼 참한 사람 없다. 둘이 결혼해라. 죽은 사람 소원도 들어준다는데 산 사람 소원이니 토 달지 말고. 너까지 짝지어 놓아야 편히 눈감겠다. 그리고 반드시 강단에 서거라. 딴 데 눈 돌리지 말고."

나는 아버지의 투병 생활을 오랫동안 곁에서 지켜준 그녀의 정성을 저버릴 수 없었다. 기꺼이 아내로 맞았다. 지상에서 마지막으로 만족한 웃음을 아버지에게 바치기 위해 나는 그의 선택을 받아들였다.

축제의 주간이 돌아왔다. 일주일 내내 캠퍼스는 요요가 튀어오르듯 요동쳤다. 봄이 솟아오르고 젊은이들 함성은 하늘을 찔렀다. 이들의 현재가 내 과거에도 있었던가. 아득한 느낌이다. 나의 봄날은 있었던가. 그때 나는 무슨 생각을 하며 살았는지 모르겠다. 나는 입학하자마자 곧바로 군대에 갔고 복학하면서 아버지가 원하는 교수가 되기 위해 집과 학교를 오갔다. 피 끓는 젊음과 치기 어린 방황의 첫 매듭을 풀어보기도 전이었다. 나는 이미 선택된 길로 내몰려 내 미래는 꽃봉오리 한 번 내밀지 못하고 조로했는지 모른다. 아버지의 조급증으로 내몰린 나는 누군가 항상 뒤쫓아 오고 있다는 강박에 시달려야 했다.

시간 강사에서 전임으로 되는 일은 쉽지 않았다. 이미 교수 임용의 자격요건은 갖추고 있음에도 자리는 희박했다. 교직원들 사이에 일어나는 애경사마다 눈도장 확실히 찍고 학교발전기금을 두둑하게 들여놓으면 안착할 수 있을까. 뒤에서 대기하고 있는 희망자는 해가 갈수록 늘어나는데 자리는 형편없이 적었다. 그런 현실을 너무도 잘 알기에 좌절의 강도는 깊고 아프게 찾아왔다. 이미 인생의 절반 이상을 지나왔기에 되돌아 나갈 수 없을지 모른다. 출발점에서 너무 멀리 와 있기에 걸어온 길을 묵묵히 걸어가야 할지 모른다.

나날이 낡아가는 책 보따리를 껴안고 어제는 서울, 오늘은 경기도, 내일은 강원도로 경계가 허물어진 지방을 줄기차게 넘나드는 서러움을 언제까지 버텨낼 수 있을까. 마흔을 넘고 쉰이 넘어서도 그게 가능할까. 검은 머리칼 위로 서리가 듬성듬성 내리고 있었다. 세월과 더불어 폐차 직전 자동차처럼 부릉거리다 어느 날 문득 멈춰 섰을 때 내 길이 아님을 비로소 깨닫게 되는 것일까. 해마다 다음 해를 기약하며 희망 없는 미래를 붙들고 비탈진 내리막에 불안하게 서 있는 자신을 발견할 때마다 가슴이 서늘했다. 하궁기(여름방학)나 동궁기(겨울방학)가 돌아오면 다만 몇 푼이라도 생활비를 보태기 위해 보습학원으로 들어갔다. 원장과 시간 수당을 놓고 입씨름을 벌일 때마다 얼굴이 뜨거웠다. 인기 강사가 아닌 다음에야 알바 수준 저임금의 수모도 아내의 신세타령과 견준다면 참아낼 수 있었다. 그녀는 나의 청사진만 바라보고 결혼을 결심했다. 입심 좋은 아버지가 펼쳐놓은 교수 부인이라는 미래를 그려보며 사회적인 지위와 경제적인 안정을 욕심냈을 것이다.

결혼 직후 아내는 간호사를 그만두었다. 장차 태어날 아이와 나의 뒷바라지를 위해서, 라는 단서를 달았으나 실생활에서 그녀가 그렇게 살았는지 확신이 서지 않는다. 아이가 태어나고 경제적인 궁핍이 피부에 와 닿음에 따라 자신의 판단이 어긋났음을 알았을 때부터 변하기 시작했다. 나는 그녀의 바람만큼 빨리 자리도 잡지 못했고 생활의 안정도 가져다주지 못했다. 오히려 갈수록 직업은 위태위태했다. 해외파들이 국내로 들어올수록 나의 입지는 날이 갈수록 좁아지고 지방대에서도 해외파가 아니면 시큰둥하게 쳐다보기 일쑤였다. 수입보다 지출이 더 많은 경제학을 전공한 남편을 바라보는 시선이 냉담해지는 것은 당연한 일이다.

"내가 뭐라도 해야지 이대로는 도저히 살 수가 없어요."

그녀가 은행 계좌에 마이너스 한도가 꽉 찬 통장을 내던지며 어떤 결심을 하던 날이었다. 나는 미처 마무리하지 못한 프로젝트에 매달려 있었다. 책상 위에는 온통 통계자료들로 어질러져 있었다. 그 사이를 비집고 그녀가 커피잔을 거칠게 내려놓았다.

"더 이상 당신에게 기대서는 안 될 거 같아요. 당신은 대책 없이 무능한 사람이라 아무리 허리띠를 졸라매도 답이 안 나와요. 이제부터는 나라도 움직여야 이 지긋지긋한 궁상에서 벗어날 거 아닌가요?"

그녀의 도전적인 말에 나는 거세된 숫말처럼 무기력했다. 선전 포고를 한 다음이었다. 처음에는 꿍쳐놓은 퇴직금으로 주식을 거래했다. 그녀 주변에는 일찍부터 주식거래를 시작한 사람들이 꽤 있었다. 그들에게 주워들은 풍문을 밑천 삼아 재미를 본 모양이었다. 아침이면 경제 뉴스와 인터넷에 정신이 팔려 내가 나가고 있는 것조차 까맣게 잊고 사는 사람처럼 보였다. 무언가에 홀린 사람처럼 눈에 광기가 돌고 입만 열면 온통 주식 이야기뿐이었다. 그녀의 안색은 점점 그날의 주식변동 시황판처럼 변해갔다. 주식거래에서 이득을 보게 되는 날이면 시뻘겋게 달아올랐고 손해를 보는 날에는 시퍼렇게 얼어붙어 말조차 건네기가 겁났다. 일간지 주식란에 머리를 박고 내가 퇴근하는 것도 잊고 살았다. 심지어 밤낮없이 주식 관련 서적을 끼고 살아 그녀의 얼굴을 언제 마주 보았는지 가물가물했다. 집안에 들어서면 그날의 날씨를 알아보기 위해 하늘을 쳐다보듯 그녀의 동태를 살피는 게 버릇이 되었다. 주식이 일상을 쥐락펴락했다. 그녀는 매입한 주식이 상승곡선을 치면 함께 잠자리에 들자고 요구했다. 그런 밤이면 쉽게 오르가슴에 도달하기도 했다. 그러나 하향곡선으로 내리박는 추세로 돌아서면 그녀의 몸은 한 달이 넘도록 잠잠했다. 상승장에서 제법 큰 목돈을 만지자 점점 간이 부어올랐다. 자금을 끌어들일 만한 곳은 모두 쑤석거렸다.

"집을 담보로 해서 은행에서 얼마나 대출받을 수 있는지 알아

봐요."

"집은 우리의 최후 보루요. 그것만은 건드리지 않았으면 좋겠소, 주식은 위험부담이 크니 당신이 가지고 있는 범위 내에서만 했으면 좋겠는데."

"나 혼자 잘 살자고 하는 일 아니잖아요. 당신 벌이가 어디 생활비나 되냔 말이에요?"

나는 야멸차게 쏘아붙이는 그녀 앞에 마지못해 집을 저당 잡힌 대출금을 꺼내놓았다. 공범이 될 수밖에 없었다. 능력이 안 되니 마누라의 치마폭 안으로 숨어들고 싶었는지 모른다. 그러나 집을 담보로 대출받는 일은 어리석은 행동이었다. 나는 바로 위험 앞에서 머리만 모래 속에 파묻는 타조나 다름없었다. 각종 미디어에서 주가의 낙관론을 이야기하고 있을 때가 꼭지라는 말은 맞는 말이었다. 나는 점점 불안했다. 그녀에게 주식 규모를 줄이자고 여러 번 권했다. 그녀는 이미 쉽게 버는 돈맛을 알아버렸다. 내 말은 소귀에 경 읽기에 지나지 않았다.

"당신이 그토록 경제에 해박하다면 이 지경까지 오지는 않았겠죠. 당신이 가르치는 경제 원리로 살다간 굶어죽기 딱 맞죠. 제 앞가림도 못하는 주제에. 저 안에 들어가 양치기 소년이 돼 봐요. 늑대가 나타났으니 어서 피하라고. 사람들이 당신 말을 믿을까요? 돌팔매를 안 맞으면 다행이지. 그리고 나한테 자꾸만 훈수 두려고 하지 말아요. 강의실에서나 선생님이지 주식에는 내가 당신보다 한 수 위라는 걸 몰라요?”

텔레비전에 나오는 주식전문가나 투자 상담가의 전망에 대해서는 귀를 기울였지만 나를 향해서는 비아냥거리며 입찬말을 쏟아부었다. 주식이 실물경제보다 한발 앞서기 때문에 정점에 이른 주가는 반드시 꺾이기 마련이다. 엘리엇의 삼 파장 이론이나 그래프의 골든크로스에 빠져 날뛰는 그녀가 갈수록 낯설었다. 나를 제외한 어떤 경제전문가들의 근거 없는 말은 광신도처럼 따랐다. 그녀에게 느껴지는 위태로움은 나의 무능함에 대한 경고이기도 했다. 그녀는 내게 걸었던 기대가 물거품이란 것을 깨닫는 순간부터 돈 버는 일에 집착했는지도 모른다. 기대에 실망하기보다 그것을 이겨내기 위해서 다른 일에 몰두하는 것이 한편으론 다행이지 싶다가도 돌아서면 불안을 억누를 수 없었다. 주식 시장에는 상승만 있는 게 아니기 때문이다. 나는 그녀에게 주가가 높이 오를수록 추락의 속도도 가속된다는 말을 내뱉을 수가 없었다. 그녀는 더 큰 수익을 내기 위해 관리종목이나 뉴스에서 이슈화되고 있는 테마주에도 몰빵을 했다. 또한 뜬구름 같은 소문에 상한가를 여러 번 찍는 부실기업 주식에도 겁 없이 들락거렸다. 그러다가 주가가 폭락하면 물타기 작전으로 친정 식구들에게 급전을 빌리거나 주위 사람들에게 손을 내미는 악순환이 계속되었다. 계좌 잔고가 차츰 바닥을 드러내고 있음에도 헤어 나오지 못했다. 그녀의 위험천만한 행태로 아버지가 평생 일궈 사둔 내 명의로

된 개포동 아파트는 물론 어머니의 빌라마저 남의 손에 넘어갔
다. 아버지 기일에 가족이 모였다. 시르죽은 나와는 달리 그녀는
한 점 부끄러움도 없이 목소리가 컸다. 심지어는 자기감정에 격
해 울부짖었다.

"누군 집안 말아먹으려고 그랬나요? 어떻게 하든 살아보려고
했어요. 집안을 일으켜 세워보려고 그런 걸 어쩌라고요. 아, 아버
님은 제 속을 다 아시죠? 살 섞고 사신 어머님도 가래 끓고 피토
하는 아버님이 더럽다고 외면했을 때, 출세한 아주버님들 아버님
병구완에 요 핑계 조 핑계로 빠져나갈 때 그래도 끝까지 수발들
고 임종을 지켜본 사람은 저뿐이었어요. 억울해요, 너무 억울하
다고요. 애간장 태우면서 사는 저를 이렇게 괄시하다니, 아버님
만 살아계셨어도 이렇게 막나오지는 않았을 거예요."

그녀는 가족들 치부를 들춰내며 자기가 거덜 낸 엄청난 경제
적 손실을 사소하게 덮으려고 했다. 또한 형들이나 형수들을 어
떤 교설로 꼬드겼는지 알 수는 없지만 며칠 후 아내의 통장에는
비록 변두리이긴 하지만 좁지 않은 평수의 연립주택을 얻을 만한
돈이 입금되었다,

"여기 계셨군요. 한 번 더 뵙고 싶었어요. 실은 제가 조그만 전
시회를 열어요. 초대장을 드리려고 몇 번 왔는데 안 계시더군요."

나는 등 뒤에서 들려오는 목소리에 깊은 상념에서 깨어났다.

한지공예를 가르친다던 그녀였다. 그러고 보니 그녀를 까맣게 잊고 있었다. 그녀는 오늘따라 첫인상과는 다르게 들떠 보였다. 표정에 따라 사람이 얼마나 달라 보이는지 그녀가 아닌 것 같았다. 핸드백에서 명함 한 장을 꺼내더니 앞으로 내민다. 종이 세상이란 로고가 선명하게 박혀 있다.

"이번 학기 수강생들과 함께 작업했던 작품들을 모았어요. 축제 기간에 전시하거든요."

"아— 네에, 축하드립니다. 초대장이 참 예쁘군요."

"눈으로 직접 보면 작품이 더 예쁘니까 꼭 보러 오세요."

그녀는 갑자기 나타났듯 불쑥 사라졌다. 강사 휴게실 안이 전등을 켰다 끈 것처럼 어두워졌다. 그녀가 몰고 온 밝음 때문에 어둠이 도드라졌다. 나는 점심도 거른 채 그녀가 사라진 방향으로 고개를 돌렸다. 오래도록 바라보았다. 내 앞에 장막처럼 드리워진 어둠을 걷어내고 싶었다. 강의시간 내내 내 머릿속에서는 어떤 기억들이 떠오르다 가라앉고 다시 떠오르기를 반복했다. 그것은 마치 미끼를 입질하다가 내빼버리고 다시 와서 입질하는 물고기처럼 꼬리쳤다. 잡힐 듯하면서도 잡히지 않는 기억이었다. 내가 마음속에 품었던 것이라면 분명 그 물고기는 미끼를 물러 다시 올 것이었다. 나는 기다렸다. 숨을 천천히 들이마셨다. 가라앉은 기억이 수면 위로 떠오른다. 아아, 그녀였다. 바로 그녀였다. 나도 버리고 그녀도 버리려고 몸부림쳤던 내 젊음의 시퍼런 불꽃이 점화된다. 말할 수 없는 고통이 덥석덥석 영혼을 물어뜯던 시간으로 되살아난다.

　그녀의 은색 자동차를 따라 도착한 곳은 시내 중심가로부터 그리 멀지 않았다. 아스팔트 길에서 우회하는 농로를 따라 접어들면 몇 채의 농가가 옹기종기 모여 있었다. 그곳을 지나자 나지막한 언덕들이 나타났다. 그 사이로 질그릇 조각으로 지붕이 덮인 토담집이 자리잡고 있었다. 집주변에는 야생화가 지천이었다. 뜨락 가운데로 난 보행로 옆에는 고개를 떨구고 피어있는 매발톱꽃이 인상적이다. 쪽빛으로 물들인 생활한복을 입은 주인이 나와 반갑게 맞이했다.
　"우리 현주가 오늘은 웬일이지? 남자분과 동행을 다 하고."
　"혼자 먹는 밥이 지겨워서 친구 데리고 왔어요. 인사 나누세요. 여기는 사촌 오빠, 이 분은 저와 같은 학교에 계시는 분."
　"그럼 교수님인가요?"
　"아직은, 하지만 곧 그리될 거예요."
　내가 아니라고 말하려는 순간 그녀가 옆구리를 찌르며 한쪽 눈을 찡긋해 보였다. 사촌오빠가 주방 쪽으로 사라지자 그녀는 내 옆에 바짝 다가왔다.
　"오빠는 내가 언제 신랑감 데리고 오나 목 빠지게 기다리고 있거든요. 이참에 그대를 데리고 와 확실하게 못 박아 두려고요. 다시는 선보란 얘기 꺼내지도 못하게 말이죠.”

그녀로부터 그대라는 말을 듣는 순간 가슴이 설렜다. 실내에 잔잔히 퍼져나가는 바흐의 브란덴부르크 협주곡이 아니더라도 그대라는 말이 갖는 울림이 점점 커지며 너울지듯 퍼져나간다. 아주 작은 풍선이 허공에 뜬 애드벌룬만큼 부풀어 오른다. 가슴 벅찬 희열이 온몸을 휘감는다. 이토록 눈부시고 가슴 저린 말을 들어본 적이 있던가.

“식사하려면 좀 기다려야 하거든요. 저쪽에 보이는 작은 공간이 제 공방이죠. 사람들한테 한번도 보여주지 않은 작품들이 있어요. 가볼래요?”

공방은 소품전시실과 작업실로 나뉘어 있었다. 전시회에서 보았던 것처럼 가구 소품들이 있을 줄 알았는데 의외로 얌전한 색채의 꽃들이 채워져 있었다. 야생화를 그대로 옮겨온 듯한 세심하게 만든 손길에 절로 탄성이 나왔다. 낮은 화분에 수줍게 앉아 있는 꽃들이 그녀를 닮은 듯했다. 사람들과 휩쓸리지 않고 그녀만의 세상, 그녀만의 우주가 거기에 있었다.

“사촌오빠가 건강이 좋지 않아 이곳에 정착한 후 여러 번 다녀갔어요. 그때마다 오빠 건강도 나아지고 키우고 있는 야생화가 하도 예뻐서 하나씩 만들다 보니 이렇게 늘어났어요. 작품 하나하나가 배 아파서 낳은 자식이지요. 어떤 꽃은 한 달 이상 걸리기도 하고 어떤 꽃은 해마다 색깔이 바래거나 모양이 틀어져 다시 만들어 놓기도 했어요. 금강초롱 산도라지 아기별꽃 노루귀 바위솔, 특히 여기 있는 얼러지는 꽃이 피기까지 칠 년이나 기다렸죠. 얼러지란 놈은 해마다 양분을 모아 겨우 이파리 하나씩만 내보내는데 중간에 하나라도 잘리면 꽃이 피지 않아요. 참 까탈스럽죠. 그런데 올해 처음으로 꽃이 피었어요. 올봄 내내 그 꽃을 보고 작품 만드는 동안 행복했어요. 아마도 좋은 일이 생기려고 그랬나 봐요. 그대를 만나려고."

나는 어서 어두워졌으면 좋겠다는 생각이 들었다. 그녀를 바라보는 동안 내 눈 속의 불꽃이 드러나지 않게 깊은 어둠이 내려와 차일을 두르듯 가려줬으면 좋겠다는 생각을 했다. 나는 차마 불길이 번져가는 눈으로 그녀를 마주 볼 수 없어 한지로 솜씨를 낸 연보라빛 얼러지에 눈길을 주었다. 봄나물로 차려진 식사를 하는 동안 아무 말도 하지 않았다. 입을 열지 않아도 마음속으로 수많은 이야기가 흘러갔다. 그대였던가요? 그대였군요, 우린 언젠가 만나기로 되어 있었나 봐요. 시간이 한참 흘렀어도 그대를 알아볼 수 있었는데. 그대가 나를 잊은 줄 알았어요. 그때 나를 바라보던 눈빛이 어찌나 강렬하던지. 세월이 흘러도 조금도 잊히지 않던걸요.훗날에도 그 눈빛 때문에 그대를 기억할 수 있겠지요.

종강을 하고 난 후 불어난 시간의 여백마다 그녀의 자리는 점점 커졌다. 그녀가 간절한 날이면 차를 몰아 그녀의 오빠가 열고 있는 '들꽃처럼'에 들어가 한방차 냄새가 온몸에 밸 때까지 머물다 오곤 했다. 혹시나 하는 마음에 그녀의 공방을 기웃거리면 부재중임을 나타내는 팻말이 가로막았다.

"참 이상하네. 자네가 오면 현주가 출타 중이고 현주가 오면 자네가 나타나지 않고. 혹시 둘이서 숨바꼭질하는지 궁금하네. 어제는 현주가 인사동 공방에 수업이 없다고 해서 하루종일 여기에서 작업하다 들어갔는데 혹시 서로 싸우기라도 했나? 그렇다면 너무 길게 끌지는 말게. 길게 끌다 관계가 나빠질 수도 있으니까 말야."

나는 그녀를 만나지 못한 것이 오히려 다행으로 여겼다. 그녀를 만난다면 마음에서 일고 있는 격랑을 들키지 않을 수 없다. 이 상태로 마주치게 된다면 내가 어떻게 돌변할지 상상하기조차 두려웠다. 그녀는 나의 모양과 색깔, 질감과 양감, 시시각각으로 달라지는 감정의 소용돌이까지 읽어내기 위해 나를 뚫어지게 바라볼 것이다. 나는 그런 눈빛을 과연 견뎌낼 수 있을까. 나는 그녀에게 일체 연락을 끊었다. 그녀는 내게 틈틈이 단 한 줄의 메시지로 파고들었다.

"그대, 잘 지내나요?"

나는 날마다 그녀가 그립다. 하지만 답신을 보낼 수가 없다. 문자를 보내든 통화를 하든 그녀와 연결이 된다면 그것은 도화

선이 될 것이 틀림없기 때문이다. 그간 참아온 감정이 세찬 바람에 번져가는 들불처럼 메마른 내 영혼을 화르르 불살라 버릴 것이다. 시시때때로 엄습하는 본능의 광기에 몰려 파멸의 수렁으로 빠져들 것이다. 나는 그녀와 불타는 이마를 맞대고 타오르는 혀로 온몸을 집어삼킬 듯 환희의 나락으로 내동댕이쳐질 것이 뻔했다. 발작적인 신음과 몸서리쳐지는 전율이 휘감듯 나를 삼켜버릴 것이다. 눈도 멀어지고 귀도 멀어질 것이다. 가까이서 바람에 스치듯 그녀의 보드라운 숨결에도 나는 내 모두를 던질지도 모른다. 그녀가 두렵다. 나는 내가 더욱 두렵다. 이미 일어난 일이 아니라 일어날 일이 소름 끼치도록 두려운 것이다.

"그대 안에는 무엇이 있을까요? 오랫동안 품어온 알이 부화한다면 젖은 날개를 펴고 비상할까요? 아니면 날개를 펴보지도 못한 채 천 길 아래로 추락할까요? 우리는 서로에 대한 감정이 미친 욕정일까요, 애틋하고 가슴 시린 사랑일까요? 그대가 나를 안으면 무엇이 남을까요? 정말 궁금해요. 나를 한번 안아 볼래요?"

그녀와 차 한 잔을 마시고 인사동 밤거리를 배회하던 날, 으슥한 골목에서 그녀가 나를 보듬으며 물어왔다. 머리가 어지러웠다. 돌발적인 행동과 포옹은 지독히도 자극적이었다. 나는 하마터면 그녀를 잡아끌고 제일 먼저 눈에 띄는 모텔로 들어갈 뻔했다. 나는 그녀가 제풀에 지쳐 슬그머니 팔에서 힘을 풀 때까지 잠자코 있었다. 아니, 고조된 욕망의 터널을 지나느라 어금니를 사려 물고 있었다. 격정이 지어낸 공중누각처럼 쉽게 허물어지고 싶지 않았다. 독사의 혀처럼 낼름거리는 욕망의 끝에서 새하얗게 타버린 잿가루만 남게 된다면 나는 한순간도 그 허무를 견뎌내지 못하고 와르르 무너질 것이다. 다시는 그녀를 안을 수 없을지도 모른다. 집으로 돌아온 그날 밤, 나는 잊고 있었던 절집에서 짐승 같았던 수음의 세계로 돌아갔다. 온몸에 진이 다 빠질 때까지 자기 위로는 격렬했다. 이튿날 잠에서 깨어났을 때 그녀는 훨씬, 아주 훨씬 가벼웠다.

산은 폭우의 유원지였다. 마음껏 놀다간 자리마다 폐허가 묻어난다. 떨어지고 할퀴고 찢어진 크고 작은 상처들이 여실히 드러나 있다. 숲의 색깔은 짙었고 바위는 더 어두웠다. 가벼워진 구름들이 빠르게 지나간다. 그 사이로 말끔해진 하늘이 언뜻언뜻 내비쳤다. 나는 비그이를 그만두고 갈참나무 밖으로 나왔다. 허공으로 뻗쳐있던 이파리는 창백했고 이리저리 쓸렸던 풀잎들은 수척했다. 다시 해가 났다. 햇살 사이로 여우비가 내렸지만 비는 곧 그칠 것이다. 내가 올라왔던 길은 아직도 물길이 되어 도랑물처럼 흘러갔다. 그 길을 버려두고 다른 길을 찾아야 할 것 같다. 걸음을 옮길 때마다 폭우의 흔적이 질척거리며 따라붙는다. 입술이 바르르 떨린다. 한기가 든 모양이다. 그러고 보니 선식가루 두세 모금 넘긴 뱃속도 헛헛했다. 얼마나 비를 맞은 것일까. 시간을 가늠할 수가 없다. 나는 서둘러 걸음을 재촉했다. 어서 집으로 돌아가 뜨거운 물로 샤워부터 하고 속을 채우고 싶다. 산길은 오르막보다 내리막이 어려웠다. 추위를 이겨내려고 급히 서둘렀던 탓인지 걸음이 휘청거린다. 균형을 잡아보려 했으나 젖은 바닥은 미끌거렸다. 가탈걸음은 불안한 착지뿐만 아니라 방향감각도 잃어버린 것 같다. 내려갈수록 길은 더욱 미끄럽고 경사가 급했다. 나는 중심을 잡지 못한 채 앞으로만 쏠린다. 결국 나뭇잎에 덮인 돌부리에 걸려 넘어지고야 말았다. 흙탕물 속에 널브러진 꼴이 되었다.

"그대, 잘 지내나요? 그대 잘 지내나요?"

어디선가 그녀 목소리가 들려온다. 나는 지금 납작해져 바닥까지 내려와 있다. 더는 내려갈 곳이 없었다. 물에 젖은 생쥐처럼 초라해져 나의 반생을 이렇게 반추하고 있다.

"그곳에서 나와 보세요. 누구나 다 넘어질 때가 있어요. 넘어지면 꼭 넘어진 자리에서 일어나야 해요. 다른 곳에서 일어서려면 넘어진 자리의 고통을 기억하지 못하니까요. 일어서는 법은 넘어진 자리에서 찾아내야 하거든요. 무엇이든 움켜쥐고 의지해 봐요. 나에게 기대어 봐요."

흐릿한 의식 속에 그녀가 속삭인다. 그녀 목소리가 환청처럼 귓전을 어지럽힌다. 나는 물웅덩이에서 천천히 헤어나왔다. 흙탕물을 뒤집어쓴 채 너덜겅이진 길을 따라 내려오면서 아무래도 집에 가면 샤워를 하기 전에, 속을 채우기 전에 며칠째 꺼놓았던 전화기를 켜고 그녀에게 처음으로 문자를 보내야겠다는 생각이 들었다.

"나, 잘 지내고 있어요. 그대도 잘 지내요."

비도 그치고 바람도 잦아들었다. 나는 폭우에 갇혀 한바탕 요란한 꿈을 꾸고 난 기분이었다.

집으로 가는 길에 누구도 마주치지 않기를 바랐다.

첫사랑

한낮의 햇살이 따갑다. 강변을 따라 웃자란 갈대들이 바람에 부대끼며 저희끼리 몸을 흔들고 있다. 갈대숲 바로 앞까지 포장된 찻길을 벗어나 제방으로 내려서니 '세상에 흐르는 것은 강물을 따라 바다에 이른다'라고 씌어있는 팻말이 먼저 눈에 들어왔다. 잠시 걸음을 멈춰본다. 이곳은 금강이 흐르다가 바다와 만나는 곳이기도 하다. 이십 년 전만 하더라도 강물은 멈추는 일은 없었을 것이다. 그때는 하굿둑이 건설되기 전이었다. 강물은 이 마을 저 도시를 굽이쳐 흐르다가 곧장 바다와 몸을 섞으며 하나가 되었다. 그러나 지금은 하굿둑으로 물길이 막혀 강물은 호수처럼 고여 있다. 바람에 부딪힌 물살은 물고기 비늘처럼 반짝거리며 수많은 파문을 일으켰다.

팻말을 스쳐 갈대숲으로 들어서자 웃자란 갈대들이 바람에 서걱거리며 숨죽여 흐느꼈다. 그것은 마치 신열에 들떠 내는 신음과도 같았다. 너른 갈대밭 사이로 이리저리 뻗어있는 오솔길 중 왼쪽으로 나 있는 길을 잡아 걸었다. 한 선생님과 만날 수 있을지 궁금하다. 확률은 반반이겠지만 불확실한 만남을 기대하는 것은 어떤 결심을 요구하는 것이기도 하다. 그것은 온전히 마음에서 일어나는 파동의 여파이기도 했다. 그를 만나야겠다는 마음 저 변에는 무엇을 확인하고 싶은 것인지 꼬집어 설명하기가 힘들다. 그와 만나기 전까지는 나 자신도 마음속에 명멸하고 있는 정체를 알 수 없다. 그는 결혼 이후 아내와 끊임없이 불화가 이어졌다. 아내는 그와 제자 사이 관계를 용서할 수 없어 돌이킬 수 없는 선택을 했다. 나도 그런 관계를 용서할 수 있을지 모르겠다. 아니면 그들이 나를 용서할 수 있을지 궁금하다. 사람을 막다른 골목으로 몰아세울 만큼 그들 사랑이 아름다웠다고 말할 수 있을까. 지금 그를 만나야 하는지조차 정말 혼란스럽다. 혹여 그를 만난다 하더라도 내 쪽에서 먼저 외면할 수도 있다. 그는 나를 알아볼 수 없을지도 모른다. 세월이 제법 흘렀다. 그가 나를 보더라도 모를 수 있다는 쪽에 막연한 기대를 걸어본다. 그를 생각하는 동안 머릿속은 점점 실타래 뒤엉키듯 헝클어졌다.

갈대숲 오솔길을 벗어나자 눈앞에는 강의 온전한 풍경이 펼쳐진다. 아담한 정자와 긴 의자가 경사진 강언덕을 따라 띄엄띄엄 놓여 있다. 그가 보였다. 갈대숲을 등지고 강물을 바라보고 있었다. 나는 순간 시간이 덧없다는 생각이 들었다. 그와 처음 만난 지 어느덧 삼십 년이 넘었다. 그런데도 그를 마주치는 순간 여전히 가슴이 뛰었다. 나는 예전 기억들을 하나둘씩 불러냈다. 그만을 바라보며 그에게 향해 있던 내 모든 자세를. 나는 지금도 그가 바라보는 그 각도쯤에 시선을 두고 있다. 햇살에 빳빳하게 물비늘 세운 강물은 제 자리에서 너울거리고 있다. 나는 갈대숲 사이에 몸을 숨긴 채 그를 조용히 지켜본다. 이내 돌아설 수도 없고 기척을 내며 선뜻 다가서기도 망설여진다.

머칠 전 경애 언니가 전화를 했다. 자신의 어머니 칠순 잔치에 꼭 와 달라는 부탁이었다. 그날 알 만한 지인들은 모두 부르겠다는 것이었다. 홀어머니가 여섯이나 되는 자식들을 키우느라 한평생 온갖 고생을 하였으니 잔치를 크게 벌여 위로를 해 주겠다고 했다. 그래서 내 주위에 있는 친구들까지 불러달라고 채근했다. 나는 요즘 세상에 칠순 잔치가 무슨 대수냐고, 백세 시대에 칠순은 잔치 벌일 일이 아니라고 핀잔을 주었다. 그냥 가족들끼리 조용히 해외여행이나 한번 다녀오라고 했다. 그러자 경애 언니는 시골 사람들은 아직도 잔치를 더 좋아한다고, 그것도 판을 크게 벌일수록 자식 키운 보람을 자랑삼을 수 있다고 했다. 시대가 변했는데 부모 세대와 똑같은 생각을 가진 경애 언니가 다른 세상 사람 같았다. 어쨌든 잔치에 참석하겠다고 약속했다. 경애 언니는 친구의 언니였지만 어릴 때부터 따랐기 때문에 친언니나 마찬가지였다. 늘 가까이 지내오던 터여서 무슨 부탁이나 요구를 쉽게 거절할 수 없었다. 이런저런 잡다한 수다 끝에 경애 언니는 한 선생님 소식을 불쑥 꺼냈다.

"너, 한 선생님 소식 들었어? 내가 아는 사람 중에 그런 일이 일어날 줄은 몰랐어. 뉴스에도 나왔는데 혹시 너도 봤어?"

"글쎄, 뉴스를 잘 안 봐서 몰라. 무슨 일인데 그래?"

"그랬구나. 너, 모르고 있었구나. 어쩐지 조용하더라. 동해안 해안가에 밀어닥쳤던 파도 때문에 일어난 사고 말이야. 한 선생님 가족이 여름 휴가를 그리로 가셨던 모양이야. 사진 찍는다고 방파제에 서 있다가 갑자기 밀어닥친 너울성 파도에 휩쓸려 바다에 빠졌는데 애들도 아내도 행방불명이래. 한 선생님만 간신히 빠져나왔다는데 기가 막힌 일이지."

"세상에, 그런 일이 있었어? 왜 나만 모르고 있었을까. 그래서 선생님은 어떻게 지내서? 선생님은 무사하신 거야?"

나는 놀란 가슴을 진정시키며 그의 근황을 물었다.

"말해 뭐 하겠니? 반쯤은 정신이 나간 거 같아. 매일 강가에 나가 왼종일 강물만 쳐다보고 계시지. 살아도 산목숨이 아닌 거지. 너, 이참에 여기 오면 꼭 한번 찾아봬. 그래도 한 선생님이 네게는 애틋한 과거였잖아. 혹시라도 누가 아니? 네가 그분한테 위안이 될지."

처음 듣는 얘기였다. 그런 큰 사고가 일어났는데 왜 아무도 말해 주지 않았을까. 나는 머리카락이 쭈뼛 섰다. 소름이 돋았다. 일어나서는 안 될 일이 일어나다니. 순간 정신이 몽롱해지면서 숨이 멎는 것만 같았다. 오랫동안 잊고 있었다고 아니, 이제는 다 잊었다고 믿고 싶은 기억이 고스란히 되살아났다. 그날 밤 처절하게 울부짖던 절규가 현실로 되돌아오다니, 듣고도 믿을 수 없었다. 그건 분명 무엇인가 잘못된 것이다. 오랫동안 침묵을 지켜왔던 운명의 신들이 이제 와서 왜, 무엇 때문에 그런 기구한 운명을 만든 것인가. 내가 믿는 신들이 뒤늦게나마 나의 울부짖음을 들어준 것인가. 그렇다면 나의 신들은 유효기간이 지나 파쇄해야 할 문서를 제때 못하고 직무를 유기한 셈이다. 그렇지 않고서야 어떻게 이런 일이 일어나겠는가. 목숨이란 것이 이토록 만만했던 것인가. 그 저녁 내내 아무것도 손에 잡히지 않았다. 모임에서 늦게 돌아온 남편이 거나하게 술에 취해 옷을 벗지 못하고 잠자리에 들었어도 옷을 벗기려고 실랑이를 벌일 엄두조차 내지 못했다. 숙취에 좋다는 홍삼 꿀물을 준비할 생각조차도 못했다. 잠결에 손을 뻗어 팔베개를 해 주려는 남편의 손길마저 완곡하게 밀어내며 아침을 맞았다.

나는 직장에 연가를 내고 서둘러 차를 몰았다. 운전하는 도중에 몇 번은 갓길에 차를 세워야만 했다. 운전대를 잡은 손이 덜덜 떨렸다. 목적지까지 제대로 갈 수 있을지 의심스러웠다. 머릿속은 온통 그의 생각으로 윙윙거려 벌집을 쑤셔 놓은 것 같았다. 그는 정말 건드려서는 안 될 벌집이었다. 달콤하긴 하지만 언제든 따끔한 침을 들이대는 벌들의 집인 것이다. 매번 쏘일 때마다 극심한 통증에 시달려 영혼의 불구처럼 휘청거렸다. 단 한 번 맛본 달콤함 때문에 잊지 못하고 지금 또다시 벌집을 건드리려는 것은 무모한 짓이 아닌가. 나는 지금 갈팡질팡했다. 언젠가는 그에게로 향한 내 집착이 나를 무너뜨릴 것 같다. 그런 위기의식마저 순간순간엔 감미로운 환영으로 바뀌었다. 내 꿈이 이루어진다면 어떤 결미로 막을 내릴 것인지 알 수가 없다.

중학교 입학식을 앞두고 정면에 나란히 서 있던 교사들 가운데 유독 시선을 잡아끄는 선생님이 있었다. 누군가를 향해 아주 해맑은 웃음을 짓고 있던 분이었다. 봄날 아침 그토록 환한 웃음을 짓는 이는 누군가를 사랑하고 있는 사람임에 분명했다. 사랑이 그토록 환한 것이라면 가지고 싶었다. 겨우 열세 살을 갓 넘긴 나는 처음부터 그에게 홀려 있었다. 나는 어렸음에도 불구하고 어느 책에서 읽은 파장 이론에 심취해 있었다. 사람한테는 고유한 파장이 있는데 자신의 파장과 상대의 파장이 완벽하게 일치하면 증폭이 되어 서로에게 감응이 된다는 가설이었다. 그를 처음 본 순간부터 그랬다. 전기에 감전되듯 찌릿, 한순간에 파장이 일어났던 것이다. 이제까지 그 누구한테 한번도 느껴보지 못했던 오묘한 감정이었다. 가슴이 무진장 설렜다. 그런 설렘은 처음이었다. 행복한 느낌이란 그런 것일까. 쉬는 시간에 복도에서 그를 만났을 때 나는 아주 공손하게 인사했다. 그가 빙긋이 웃으며 나를 쳐다봤다. 그 커다란 눈이 나를 빨아들이기도 하듯 내 얼굴을 한참이나 들여다봤다.

"이효린, 너 이다음에 다 자라면 참 예쁘겠다. 멋진 아가씨가 될 거야."

나는 이 한마디에 날개가 돋아난 것만 같았다. 지금은 미운 오리 새끼지만 훗날에는 새하얀 날개를 펴고 푸른 하늘을 마음껏 날아다닐 것 같았다. 뭐라 말할 수 없는 묘한 감정이 소용돌이를 일으키고 있었다. 그의 말 한마디에 세상이 달라 보였다. 얼어붙은 땅 위에 처음으로 눈부신 햇살이 쏟아진 양 세상은 온통 빛의 잔치였다. 세상이 온통 환했다. 이 세상이 나를 위해 존재하는 것 같았다. 길가의 나무 한 그루, 들판의 꽃 한 송이, 스쳐 가는 봄 바람 한 줄기, 봄 산에 피어오른 아지랑이, 심지어 하늘을 나는 비행기 꽁무니에 따라붙는 비행운조차도 수많은 의미로 다가왔다. 이 세상에 의미 없이 존재하는 것은 아무것도 없어 보였다. 눈에 보이는 모든 게 다 나를 위해 존재하는 것만 같았다. 우주라는 무대 위에는 그와 나의 주연을 위해 들러리를 서주는 배역인 것에 감사하는 마음이 절로 생겼다. 하루하루 산다는 게 너무도 황홀해서 구름 속을 거니는 기분이었다. 어느 가수의 노래인지도 모르면서 클라우드 나인(cloud nine/최고의 황홀경)을 흥얼거리고 다녔다.

　하지만 그에게로 향한 또래들의 구애는 경쟁이 치열했다. 짝사랑이 늘어갈수록 내 마음속에 감춰져 있던 시기와 질투는 걷잡을 수 없이 튀어나왔다. 잠 못 이룬 밤이 늘어나고 불안은 점점 불어났다. 어느 날에는 그의 파장이 나에게만 감응한 것이 아니라 또래들 모두에게도 같은 반응을 일으킨 것이 아닌가 하는 의구심도 생겼다. 누구에게나 통하는 보통 감정이라면 아무것도 아닐 수 있다는 생각이 스칠 때도 있었다. 그러나 그것은 잠시일 뿐 그에게 나는 아무것도 아니라고 생각하는 그 자체만으로도 쉽사리 절망에 떨어지곤 했다. 그와 사제지간이라면 도리를 지키면서 제자로서 잠잠한 감정을 유지하도록 애써야 한다는 생각도 해봤다. 하지만 미친 듯 솟아오르는 감정이란 억누를 수 없는 것이었다. 그는 한 아이가 그를 향해 들끓는 감정으로 매일매일 힘겹게 버티고 있다는 것을 알 리 없었다. 햇살처럼 환한 얼굴로 동화 속 백마 탄 기사처럼 은빛 오토바이를 몰고 다니며 온몸으로 빛을 내뿜었다. 게다가 수업을 진행하는 몸짓은 얼마나 열정적이던가. 목소리는 우렁찼고 동작은 힘이 넘쳤다. 그의 에너지는 온 교정을 헤집어놓고도 넘칠 만큼 충만했다. 그 열정에 감염된 또래들은 그의 일거수일투족이 그날의 뜨거운 감자일 수밖에 없었다. 그가 사는 집과 가족관계, 음식과 취미생활, 운동과 종교, 심지어는 애인의 유무까지 그와 관련된 모든 정보는 시시콜콜한 수다를 통해 남김없이 공유되었다. 학교생활은 그가 중심축이고 나는 위성처럼 그 주변을 끊임없이 맴돌았다.

이듬해 그가 담임을 맡았다. 아침저녁으로 가까이에서 볼 수 있다는 희망에 가슴이 벅찼다. 그러나 그 달콤했던 기대는 이내 끝을 향해 나아갔다. 나에게는 또래들 전부가 연적이었다. 그를 어딘가에 숨겨두고 혼자서 소중한 보석을 들여다보듯 아끼고 싶었다. 그는 또래들 입술 도마 위에 올려져 틈만 나면 입에서 입으로 오르내렸다. 시간이 흐를수록 그에 대한 입방아가 거슬리기 시작했다. 게다가 그는 내 마음을 아는지 모르는지 또래들에게 더없이 친절했고 더없이 자상했다. 내게는 지옥이 따로 없었다. 그가 그럴수록 내 마음은 하루에도 몇 번씩 벌겋게 달구어진 인두에 생살을 데인 듯 몹시 고통스러웠다.

어느 날 아침 조례 전에 반장이 교탁 앞에 섰다. 무언가 전달 사항이 있는 모양이었다. 그녀는 말을 꺼내기 전에 멈칫거리다가 이내 결심한 듯 입을 열었다. 반 분위기가 술렁거렸다. 반장은 조용히 하라고 교탁을 두드렸다. 여기저기서 이건 말도 안 돼, 라는 비명이 끼어들었다.

"담임 선생님께 기쁜 일이 생겼습니다. 하지만 저는 무척 슬픕니다. 그래서 기쁨과 슬픔이 헷갈립니다. 우리의 우상이자 애인이신 담임 선생님께서 이번 주 수요일에 결혼하실 예정입니다. 유감스러운 것은 주말도 아니고 공휴일도 아니어서 우리 반 친구들이 축하드리러 갈 수 없습니다. 하필이면 그날이 길일이라서 잡았다고 하는데 섭섭하지만 어찌겠습니까? 우리는 멀리서나마 진심으로 축하해 드립시다."

교실 안에는 난리가 났다. 비명 섞인 울음소리가 날아올랐다. 한동안 귀가 따갑도록 소란스러웠다. 조례에 들어온 그는 얼굴 가득 웃음기를 머금고 있었다. 또래들은 책상을 두들기며 발을 동동 굴렀다. 그는 아우성이 가득한 교실에서 어찌할 바를 몰랐다. 그가 말하려고 할 때마다 또래들은 야유 섞인 고성을 냅다 질러댔다. 그는 여전히 미소년 같은 미소를 유지했다. 그 미소를 저토록 오래오래 머금게 만든 신부는 누구인가. 그를 저토록 행복에 빠지게 만든 여자는 누구인가. 조례는 어수선하게 끝났다. 오전 내내 울고불고 소란을 피웠던 반 애들은 그새 잊었는지 점심시간이 되자 언제 그랬나 싶었다. 애들은 식욕이 왕성했다. 볼이 미어지게 밥이며 반찬을 먹어 치웠다. 나는 짝꿍에게 도시락을 넘겨주고 밖으로 나왔다. 마땅히 갈 곳이 없었다. 뒷동산에 올랐으나 모든 것이 빛을 잃었다. 그 많은 빛은 어디로 사라진 것일까. 숲 그늘은 짙었다. 그림자마저 흐릿한 날이었다. 어디선가 구름이 몰려오고 있는지 숲에서는 비 오기 직전의 수런거림이 들려왔다. 나는 쓸쓸했다. 손에 쥐고 있던 무언가를 한순간에 놓친 기분이었다. 오랫동안 아플 것 같았다. 그것만이 그를 품었던 나의 예의였다. 내게 준 행복만큼이나 쓸쓸함도 마땅히 내 차지일 것이다.

그는 예식을 마치고 제주도로 신혼여행을 떠났다. 그의 부재
는 또 다른 형태의 고통이었다. 보고 싶을 때 볼 수 없고 목소리
마저 들을 수 없는 시간은 새로운 절망으로 다가왔다. 그가 영영
돌아오지 않는다면, 그래서 다시 볼 수 없다면 무엇으로 견딜 수
있을까. 단지 일주일이었다. 그런데도 그가 사라짐으로써 나는
절정에 이른 동백처럼 바닥에 떨어져 시들어갔다. 이제 그가 누
구와 더불어 살든 상관없었다. 그냥 예전처럼 하루 중 몇 번이라
도 아니 단 한 번이라도 그저 바라볼 수만 있다면 그것만으로도
충분할 것 같았다. 신부에 대한 불같은 시샘이나 질투도 보고 싶
은 마음에 비한다면 하잘것없었다. 신부의 존재를 너그럽게 받아
주기로 했다. 다시 그 사람을 볼 수만 있다면 바다같이 넓은 가슴
으로 그 주변의 모든 것을 받아들이기로 했다.

그가 신혼여행에서 돌아왔다는 소식에 반 임원들은 결혼 기념
선물을 사 들고 그의 집으로 갔다. 반 애들 어느 누구도 결혼식에
참석하지 못했기 때문에 신부에 대한 정보는 아무것도 없었다.
나는 마음속으로 신부를 그려 보았다. 신부는 녹색 저고리와 붉
은 치마를 곱게 차려입고 은은한 미소를 머금고 있을 것이다. 은
쟁반같이 맑은 음색으로 사랑과 존경을 담은 그윽한 눈빛을 지니
고 있을 것이다. 품 안에 안으면 낭창낭창한 허리가 활처럼 휘어
질 것이다. 집 안을 돌아다닐 때에는 섬세하고도 날렵한 나비처

럼 날아다닐 것이다. 낮에는 현모양처 밤에는 요부처럼 변화무쌍할 것이다. 나는 그가 선택한 배우자를 최상의 여인으로 포장해보았다. 내가 생각하는 가장 이상적인 여인상을 떠올렸던 것이다.

그러나 막상 신부와 대면하는 순간 내 상상은 그저 상상으로 끝나야 했다. 그녀는 작은 키와 통통한 몸피, 좁은 이마와 옴팍한 눈을 가진 여인이었다. 첫 만남임에도 불구하고 참 인물이 없구나, 하는 생각을 했다. 게다가 말할 때 투박하게 갈라지는 목소리는 어쩐지 세상을 거칠게 살아온 이력을 드러내는 것 같았다. 말로는 멀리서 축하해 주러 온 게 고맙다고 운을 떼지만 표정에는 번잡스러워 죽겠다는 기색을 숨기지 못했다. 그의 어머니가 저녁 먹고 가라고 붙들었다. 우리는 어영부영 자리를 깔고 앉았지만 불퉁거리는 신부를 보면서 마음이 불편했다. 바늘방석에 앉은 기분이었다.

밥상이 차려지기 전에 그의 어머니가 심심할 테니 사진이나 구경하라며 결혼식 사진이며 신혼여행 사진이 담긴 앨범을 내놓았다. 우리는 환호성을 지르며 그와 신부가 찍힌 사진들을 한 장 한 장 넘겼다. 두 사람이 위아래로 또는 옆으로 나란히 포개어진 사진에 초점을 맞추고 짓궂게 낄낄거렸다. 나는 마음속으로 신부의 자리에 나를 넣어 합성해보는 장면을 상상했다. 잠시나마 황홀했다. 앨범을 넘기는 어느 순간부터 그의 환한 미소는 사라지고 있었다. 앨범 첫 페이지를 장식했던 보름달 미소가 앨범 끝자락에선 그믐달로 변하여 꽉 다문 입술이었다. 변화는 확실했다. 반 애들은 그것을 알아차리지 못하고 여전히 낄낄거렸다. 그에 대한 사랑은 단지 사춘기에 일어나는 일시적인 감정에 불과했을까. 성의 없는 유희에 불과했을까. 그들이 기름지고 찰진 잔칫상에 탐닉하는 동안 나는 먹는 둥 마는 둥 사진 속에서 그믐달처럼 저문 그를 골똘히 생각했다. 왜, 이유가 무엇일까. 여전히 행복한 시간을 보내야 하는 시기인데 그는 무엇 때문에 변해갔을까. 나는 너무도 궁금했다.

어둠이 내리자 그의 친구들이 몰려왔다. 그들은 먹고 마시며 우리가 들어서는 안 되는 야릇한 농담을 주고받았다. 이불 속에서 일어나는 남자 여자 이야기를 술기운을 빌려 마구 떠들었다. 우리는 숨을 죽이며 듣고 있었다. 어른들 세계를 염탐하듯 가슴이 쫄깃쫄깃했다. 우리의 귀가 토끼 귀처럼 붉어질 무렵 그들은 갑자기 자리에서 일어났다. 그에게 우르르 달려들어 바닥에 자빠뜨렸다. 그를 꼼짝 못 하게 붙잡고 마루 기둥에 매달았다. 그리고 나서는 그의 발바닥을 몽둥이로 가차없이 후려치기 시작했다. 그는 아파 죽겠다는 듯 비명을 질렀다. 그렇지 않아도 우렁우렁한 목소리가 고성으로 내지르니 고요했던 시골 마을이 뒤흔들렸다. 그들은 고약하게 울부짖는 소리에도 아랑곳하지 않고 연신 발바닥을 난타했다. 나는 몽둥이가 내게 날아온 듯 너무 아팠다. 그의 비명이 그대로 나에게 전해졌다. 나는 더 이상 참을 수 없어 그들에게 달려들었다. 그가 매달린 기둥을 가로막고 고래고래 소릴 질렀다.

"차라리 저를 때리세요. 우리 선생님한테 왜 그래요? 선생님을 무슨 이유로 묶어놓고 이러는 거예요? 선생님 또 때리면 저도 가만있지 않겠어요. 저리 가요, 저리 가."

나는 미친 듯이 악을 쓰며 그들을 밀쳐냈다. 그들은 내 악다구니에 아랑곳하지 않았다. 오히려 재미있다는 듯 요란한 웃음소리가 터졌다.

"야 임마 너, 제자 하나 확실히 키웠구나. 어디 가서 매 맞는 일 없겠는데. 쟤 눈초리 좀 봐라. 저 표독한 얼굴 좀 보라고. 우리가 너 한 번 더 쳤다간 죽일 기세야. 야아, 무섭다 무서워."

그들은 내 기세에 눌렸는지 엄살을 피웠다. 그를 가까이에서 보니 눈가엔 눈물 한 방울도 없었다. 말짱한 얼굴이었다.

"효린아, 어른들 일에 끼어들면 안 돼. 이건 그냥 때리고 아픈 시늉만 내는 장난이야. 신랑달이란 거지. 이 다음에 정말 선생님이 누군가한테 맞으면 그때는 도와주렴. 기꺼이 네 도움을 받을게. 특히 우리 효린이, 선생님을 생각하는 마음 받아줄게. 자자, 너희들 모두 더 늦기 전에 어서 집으로 돌아가라. 밤이 깊었다."

그가 우리를 떠밀었다. 우리는 담장 밖으로 나왔다. 하지만 뭔가 아쉬웠다. 그의 곁에 좀 더 머물고 싶었다. 그의 집 주변을 어슬렁거렸다. 담장 안에서 울려 퍼지는 그의 비명이 가짜인 줄 알면서도 처절한 소리를 내는 그를 걱정했다. 아무리 장난이라곤 하지만 가짜 울음이 진짜인 것 같아 걸음이 떼어지지 않았다. 우리는 담장 위에 머리를 올려놓았다. 누군가 집 안에서 우리의 모습을 본다면 기겁했을 것이다. 마루에 누워 버둥거리는 그의 연기를 진짜처럼 받아들였다. 그의 비명에 맞춰 눈을 껌벅거렸다. 그리고 조금은 얼이 빠진 듯했다. 그새 비명은 잦아들고 두런거리는 소리가 났다. 다시 친구들과의 술판이 벌어졌다. 술잔이 부딪히는 소리가 났다. 뒤이어 그가 부르는 노랫가락이 흘러나왔다.

"사나이 우는 마음을 그 누가 알아."

동네를 빠져나와 울퉁불퉁한 시골길을 걷는 동안 등 뒤에서 노랫가락이 흐릿하게 따라왔다. 달빛이 빚어내는 어스름 길은 오싹했다. 우리는 무서움을 잊으려고 그가 부르던 노래를 흥얼거렸다. 사나이 순정인지 갈대의 순정인지 제목도 아리송한 가사를 아무 맛 없이 흥얼거렸다. 공연히 가슴이 울컥했다. 우리는 어쩌다가 가슴속에 우상을 만들고 허물어야 하는지 몰랐다. 일방적인 첫사랑에 실연당한 것 같았다. 걸음은 힘이 빠져 마냥 더디고 무거웠다. 늦은 밤 먼 길을 되짚어 집으로 올 때까지 밤하늘 별들처럼 자기만의 이야기를 품고 걸었는지 모르겠다.

만약 내가 다시 태어난다면 너무 늦게 태어나지 않았으면 좋겠다. 그가 다른 사람을 찾기 전에 내가 먼저 그를 찾아내고 싶다. 그의 눈부신 미소를 가장 먼저 알아볼 줄 아는 사람이 되고 싶다. 나도 그에게 아름답고 그리운 이가 되고 싶다. 그의 평생을 함께 나누고 싶다. 오늘은 그를 보내지만 영영 보낸 것은 아니다. 나에겐 다만 조금 어긋난 시차가 있을 뿐이다. 시간이 흘러 내가 어른이 되고 혹시라도 어떤 상황이 돌이킬 수 없을 만큼 큰 변화가 생긴다면 미래는 변할 수도 있는 것이다. 다만 지금은 때가 일러 나의 사랑은 시고 떫은 풋사과일 뿐이다. 언젠가 그의 따뜻한 사랑과 온화한 미소, 조그마한 배려심이 있다면 나의 풋사과도 발그레한 붉은빛으로 익어 갈 것이 분명했기 때문이다.

가을 초입, 달빛이 뜨락을 하얗게 표백하고 있다. 열어놓은 창문으로 제법 서늘한 바람이 스며 들었다. 침대에 펼쳐놓은 정장 몇 벌과 간단한 소지품을 가방에 챙겨 넣는다. 대학의 마지막 학기는 교생실습을 해야 했다. 그를 다시 만나기 위해 얼마나 기다렸던가. 좀처럼 잠을 이룰 수가 없다. 이날을 위해 나의 꿈인 작가를 포기하고 교직을 선택했다. 그의 곁으로 다가설 수만 있다면 무엇이든 했을 것이다. 비록 4주 동안 짧은 실습이지만 그와의 관계에서 어떤 진척을 이룰 수만 있다면 이번 만남은 천재일우가 될 것이다. 그동안 그는 아내와 사별했기 때문에 그를 만나는데 비난받을 이유는 없다. 나는 이제 자랄 만큼 다 자라서 어른이 되었다. 그가 말한 대로 멋진 아가씨가 되었다.

학교를 떠난 지 팔 년이란 세월도 지나고 보니 그리 긴 시간은 아니었다. 나는 그를 걸고 불확실한 미래를 도박하고 있는지 모르겠다. 다만 그가 결코 행복하지 않을 거란 확고한 판단이 섰기 때문에 길고 긴 기다림이 쓰라릴 만큼의 고통은 아니었다. 오직 한 사람만 바라본다는 것이 외롭고 쓸쓸하긴 하지만 견딜 수 있는 시간이라 생각했다.

모교에서의 교생실습은 덧없이 빠르게 지나가고 있었다. 수업 참관과 연구수업, 그리고 매일 매일의 실습일지 기록, 실습토론회, 아이들과의 상담 등으로 시간을 보내고 나면 파김치가 되었다. 경애 언니네 집으로 퇴근해 들어가면 그와 있었던 하루 일과를 꼬치꼬치 캐물었다. 나의 상황은 지지부진했다. 나는 딱히 말할 건더기가 없어 우물쭈물거렸다. 정말 대답이 궁했다.

"언니, 기다려 봐. 아직 때가 이른 것 같아. 무르익을 때까지 군불을 더 지펴야 할 것 같아."

말은 그렇게 하고 있지만 속으론 자신이 없었다. 실습 첫날 고작 눈인사 정도만 나누었을 뿐이다. 몇 년의 세월이 그와 내 곁을 아무런 연결고리 없이 스치고 갔다. 시간의 흔적은 역시 피할 수는 없는 모양이다. 가까운 거리에서 그를 보았다. 그 환하던 빛은 사그라들었고 우렁찬 목소리도 한풀 꺾여 있었다. 만개한 꽃잎이 조락을 향해 시들어가는 모습이 안타까웠다. 나는 늘 그를 바라봤다. 마음이 향하는 곳이 그에게 머무르기 때문이다. 그러나 어느 순간부터 그가 나를 피하고 있다는 사실을 알았다. 내가 수업이 없어 교무실에 있을 때면 그 역시 수업이 비었음에도 불구하고 교무실에 붙어있지 않았다. 한번도 어김없이 밖으로 나갔다. 처음에는 눈치를 채지 못했다. 나는 서로 쉬는 시간이 겹치면 지난 시간을 떠올리며 살아온 얘기를 나누고 싶었다. 나는 그가 갈 만한 장소로 찾아 나섰다. 숙직실이거나 강당 또는 뒷동산으로 가 보았으나 그를 만나지 못했다. 그는 왜 나를 피할까. 옛 제자에게 스스럼없이 대하고 시시껄렁한 잡담조차 나누지 못하는 것일까. 말 못 할 비밀이라도 있는 것일까. 나에게 들켜서는 안 될 사연이라도 있는 것일까. 나는 그에게 수많은 의문을 품었다. 나는 일부러 그의 꽃병에다 꽃을 꽂아놓고 커피를 타 놓고 조그만 메모지에 어설픈 우스갯소리 몇 마디 적어 넣었다. 그런 것들을 발견할 때마다 가볍게 꽃향기가 너무 좋군, 커피 고마워, 잘 마실게, 요즘엔 이런 말이 유행인가? 참 재미있군그래, 하면서 흘러가는 강물처럼 그렇게 둘 사이가 자연스럽게 흘러가길 바랐다. 그러면서 지나온 시간만큼 쌓인 서먹한 거리를 줄이면서 가까워지고 싶었다. 그것은 한낱 나의 희망 사항일 뿐이었다. 그에게는 아무런 동요가 없었다. 그는 나를 겉돌았다. 나에게 아무런 관심도 없어 보였다.

　실습 마지막 주 개교기념일, 교직원들 모두 야유회로 내장산에

갔다. 한결같이 들뜬 기분으로 먹고 마시며 흥에 겨웠다. 목적지에 당도하기도 전에 얼굴은 이미 단풍잎으로 물들어 버렸다. 교직원들은 한데 어우러져 사진을 찍고 나뭇잎을 주워 허공에 뿌리면서 아이들처럼 즐거운 놀이에 빠져들 때 유독 그만이 뒤처져 있었다. 가을 나들이에 세상 고해는 모두 어깨에 짊어진 양 무겁게 구는 그의 처신에 괜히 화가 났다. 나는 냅다 그에게 뛰어가 축 처진 손을 거칠게 낚아챘다. 그는 흠칫 놀라더니 뒤로 물러났다. 나는 재차 그의 손을 잡았다. 남의 시선을 의식한 듯 민망해했다. 고개를 숙이며 애써 나를 외면했다. 나는 일부러 들뜬 목소리로 서둘러 말했다.

"선생님, 기억나세요? 선생님이 제게 하셨던 말씀요. 선생님이 정말 아플 땐 저더러 도와달라고 하셨잖아요? 제가 도와드릴까요?"

그는 거칠게 내 손을 뿌리치며 까칠하게 굴었다.

"네가 무얼 안다고 까부는 거지? 난 아프지도 않고 제자한테 도움받을 만큼 심약하지도 않아. 그러니까 내게 관심 두지 마. 괜찮으니까 신경 쓰지 말라고."

"선생님이 뭐라 하셔도 제게는 보이는 게 있어요. 선생님에 대해서는 제가 더 잘 알아요. 이제는 저를 아이 취급하지 마세요. 클 만큼 다 컸어요. 이것저것 알 만큼 여물었고요. 지금 선생님은 마음이 아프신 거 맞아요."

그는 고개를 돌려 언짢은 얼굴로 한동안 나를 쳐다봤다. 창 넓은 모자의 그늘에 가려진 눈빛엔 진한 쓸쓸함이 담겨 있었다. 그렇다. 그는 아내를 잃었다. 처음부터 인연이 아닌 사람을 만나 정신적으로 피폐해졌다. 결국엔 아내의 잘못된 선택으로 그의 인생 일 막에 커튼이 내려진 것이다. 어렸던 내가 보기에도 전혀 어울리지 않는 짝이었다. 인연이란 따로 있는 것이다. 두 사람이 나란히 있을 때 조화를 이루어야 인연이 되지 않을까. 그런 면에서 그의 결혼은 짝이 맞지 않은 신발을 꿰고 있었던 것은 아니었을까. 지금이 그의 인생 이 막이 올려지는 시점이었다. 나는 다시 그의 손을 잡았다. 역시 그는 내 손을 똑같이 뿌리쳤다. 냉기가 느껴졌다. 그 순간 뜬금없이 어릴 적 잠자리에서 엄마가 들려주던 옛날이야기가 떠올랐다. 그것은 마치 지난밤 들었던 얘기처럼 너무도 생생했다. 하필이면 그 순간에 떠오르는 건 무슨 조화 속일까. 후에 안 사실이지만 그 이야기는 원본이 따로 있었다. 엄마는 아이들 수준에 맞게 얘기를 변형시켰던 셈이다. '월하노인'의 엄마 버전이었다.

조선시대 한 선비가 나이가 차서 장가를 들게 되었다. 좋은 가문 아리따운 규수를 신부로 맞아 밤새 운우지정을 나누었다. 해가 동천에 떠오르고 나서야 잠에서 깨어났다. 밤새 열락을 주었던 새색시는 아직도 한밤중이었다. 선비는 다가가 색시의 손을 꼬옥 잡았다. 잠든 색시의 얼굴은 하늘에서 내려온 선녀인 양 그리 고울 수가 없었다. 그런데 색시의 잠든 모습이 이상했다. 아무리 잠결이라 하지만 누군가 자신의 손을 잡고 있는데도 미동조차 없었다. 그리고 보니 색시의 손은 너무 차갑고 뻣뻣했다. 선비는 놀라 벌떡 일어났다. 색시를 흔들어 보았다. 베개 위에 고여 있던 색시의 머리가 힘없이 요 위로 툭 떨어지는 게 아닌가. 선비는 심장이 떨어지는 줄 알았다. 체통도 잃어버린 채 비명을 질렀다.

몇 년이 흐른 뒤 선비는 아내를 잃은 슬픔에서 헤어나 또다시 장가를 들게 되었다. 새로운 희망을 품고 신방을 차렸다. 부부의 정을 나누며 달콤한 잠 속으로 빠져들었다. 새벽녘 급한 요의를 느껴 뒷간을 다녀온 후 혹시나 하는 마음에서 신부의 가슴을 더듬어 보았다. 이미 신부의 몸은 싸늘했다. 이번에는 신음조차 낼 수 없었다.

신부의 장례를 마치고 돌아오던 길이었다. 시장에 좌판을 깔고 사주풀이로 밥벌이를 하는 노인이 선비를 불러 세웠다. 그렇지 않아도 모든 게 기막힌 지경인데 길거리 천한 것이 불러 세우니 더 기가 막혔다. 노인은 대뜸 선비를 향해 고함을 질러댔다.

"이놈아. 계집 몇을 더 잡아먹어야 정신 차리겠냐? 인연은 따로 있는데 생 계집 데려다 송장을 치루고도 아직도 깨닫지 못하느냐? 쯧쯧. 그게 다 네 업보야, 업보란 말이다."

선비는 무례하기 그지없는 노인에게 다가섰다. 치밀어오르는 화를 지그시 누르며 되물었다.

"노인장, 하면 소생의 연분은 어디 있습니까? 이러다간 대가 끊어질 판이니 살 길을 열어 주시오."

노인은 한동안 뜸을 들인 후에 종이에다 뭔가를 적었다. 선비에게 그것을 건네더니 약조해야 할 것이 있다고 했다. 그것은 바로 그려준 지도에 적혀 있는 곳을 반드시 다음 날 아침 일찍 찾아가라는 것이었다. 그 시각을 놓치면 인연을 만나기는 영 그르칠 거란 이야기도 덧붙였다.

다음 날 선비는 노인이 알려준 곳으로 향했다. 이리저리 나 있는 어지러운 저잣거리 끝에 자리한 주막이었다. 선비는 주인에게 국밥 한 그릇을 시켰다. 여기저기 둘러보았지만 그 안에는 주인 남자 외엔 아무도 없었다. 국밥 한 그릇을 다 비울 때까지 식객 한 명도 들어오지 않았다.

선비는 초조해지기 시작했다. 밥을 다 먹었으니 자리에서 일어나야 하는데 기다리는 여인은 그 어디에도 보이지 않았다. 낭패가 아닐 수 없었다. 눈치 빠른 주인이 낌새를 알았는지 다가와 물었다.

"선비 어른, 누굴 기다리시는 것 같은데 맞는지요?"

"아, 아침에 이곳에 오면 어떤 여인을 만날 수 있다기에 기다리던 참이오. 혹 주인은 알고 있소? 내 인연이라 해서 기다리는 중이오."

"식전 댓바람에 여기 올 사람이야 제 아낙과 여식뿐입죠. 허허 허."

그때 여자아이를 등에 업은 아낙이 뼈다귀며 내장이 가득 담긴 함지박을 머리에 인 채 주막 안으로 들어왔다. 그 순간 선비는 당황했다. 분명 노인이 가르쳐 준 그 시각쯤이었다. 두 여인 중 자신의 인연이 하나라는데 한 여인은 주막집 사내의 아낙이고 하나는 이제 막 돌이나 넘긴 듯한 계집아이였다. 이게 어찌된 일인가? 선비는 머릿속을 스치는 노인의 비웃음 소리가 들려오는 듯도 했다. 나를 놀리다니 가만두지 않으리라. 이놈을 다시 만나면 가만두지 않으리라. 선비는 머리끝까지 화가 치밀었다. 몸을 돌려 주막을 나서려는 그 순간, 아낙의 등 뒤에 매미처럼 붙어 자던 아이가 깨어났다. 그리고는 한바탕 앙칼지게 울어댔다. 그렇지 않아도 화가 나 있는데 주막이나 해 먹고 사는 이런 천한 것들과 인연을 맺으라 했으니 더 이상 화를 다스릴 수가 없었다. 선비는 악을 쓰며 울어대는 아이를 향해 칼을 빼 들었다. 번쩍이는 칼날의 일격에 아이의 울음이 일순간 잠잠해졌다. 선비는 뒤도 돌아보지 않은 채 주막을 떠났다. 선비의 등 뒤에서 주막집 부부의 울부짖는 소리와 원망이 칼칼하게 솟구쳤지만 한번도 돌아보지 않았다.

세월이 흘러 선비는 장년을 바라보는 나이가 되었다. 그동안 다시 한번 혼례를 올렸으나 그 여인도 원인을 알 수 없는 병으로 시름시름 앓더니 석 달을 넘기지 못하고 죽어버렸다. 어느 날 매파 한 사람이 선비의 집으로 찾아왔다. 마을에는 선비에 대한 소문이 흉흉했다. 이제는 양갓집 규수를 다시 맞아들이기엔 틀렸다. 매파는 자신이 나서서 집안이 좀 한적하긴 하지만 선비에게 딱 어울릴 법한 색싯감을 구해보겠다고 했다. 선비는 마지막 기회라 생각했다. 선비는 매파의 뜻을 허락하였다.

선비는 예식을 조촐하게 마치고 처음으로 신부의 얼굴을 대하였다. 신부는 앞머리를 가지런히 이마에 붙인 채 고개를 들지 않았다. 자꾸만 선비의 시선을 피했다. 머리를 아래로 바짝 떨군 신부는 수줍은 듯 얼굴을 들지 못했다. 선비가 신부 앞으로 가까이 갔다.

"얼굴 좀 들어보시오. 명색이 부부가 된 사이인데 눈이라도 마주쳐야 할 게 아니오?"

신부는 어렵게 고개를 들었다. 선비는 신부의 얼굴을 찬찬히 뜯어보았다. 정말 어여쁜 모습이었다. 이제 막 봉오리가 맺힌 복사꽃처럼 화사했다. 선비는 신부 이마에 흘러내린 머리칼을 쓸어 넘겼다. 그 순간 신부가 화들짝 놀랐다. 거기에는 칼날에 의해 생겨난 길쑥한 흉터가 지네처럼 엎드려 있었다. 신부는 어쩌다가 이런 고약한 칼자국을 지니게 되었는지 선비는 마음이 아팠다. 그때서야 신부는 눈을 들어 선비의 눈과 마주했다. 신부의 눈빛이 선비의 가슴 속으로 서늘하게 파고들었다.

"이, 이게 웬 흉터란 말이오?"

선비는 말을 더듬거렸다.

"이 칼자국은 소녀가 아주 어렸을 때 생겨난 것이라 들었습니다. 지금은 부모님께서 돌아가셔서 그 내막은 잘 모르겠으나 장터에서 주막을 하던 당시 어떤 선비가 아침밥 잘 먹고 난 후 까닭 없이 칼을 휘둘러 그리되었다 들었습니다. 이 흉터 탓에 혼사도 여러 번 깨졌습니다. 선비님께서도 소녀의 이 끔찍한 흉터가 마음에 걸리신다면 지금도 늦지 않았습니다. 소녀는 이 혼사를 물리셔도 할 말이 없습니다."

선비는 묵직한 둔기로 뒤통수를 얻어맞은 듯 아득했다. 신부의 얼굴에서 단 한 번 일어난 일이었지만 저잣거리 노인과 주막집 내외 그리고 어린 계집아이 모습이 주마등처럼 지나갔다. 마치 어제 일어났던 일처럼 너무도 선명했다. 주막집 아낙의 등 뒤에서 매미처럼 붙어 자다 느닷없이 흉한 일을 당한 그 아이가 지금 신부가 되어 눈앞에 있던 것이다. 선비는 이것이 꿈인지 생시인지 얼른 분간할 수가 없었다. 선비는 마음이 어느 정도 가라앉은 다음에야 신부를 안았다. 신부의 흘러내린 머리칼 사이로 숨겨져 있던 흉터를 가장 소중한 인연인 양 아프디아프게 어루만졌다.

교직원들이 시야에서 사라진 지 오래였다. 그와 나는 뒤에 남았다. 산행을 하러 올라간 일행을 포기하고 사하촌에서 다람쥐 쳇바퀴 돌리듯 같은 길을 돌고 또 돌았다. 그는 내게서 떨어져 걸으려 애를 썼다. 나는 그만큼 다가갔다. 그는 또다시 내가 다가간 만큼 떨어졌다. 눈에 보이지 않는 실랑이는 언제까지나 계속될 것만 같았다. 하루가 저물고 있었다. 산에서 돌아온 일행과 회식을 마치고 유원지 행락 문화가 그렇듯이 분위기는 한껏 고조되었다. 모두가 조금씩 일탈하고 싶은 충동에 휩싸여 초저녁부터 나이트로 몰려갔다. 교사들의 호칭이 사장님 이하 과장과 계장, 대리로 대신하고 행정실까지 영업부로 명칭이 달라졌다. 교직에 있는 사람들은 남의 시선을 지나치게 의식하는 것 같았다. 같은 문제가 일어나도 직업이 교사라면 일반인 수준보다 몇 배나 더 드센 비난을 받아야 했다. 그런 이유에선지 입에 익숙하지 않은 호칭은 겉돌았다. 어쨌든 바뀐 호칭 덕분에 남들의 시선으로부터 조금은 자유로워질 수 있었다. 그는 플로어에서 마음껏 소리 지르며 몸을 흔드는 교직원들을 물끄러미 바라볼 뿐이었다. 블루스 음악이 흘러나오자 함께 교생실습 중인 은희가 그에게로 다가갔다.

"과장님, 우리 춤춰요. 이런 날이 오기를 기다렸어요. 손을 내밀어도 되겠지요? 오늘 밤 한번 신나게 춤추고 싶어요. 과장님도 잊을 건 다 잊고 저에게 마음껏 취해봐요. 뻘쭘하니 앉아 계시지만 말고 어서요 어서."

그는 나를 의식해서인지 마지못해 끌려가는 짐승처럼 엉덩이를 뒤로 뺐다. 하지만 그녀가 힘껏 잡아당기는 바람에 앞으로 끌려나갔다. 번쩍거리던 조명이 은은하게 바뀌고 끈적끈적한 음악이 흘러나왔다. 무대 위에는 필리핀 가수가 엘비스 프레슬리의 'Are you lonesome tonight?'을 색소폰 연주에 맞춰 부르고 있었다. 플로어에 있는 사람들 몸짓이 흐느적거렸다. 가수의 허스키한 음색이 공허하게 들려왔다. 나는 뭔가를 잃은 느낌이었다. 뭔지 모를 서글픔이 복받쳤다. 그와 그녀는 몸을 밀착시키고 리듬을 타며 비비적거렸다. 그들 얼굴은 종이 한 장 거리만큼 가까웠다. 그들의 움직임을 망연하게 바라보는 내 처지가 한없이 초라했다. 온몸을 휘감는 배신감이 몰려왔다. 불길한 직감이 틀리기를 바랐다. 내 기다림이 그에게 닿기도 전에 그녀에게 뺏기고 싶지 않았다.

갑자기 클럽 안이 참을 수 없이 답답했다. 아니, 삶이 내 마음 먹은 대로 흘러가지 않는다는 표현이 더 정확할 것이다. 나는 클럽 문을 박차고 나왔다. 대낮처럼 환한 중심가를 벗어나 인적이 드문 곳으로 걸었다. 아름드리 단풍나무 아래에서 밤하늘을 올려다보았다. 눈물이 났지만 그것을 떨어뜨리지 않으려고 하늘을 한참이나 쳐다보았다. 희부옇게 달무리 진 하현달이 소리 없이 뜬 구름 위를 지나가고 있었다. 그는 내가 아닌 다른 사람과 행복이 가득한 미래를 꿈꾸고 있을지도 모른다. 수명을 다한 전등불처럼 내 마음속에 몰려오는 어둠의 정체는 무엇인가. 그녀도 그를 가슴속에 품고서 기나긴 시간을 견딜 만큼 맹목적인 사랑에 목매달았을까 궁금했다. 이 지점에서 나와 그녀가 나란히 서 있을 줄은 꿈에도 몰랐다. 나는 또 다른 연적의 등장을 눈곱만치도 생각해 보지 못했던가. 그를 바라보던 그녀의 간절한 눈빛이 떠올랐다. 그것을 본 후부터 내 마음은 소란했다. 예전처럼 운명이 되돌아간 것만 같았다. 그에게 다가서려 하면 누군가 먼저 앞을 가로막았다. 그것을 운명이라든가 숙명이라든가 하는 것에 끼워 나를 결론짓고 싶지 않았다. 실낱같은 희망이라도 있다면 내 전부를 걸고 싶었다. 정말 꼭 한 번만 더 그 기회를 얻고 싶었다.

버스 기사는 일박 이일 야유회를 마치고 운동장에 교직원들을 풀어놓았다. 관광버스는 뒤꽁무니에 뿌연 흙먼지를 일으키며 왔던 길로 되돌아갔다. 밤을 지새웠던 사람들 얼굴엔 진한 피로감이 묻어났다. 모두에게는 자기 길이 있듯 각자 제 갈 길로 바삐 흩어졌다. 운동장엔 덩그러니 남아있는 사람은 나뿐이었다. 나는 한동안 마땅히 가야 할 곳을 정하지 못하고 휑한 운동장에 있었다. 서걱거리는 가슴속으로 가을과 겨울이 섞인 서늘한 바람 한 줄기가 밀려들었다. 마음이 시렸다. 교정으로 들어서는 입구에 줄줄이 서 있는 낙엽수도 이미 많은 이파리를 떨군 탓에 바람이 불어올 때마다 잔가지들은 힘없이 흔들렸다. 여러 가지 감정으로 물들었던 망상의 줄기들은 앙상한 뼈대만 남았다. 곧 차가운 거울을 맞아야 하는 막막함이 몰려왔다. 이제는 기다릴 봄이 두 번 다시 돌아오지 않을 것 같았다. 교생실습을 끝내고 그곳을 떠났다. 그를 등지고 떠난 내 영혼은 한없이 추웠다. 너덜너덜 찢어진 영혼의 틈새마다 맵찬 바람이 불었다. 그와 은희는 오래전부터 교제가 있었던 모양이다. 그로 인해 아내와 다툼이 잦았다. 그의 아내는 두 사람 관계를 스스로 목숨을 거둠으로써 용서하지 않았다. 다른 사람의 입장을 무시할 둘만의 사랑은 뜨거웠을까. 나는 나의 청춘을 그에게 걸고 기다림으로 도전하였다면 내 시간은 패색이 짙은 삶이었다. 끝내 나는 그를 털어버리지 못했다. 나는 바로 나 자신으로 인해 영혼을 할퀴고 있었던 셈이었다.

나는 그의 집과 가까운 강둑으로 달려갔다. 해가 지고 있었다. 갈대숲에는 북쪽에서 날아와 겨울을 나려는 철새들의 난만한 소란이 일었다. 때가 되면 자연의 미물조차도 짝을 이루어 크고 작은 기쁨을 누린다. 기쁨을 누릴 수 있는 자가 승자다. 패자의 눈물과 절망을 기억하는 이는 아무도 없다. 청둥오리와 가창오리 떼의 기기묘묘한 소음 속에서 나는 정신이 몽롱해질 때까지 바람결에 파닥거리는 강물을 향해 미치도록 소리 질렀다. 다 휩쓸어 버려라 그의 전부를, 가장 소중한 것을 다 휩쓸어 가버려. 나는 목이 쉬도록 울부짖었다.

그의 재혼 소식을 들었다. 친구들이 가정을 이루기 위해 우정을 소홀히 할 즈음이었다. 경애 언니를 통해 그의 소식을 간간이 전해 듣던 때였다. 그 소식은 동창들로부터 큰 소란이 일었다. 그만큼 충격적인 것이었다. 동창들 사이에선 그에 대해 비난 일색이었다. 한때는 우리들 가슴속에 연정을 품지 않은 사람이 없을 만큼 그는 드높고 푸르렀다. 이제는 그가 땅에 떨어져 함부로 차이고 밟혔다. 더군다나 재혼 상대가 또래의 제자였던 점에서 동창들은 입에 담지 못할 험담을 마구 쏟아냈다. 연락 없이 지내던 친구들까지 덩달아 전화통에 불이 나도록 요란을 떨었다.

그는 오래오래 잘 살 것 같다. 제자들로부터 험악한 욕설을 들었으니 아주 길게 살 것 같다. 하지만 누가 알겠는가. 내가 노인이 될 때까지 그가 말짱하게 살아있고 신이 허락하여 나보다 은희를 먼저 데려간다면 다시 기회는 생길지도 모를 일이다. 나는 하염없이 기다리는 자세로 버젓이 살아갔다. 죽을 생각은 눈곱만큼도 없었다. 눈 뜨면 하루의 일용할 양식을 위해 잠이 가시지 않은 얼굴로 출근하고 온종일 아이들과 부대꼈다. 세월아, 빨리빨리 흘러가라. 그도 늙고 나도 늙으면 사랑의 헛됨을 깨닫게 될 테니까. 세월아, 제발 광속으로 미친 듯 달려가라. 나는 그렇게 기도했다.

늦은 저녁이면 TV를 켜놓고 소파에 앉아 밥과 반찬을 한 접시에 담아 먹었다. 이미 차갑게 식어버린 메마른 음식으로 꾸역꾸역 허기를 달랬다. 그럴 때마다 까닭 모를 체기가 턱턱 숨통을 옥죄었다. 가슴을 두드렸다. 한참이나 그렇게 하다 보면 가슴에 뼈근한 통증이 일어 밤늦게까지 가슴을 쓸어줘야 했다. 훗날 그 사람을 또다시 만나게 된다면 내가 보낸 시간은 말할 수 없이, 견딜 수 없이 아주 삭막했다고 말하고 싶었다. 그 사람도 나처럼 가슴을 쓸어내리며 내 삶 역시 너와 다르지 않아 견디기 힘들었다, 하는 대답을 듣고 싶었다.

　서른여섯 여름, 옆에 앉은 허윤미 선생이 연이틀 결근했다. 이유는 묻지 말라는 부탁 때문에 오히려 여간 궁금한 게 아니었다. 그녀가 돌아왔을 때 평상시와는 달리 조금 우울한 표정이었다. 그녀는 첫사랑을 만나고 돌아오는 길이라 했다. TV에서 첫사랑을 찾아주는 프로그램이 있는 모양이었다. 얼굴 가득 그늘진 자국을 지우지 못하고 내게 반문했다.

　"이 선생님도 첫사랑이 있었나요? 아아, 미안. 누구한테나 다 있는 걸 괜히 묻네요. 만약에 첫사랑이 찾는다면 만날 거예요?"

　"저한테는 아마도 그런 일은 없을 겁니다. 저 혼자 짝사랑만 했거든요. 혼자서 일방적으로 가슴앓이 한 거라서요. 허 선생님이 부럽네요."

　"설마, 이 선생님만 짝사랑만 했겠어요? 누군가는 이 선생님을 짝사랑한 사람도 있을 거예요. 저처럼 볼품 없는 여자도 첫사랑이라고 찾는 사람이 있는데요."

　"허 선생님, 궁금해요. 첫사랑 만난 얘기 좀 해봐요. 오랜만에 만나서 좋았어요? 가슴이 그 시절만큼 풋풋했나요? 예전처럼 그렇게 설레던가요?"

나는 호기심을 가지고 중년에 접어든 그녀 옆으로 바짝 다가섰다.

"방송국에서 온 전화를 받고 얼마나 놀랐는지 몰라요. 첫사랑이 나를 만나게 해달라는 신청을 했더군요. 그 순간 머릿속에 뭐가 떠올랐는지 이 선생님이 알면 나를 얼마나 놀릴까요. 글쎄, 남편과 애들 얼굴이었죠. 가족이 이 사실을 알면 얼마나 속이 상하겠어요? 아내로서 엄마로서 끝장나겠구나, 하는 생각이 들어 첫사랑이고 뭐고 다 걷어차 버리고 싶었다니까요."

"그래요? 거기에 나가지 않으셨어요?"

"나가기야 나갔죠. 가족들 후폭풍이 두려워 녹화는 하지 않았어요. 대신 대기실에서 그 사람을 만났어요. 입을 꼭 다물라고 으름장을 놓았죠. 첫사랑은 그저 지나간 사랑일 뿐 진행형 사랑은 아니잖아요. 첫사랑은 예쁜 포장지로 싸여 있지요. 사실 포장지를 뜯어보면 알맹이가 보잘것없을 때가 많잖아요. 실망할 때도 있고요. 기대에 못 미쳐 함량 미달일 때도 있고요. 그 사람은 왜 몰랐을까요? 참 어리석은 짓을 한 셈이죠. 그 사람을 만난 순간부터 괜한 일을 벌였다는 사실에 후회스러웠어요. 늙어가는 것도 끔찍한데 가장 빛나던 시절을 기억하는 추억마저 망가뜨린 게 정말 미웠어요. 그래도 이따금 첫사랑이 생각나면 남몰래 꺼내 보던 사진 한 장이 남아 있는데 집에 오자마자 아무 거리낌 없이 찢어 버렸어요. 그를 다시 만나보니 벌써 배불뚝이에 소갈머리 없는 아저씨라니. 혹시 이 선생님도 첫사랑이 부른다고 냉큼 달려가진 않겠지요? 나처럼 어리석은 짓은 하지 말아요. 후훗."

서른 중반을 넘기면서 어머니는 나를 내버려두지 않았다. 내 손으로 짝을 구하지 못하니 당신이 직접 찾아보겠다고 나섰다. 알 만한 지인들에게 딸을 팔고 다녔다. 마흔을 넘기면 아예 집 밖으로 쫓아버리겠다고 별렀다. 어쩌다가 함께 자리한 밥상 앞에서는 늘 엄살을 부렸다.

"이것아, 천하에 몹쓸 것! 늙은 어미 언제까지 부려 먹을 거냐? 나도 이젠 다 늙어서 허리도 아프고 관절도 시원찮아. 너 하나 먹이고 입히는 것도 버거워. 늙은 딸내미 거두기가 힘들어. 앞으로는 네가 나를 먹이고 입히든가 해야지."

말은 그렇게 매정하게 했지만 야간 자율학습 때문에 귀가가 늦는 나를 위해 늦은 시간까지 잠자리에 눕는 일은 없었다. 가끔 늦은 저녁을 함께 먹는 날이면 내 얼굴 곳곳을 살피면서 혀를 끌끌 찼다.

"젊은 것이 꽃 한번 피지 못하고 시드는 거 보는 어미 속이, 속이 아니다."

나는 그런 어머니를 바라보다 함께 산다는 것이 얼마나 큰 짐이 되는지 알았다. 한 사람만 바라보는 일은 그만둘 때가 되지 않았나 하는 생각을 비로소 하게 되었다. 세상에는 맺어지지 않는 사랑이 있다는 것을 받아들여야 했다. 이제는 집을 떠나야 했다. 기름기라곤 하나 없고 수심 가득한 어머니 눈빛이 애처로웠다.

마흔을 넘기기 전, 나와 엇비슷한 남자를 만나 첫 만남 이후 육 개월 만에 결혼했다. 결혼을 서둘러 했듯 아이들도 연이어 태어났다. 자식들 재롱과 남편의 든든함에 도낏자루 썩는 줄도 모르게 시간은 쏜 화살처럼 흘러갔다. 남편은 이따금씩 농담을 던졌다.

"어디를 헤매다가 이제 나타난 거요? 사십 년을 찾았잖아요."

그러면 나도 남편에게 응답했다.

"머리카락 보일라 꼭꼭 숨어 있었지요."

사람 사이에는 단 몇 초 사이 첫눈에 반하는 사랑도 있고, 바람개비처럼 팔랑거리는 사랑도 있다. 스펀지가 물을 빨아들이듯 서서히 스며드는 사랑도 있다. 왜 나는 진즉부터 자리에서 일어설 때면 그 묵직한 무게감으로 속이 꽉 차오르는 사랑이 있다는 것을 알지 못했을까. 그 한 사람을 만나기 위해 때로는 황량한 벌판을, 때로는 햇빛 한 줌 들지 않는 어두운 숲길에서 왜, 왜 헤매고 다녔을까. 아무리 가슴 저리게 마음의 파동을 높여봐도 반응이 없는 사랑도 있다는 것을 너무 늦게 깨달은 것은 아니었을까.

그는 아직도 강물에서 시선을 거두지 못하고 있다. 지는 해를 등에 업고 하염없이 서 있었다. 그의 실루엣이 강물에 아른거린다. 아직도 내가 그를 바라보는 마음은 점점 더 고통스러워졌다. 어렵게 이룬 그의 사랑이 나의 헛된 꿈과 무모한 집착에 걸려 울부짖는 소리가 그대로 신들에게 닿았던가. 그의 가장 소중한 것이 일순간에 휩쓸려 나가게 한 것이 그를 사랑하는 나의 방식이었던가. 한번 내뱉은 말들을 다시 주워 담을 수는 없을까. 나는 그에게 걸었던 주술을 거두었다. 겨울 철새들이 무리 지어 어둑해진 하늘로 날아올랐다. 땅 위에 아른거리는 가창오리의 수많은 그림자들이 얼룩을 그려내며 추수가 끝난 들녘으로 자리를 옮겨 간다. 그를 강가에 남겨두고 돌아섰다. 흔들리던 갈대들이 멈춘 것을 보니 바람이 잦아든 모양이다. 나는 갈대숲을 지나 '세상에 흐르는 것은 강물을 따라 바다에 이른다'라고 써 있는 팻말 앞에서 오래도록 머물렀다. 내 안에서 끊임없이 너울대는 강물이 멈출 때까지, 오래오래 서 있었다.

거리두기 연인

"수연씨, 너무하는 거 아닌가요? 코로나도 끝났는데 한번 만나자는 말이 없군요. 언제나 내가 먼저 연락해야 간신히 목소리를 듣게 되고. 섭섭해요. 지난 삼 년 동안 어떻게 지냈는지 궁금하기도 하고 얼굴도 좀 보고 싶기도 해요."

그녀는 그로부터 갑자기 전화를 받고 가슴이 철렁했다. 한동안 소식 없이 지내던 그가 무슨 바람이 불어 전화를 한 것일까. 그의 고질적 습벽은 다른 여자에게 한눈팔기다. 그것이 도지면 그녀에게는 늘 감감무소식이었다. 어느 날 시도 때도 없이 걸어대는 전화나 카톡이 뚝 끊기면 새로운 여자가 생겼다는 걸 의미했다. 그는 코로나 기간 내내 조용했다. 마치 거리두기를 철저히 준수하는 사람처럼 전화 한 통 문자 하나 보내지 않았다. 그랬던 그에게서 다시 연락이 왔다. 그녀는 마른 침을 삼켰다. 일단 그에게서 연락이 왔다면 만나줘야 한다. 그녀가 거절하면 엉뚱하고 곤란한 일을 벌일지도 모른다. 그는 제멋대로 구는 사람이어서 그녀의 의사와는 관계없이 그녀가 사는 도시로 무작정 오곤 했다. 그녀는 혼자 사는 교사로서 지켜보는 눈이 많았다. 지역에 그가 나타날까 늘 안절부절했다. 그는 그녀와의 관계에서 자신의 뜻대로 되지 않으면 어린아이처럼 보챘다. 밤낮을 가리지 않고 전화를 해 오거나 카톡을 보냈다. 그녀에게 채권이라도 가진 양 만나달라고 졸라댔다.

그에게 한창 마음이 기울어져 있던 때에는 그가 그녀의 전부일 때도 있었다. 그에게 더없이 친절하고 상냥하게 대했다. 하지만 그를 만나면 만날수록 그의 바탕은 그녀가 생각하는 남자가 아니었다. 그는 끊임없이 새로운 여자를 찾아 나섰다. 그것을 알고부터 얼마나 마음이 상했는지 모른다. 어쩌다가 이런 부류의 남자를 만났는지 화가 났다. 그를 차버리려고 했다. 하지만 한 사람이 빠져나간 구멍을 감당할 자신이 없었다. 그녀에게 하루하루는 너무도 밋밋하고 무료했다. 그래서 그를 버리지는 못하고 마음 한구석에 밀어놓고 만나는 것도 아니고 헤어진 것도 아닌 어정쩡한 상태로 남겨두었다. 그녀는 사람들의 눈을 피해 자신만 바라볼 수 있는 그늘에 그를 가리개로 막아 숨겨두었다. 그는 햇빛 한 점 들지 않는 곳에서 점점 빛이 바랠 것이고 언젠가는 투명하다 못해 있는 듯 없는 듯 흩어질지도 몰랐다. 그녀 속에 그가 있는 한 자주 혼란한 내면과 마주쳤다. 그녀는 늘 정해진 시간표

대로 움직였고 자신과 비슷한 사람들만 만났다. 그는 그녀의 틀에서 벗어난 사람이 분명했다. 매끄러운 살갗에 거스러미가 인 것처럼 결이 고운 대상이 아니었다.

페브릭 페인팅 강의실에서 수강생들의 숨소리만 들리는 정적을 깨고 전화벨이 요란했다. 그녀는 깜짝 놀라 자리에서 일어났다. 강사와 수강생들에게 민폐가 되는 것 같아 당황스러웠다. 걸음을 재촉해 밖으로 나왔다. 급한 마음에 발신자가 누구인지 미처 확인하지 못한 채 전화를 받았다.

"잘 지냈어요? 정말 오랜만이지요?"

첫마디가 안부부터 물어왔다. 그가 누구인지 잠시 얼떨떨했지만 특이한 억양을 듣고서야 비로소 그임을 알아차렸다. 연락이 끊어진 지 시간이 꽤나 지났다. 그녀는 혹시라도 누군가 통화 내용을 엿들을까 조심스러워 아예 건물 밖으로 나왔다. 처음에는 반가운 목소리로 이어지던 대화가 길어짐에 따라 다시 예전으로 돌아간 착각이 들었다. 그녀는 그동안 무심했던 태도에 대해 언짢은 심사를 늘어놓았다. 그는 잠자코 불편한 말을 듣고만 있었다. 그는 아직도 그들의 관계가 여전하다고 믿는 눈치였다. 여느 때처럼 마음 상한 얘기를 스스럼없이 털어놓고 있으니까. 그에게 새로운 여자가 등장할 때마다 그녀에게 보내오는 문자나 통화에 무응답으로 무시했다. 그러면 그들 관계는 저절로 정리될 줄 알았다. 또한 관계에 대해서 이별하는 방식은 그녀가 주도권을 쥐고 있다고 믿었다. 하지만 그렇지 못했다. 오히려 이러지도 저러지도 못하는 쪽은 그녀였다. 그가 만나자는 제안에 그녀는 핑곗거리를 만들까 하다가 그만두었다. 피할 수 있다면 피할 수도 있지만 그녀가 거절하면 그는 사나워졌다. 수화기 너머 큰 소리로 막말 수준의 말들이 마구 쏟아질까 사실 겁이 나기도 했다.

"알겠어요. 나갈게요."

그녀는 생각과 달리 수동적으로 대답했다. 정말 내키지 않으면서 상대의 요구를 들어주는 것이 올바른 처신이 아님을 알면서도 고개를 끄덕이는 일이 습관이 되었다. 그에게 끌려가고 있다는 사실이 답답하기도 했다. 그녀는 강의실로 돌아왔지만 마음은 어수선했다. 잔잔한 호수에 돌멩이를 던진 것처럼 마음에 파문이 일었다. 새하얀 천 위에 그려지는 붉은 꽃잎이 혼탁하게 흐려졌다. 붓을 빨아 다시 바탕색을 머금게 하고 붓끝에 명암을 주는 강한 색을 찍었다. 그러나 물의 양이 지나쳤는지 붓 엉덩이가 앉은 자리는 본래의 크기를 벗어나 균형을 무너뜨린다. 꽃잎은 가장자리 경계선을 넘어 널찍하게 번졌다. 꽃잎은 더 이상 꽃잎의 형태가 아니었다. 그녀는 뭉개진 꽃잎을 멍하니 바라본다.

아침 여섯 시에 저절로 눈이 떠지는 것은 그녀의 오래된 습관이다. 기상 시간이 입력된 자명종처럼 잠자리에 든 시간과는 상관없이 그 시간에 깨었다. 사방은 아직 어두웠다. 여름철이라면 동향으로 난 창문을 통해 동살이 쏟아져 들어올 시간이다. 눈이 부셔 저절로 자리를 털고 일어날 시간이다. 그러나 겨울 아침은 깜깜했다. 그녀는 침대 옆 장식장 위로 손을 뻗어 스탠드 등을 켰다. 날이 밝으려면 아직 기다려야 한다. 그녀는 화장실을 다녀온 후 온기가 남아있는 이불 속으로 다시 몸을 밀어 넣었다. 며칠 전 그와 통화 중에 가능하다면 이른 시간에 만나 오래 함께 있자는 약속을 생각했다. 그것이 몇 시일까 가늠할 수가 없다. 그와의 약속은 늘 막연했다. 그가 그리는 화풍처럼 추상적인 말 습관 때문이다. 그녀는 몇 시쯤 출발할까 생각하다가 눈을 감았다.

그새 까무룩, 잠이 든 모양이었다. 그러다가 뭔가에 놀라 잠에서 깼다. 뭔지 모를 불안이 엄습했다. 수십 년 동안 출근 시간을 놓칠까 하는 불안이 다시 도진 느낌이다. 명퇴한 지 몇 년이 흘렀어도 오래된 습관의 그림자는 지워지지 않는 모양이다. 그녀는 자리에서 급히 일어났다. 벽시계를 바라보니 여덟 시가 넘어서고 있었다. 그녀는 간단히 씻고 난 후 서둘러 화장을 마쳤다. 그리고 화장대 위에 놓인 모자와 마스크를 썼다. 겨울 차림새는 단출했다. 외투와 목도리만으로도 외출준비는 마무리되었다. 택시는 좀처럼 잡히지 않았다. 출근 시간대여서 빈 택시의 붉은 글자판은 눈에 띄지 않는다. 그녀는 조급증이 일었다. 너무 늦지는 않을까. 입술이 타들어갈 때쯤 거짓말처럼 택시 한 대가 그녀 앞에 멈췄다.

"강 건너갈 건가요?"

열릴 창을 통해 택시 기사가 소리쳤다. 그녀는 큰 소리로 답하며 손을 흔들었다.

"혹시 고속버스 터미널에?"

"예, 거기로요. 아무튼 세워줘서 고마워요."

그녀는 택시 뒷좌석으로 올라탔다. 기사 옆자리에 한 남자가 타고 있다.

"길거리에서 초조하게 손 흔드는 걸 보니 급한 사정이 있나 봐요. 손님께 양해를 구하고 태워 드린 거예요. 마침 목적지가 같으니 얼마나 다행입니까? 버스표는 예약했어요? 요즘엔 예약하지 않으면 대중교통도 이용하기 어렵던데요. 코로나 때문에 버스도 많이 줄었고요."

택시 기사는 기분 좋은 얼굴로 잠깐 그녀를 뒤돌아보았다. 택시는 강변으로 접어들다가 다리 앞에서 신호등에 걸렸다. 빨간불에서 파란불로 바뀌는 시간이 여삼추 같았다. 시간은 상대적이어서 급할수록 순간순간이 얼마나 천천히 흐르는지 실감이 되었다. 그의 말처럼 일찍 만나자는 말이 오전 몇 시를 가리키는지 알 수 없었다. 그녀는 초조해져 좌석에 몸을 기대지도 못하고 꼿꼿하게 앉아 차창 밖을 내다보았다. 잔뜩 흐린 하늘이 낮게 내려와 있다. 오늘따라 유난히 다리 위에는 꼬리에 꼬리를 문 차량이 줄줄이 늘어서 있다.

그녀는 터미널에 도착하자마자 서둘러 들어가 버스 시간표부터 확인했다. 간발의 차이로 앞차는 떠났고 다음 차를 타야 했다. 한 시간은 기다려야 했다. 아침 일찍부터 서두를 걸 그랬나, 그녀는 깨었다가 다시 잠들었던 쪽잠이 후회스러웠다. 그녀는 자동판매기에서 표를 뽑고 대합실 의자를 끌어당겼다. 벽면에 걸려있는 텔레비전 화면은 어느 정치인의 얼굴을 가득 채우고 있었다. 많은 인파가 그를 둘러쌌다. 그들이 내는 고성으로 대합실은 몹시 시끄러웠다. 마이크 앞에 선 정치인은 잠시 머뭇거리더니 오른손을 들었다. 그는 주변을 잠시 둘러보더니 검지를 들어 자신의 입술 위에 천천히 포갰다.

'쉿!'

그는 소요 사태가 잦아지고 자신의 호소가 사람들 속으로 파고들기를 바랐을 것이다. 그러나 결과는 의도한 방향과는 정반대였다. 구호는 더 커졌고 비명은 앙칼졌다. 사람들은 양 갈래로 갈라져 응원과 비난을 마구 쏟아부었다. 그녀는 악다구니가 난무하는 화면에서 눈을 뗐다. 귀가 따가웠다. 방송 현장은 혼란과 아수라장 그 자체였다. 그는 진지한 표정을 지으며 입을 열었다. 그러나 그의 말들은 소동의 늪으로 빨려들었다. 마이크 사이로 파고드는 잡음 탓인지 그가 말하는 모습은 립싱크하는 무언극 배우 같았다. 그의 목소리는 전혀 들리지 않았다. 무리 지어 내지르는 아비규환은 저잣거리에서 쌈박질하는 패거리의 욕지거리처럼 원색적이었다. 반복적인 구호는 무한 재생 버튼을 눌러놓은 것 같았다. 그녀는 문득 이 세상이 말의 지옥이나 다름없다는 생각이 들었다. 그녀는 자신 안에서 일렁거리는 소란과 텔레비전에서 들려오는 소음에 머리가 다 지끈거렸다. 두통을 더 이상 참을 수 없었다. 그녀는 자리에서 발딱 일어났다. 입구 쪽에 자리한 카페로 들어갔다. 버스 출발까지는 아직도 시간이 많았다. 그녀는 음료를 주문하고 그에게 톡을 보낸다.

"몇 시에 출발했나요?"

한참 동안 휴대전화기를 들여다보았으나 그는 읽지 않는다. 1이라는 숫자가 고집스럽게 서 있다. 그녀는 전화를 걸까 하다가 그만두었다. 어차피 오늘 안으로 만날 약속은 틀림없는 사실이기에 안달복달할 일은 아니었다. 그녀는 커피 머신이 작동하는 동안 잔뜩 흐려진 창밖을 바라본다. 두텁게 낀 구름은 언제라도 눈이나 비를 뿌려댈 게 분명했다. 이파리가 다 떨어진 가로수 길이 을씨년스럽다. 건너편 인도에 지나다니는 행인들 모습에 초점 없는 눈길을 주었다. 문득 휴대전화기에서 들려오는 카톡 신호음이 난다.

"이제야 깼어요. 어젯밤 잠이 안 오는 바람에 새벽녘에 잠들어서 그만. 좀 늦어도 기다려 줘요. 서두르고 있으니까."

그녀는 자신도 모르게 한숨이 났다. 시간 공백을 때우기란 참으로 난감한 일이다. 그를 만날 때마다 반복되는 기다림을 언제까지 견뎌야 하는지 점점 자신이 없어진다. 그가 그녀를 대하는 방식을 생각하면 생각할수록 새록새록 노여움이 올라온다. 삼 년 만에 만나는 자리도 이전에 겪었던 도플갱어처럼 판박이다. 그녀는 이미 식어버린 커피를 천천히 쓰디쓰게 마셨다. 그녀는 출발 시간이 되어 버스에 올랐다. 도착하면 백화점에 들어가야겠다고 생각한다. 코로나 기간 내내 외출은 지극히 제한적이었다. 오로지 생존전략처럼 식료품 외에는 사 본 물건이 없다. 쇼핑은 해본 적이 없다. 모든 모임이 정지되고 친한 친구라 하더라도 급한 사정이 아니면 통화로만 끝냈다. '거리두기'는 사람과 사람 사이를 극명하게 갈리게 했다. 웬만큼 가까운 사이가 아니면 단절이 되고 만나는 횟수가 잦던 사람도 필요한 접점이 없으면 차츰 멀어졌다. 그것은 마치 주변 정리처럼 서로의 관계에서 분명한 선 긋기를 하게 했다. 하지만 그에 대해서는 모호했다. 좀처럼 선이 그어지지 않았다. 가까이하기엔 껄끄럽고 멀리하기엔 아쉬운 것인지 도통 정리가 되지 않았다. 어쩌면 방치된 거리인지도 몰랐다.

그는 그림 전시회에 갔다가 우연히 안면을 튼 사이였다. 전시실에서 그림을 감상하고 있는 그녀에게 물이 스며들듯 자연스럽게 다가왔다.

"그림이 마음에 드시나요?"

그가 그녀 곁으로 바짝 몸을 붙여왔다. 그녀는 처음 보는 그가 부담스러워 옆으로 살짝 비켜섰다.

"제 그림이 좀 그렇죠? 추상화는 어렵다는 선입견이나 편견을 갖고 있는데 그렇지 않아요. 화가의 손에서 떠난 그림은 보는 사람이 더 정확할 수도 있지요. 주관보다는 객관이 정확할 때도 있으니까요. 다만 화가들은 어떤 의도를 가지고 그릴 때도 있지만 때에 따라서는 의도치 않은 결과를 노리기도 하거든요. 일부러 제목을 붙이지 않고 관객에게 묻는 경우도 있지요. 지금 보고 있는 그림에서 뭐 느껴지는 게 있나요?"

그녀는 10호 캔버스에 덕지덕지 덧칠한 '무제' 앞에서 그와 그림을 번갈아 보았다. 그림은 어떤 형체나 색채도 모호했다. 생각 없이 아무렇게나 마구잡이로 뭉개놓은 느낌이었다. 몇 겹의 옷을 입은 것처럼 갑갑했다. 그녀는 그림 속에서 무언가를 찾아보려고 눈을 깜박거렸다.

"제 눈에는 아무것도 보이지 않아요. 느낌도 애매하고요. 딱히 뭐라 표현하기도 어려워요."

그는 아무런 대답 없이 그림만큼 난해한 표정을 지어 보였다. 중년을 지나 초로에 막 접어든 그의 눈빛이 불안하게 흔들렸다. 커다란 눈동자는 갈 길을 잃은 것처럼 이리저리 헤맸다. 그러다가 가끔은 상대가 무안할 만큼 빤히 쏘아보기도 했다. 그녀는 이상한 광채를 내뿜는 그 눈동자가 부담스러웠다. 전시실을 메운 그림들은 주로 경계가 없는 형태와 원색을 그대로 썼다. 그녀는 그의 외양이나 그림이 어쩐지 닮았다고 생각했다. 그런 종류의 그림은 낯설었다. 그는 자신이 그린 그림에 대해 배경을 하나하나 설명해 주었다. 그는 지나칠 만큼 친절했다. 그림 중에서 특히 '무제'라는 타이틀이 붙은 시리즈가 시선을 끌었다. 사람의 형체로 보이는 어둠 속에 불타는 나뭇가지가 쭉쭉 뻗은 것이나 벌레에 파먹힌 열매, 그리고 찢어진 잎사귀를 가둬 놓았다. 색채는 붉은 계열을 많이 써서 그런지 실내가 덥게 느껴지기도 했다.

그녀는 그림에 대해서 알지 못하지만 왠지 모르게 그의 그림을 한 점 사야겠다는 의무감이 들었다. 그의 지나친 친절에 대한 호의였다. 그녀는 명퇴 이후 그림을 배우고 싶어 여기저기 기웃거린 적은 있었지만 소유하고 싶은 적은 한 번도 없었다. 그가 풍기는 분위기 때문이었을까. 궁기가 도는 그의 모습이 자꾸만 눈에 밟혔다.

이후로 그는 그녀에게 수시로 카톡을 보냈다. 이미 완성했거나 그리는 과정에 있는 작품도 사진을 찍어 보냈다. 어떤 날에는 시도 때도 없이 울리는 카톡 신호에 알림을 해제해 놓고 늦은 밤 한꺼번에 확인하는 날이 많아졌다.

그 가을이 깊어질 무렵 그림 색깔이 달라지기 시작했다. 즐겨 쓰던 붉은 색 계열은 서서히 꼬리를 감추고 슬며시 푸른색이 고개를 내밀었다. 피카소의 '청색시대'처럼 푸른색 계열의 색을 주로 썼다. 그가 오랫동안 우울증과 불면증을 앓고 자신의 병을 치

료하기 위해 그림에 더 매달린다고 했을 때 그녀는 그의 불안을 당연한 것으로 여겼다. 그는 정신과 처방전에 매달려야만 버틸 수 있다고 했다. 약에 대한 의존도가 높을수록 캔버스의 두께는 두꺼워졌다. 유화 물감이 마르기도 전에 덧칠하는 방식은 불안 심리를 그대로 드러내는 것이라고 생각했다. 어쩌면 그와 가까워진 이유는 그의 불안이 점점 그녀에게 전이되어 그녀 내부에서도 불안이 싹트고 있음이 아니었을까.

그녀 역시 평생 불면증에 시달렸다. 하지만 그녀는 불면증을 이유로 병원 문턱은 넘어본 적이 없다. 잠이 안 오면 안 오는 대로 견디다가 생체 리듬의 한계치에 도달하면 극도의 피로감이 몰려와 잠을 잘 수 있었기 때문이었다. 그녀는 믿었다. 병이란 의식하면 의식할수록 없던 병도 생기는 법이라고. 차라리 무감각해지고 무시할수록 병은 시들어간다는 자신만의 고집을 믿었다. 그런 발상이 위험하긴 했지만 그런대로 먹혀들었다. 하다못해 감기마저도 병원에 가면 일주일, 내버려두면 칠 일이라는 우스갯소리를 하곤 했다. 사람의 몸은 아플 만큼 아프면 나을 거라는 자연 치유의 힘을 믿었다. 그녀는 자신의 이런 믿음을 그에게 심어주고 싶었다. 때로는 강요하기도 했다. 어떻게 하면 약을 끊고 온전한 정신으로 살까. 그녀가 하는 말은 그에게 닿기도 전에 매번 튕겨져 나왔다. 그는 자신이 믿고 싶은 것만 믿었다. 설령 잘못된 것이더라도 자신이 옳다고 하면 옳은 것이었다. 그는 강하게 반발했다.

그럴수록 그녀는 이상한 열기에 휩싸였다. 마치 길거리에서 모르는 사람을 붙들고 전도하려는 광신도처럼 자신의 믿음을 목청껏 소리쳤다. 그녀의 주장을 받아들이면 약을 끊고 그의 의지대로 살 수 있을 거라고 속삭여도 보았다. 그러나 그에게는 자신만이 중심이고 수면유도제와 정신과 약은 하찮은 보조물에 지나지 않는다고 거세게 반발했다.

중학생 때였다. 그녀는 시험을 앞두고 자정 무렵까지 책상에 앉아 있었다. 이튿날 치를 시험 준비는 아직 안 된 상태였다. 밤이 깊을수록 내려오는 눈꺼풀의 무게는 견디기가 어려웠다. 그녀는 앉은 자세로 잠깐 눈 좀 붙이고 다시 이어나갈 작정이었다. 그리고는 기절하듯 잠의 수렁으로 깊숙이 빨려들었다.

얼마나 지났을까. 잠이 채 가시기도 전에 이상한 기척을 느꼈다. 그녀의 가슴 속으로 들어온 이물체가 꼼지락거리며 가슴을 더듬었다. 그녀는 소스라치게 놀랐다. 잠이 덜 깨어 혼몽한 가운데 본능처럼 몸이 먼저 긴장했다. 방 안의 분위기가 달랐다. 분명 전등이 켜진 채로 책상에 엎드려 있어야 할 몸이 바닥에 뉘어 있었다. 직접 펼친 적이 없는 요와 이불이 깔려 있고 그 속에 들어와 있었다.

그녀는 와락 겁이 났지만 정신을 추슬렀다. 의식적으로 눈을 가늘게 떴다. 혹시라도 눈을 크게 뜨면 어둠으로부터 눈빛이 노출될까 두려웠기 때문이다. 얼굴은 꿈쩍도 하지 않은 채 눈동자만 굴려 사방을 훑어보았다. 캄캄했지만 바깥의 가로등으로부터 스며든 희미한 빛 덕분에 주위의 실루엣이 어느 정도 알아볼 수 있었다. 문을 등지고 있는 시꺼먼 형체가 눈에 들어왔다. 그것은 그녀의 바로 눈앞에서 잔뜩 웅크리고 있었다. 덩치로 보아 어른이 분명했다. 팔을 뻗으면 손이 닿을 만한 거리였다. 기울어진 각도로 보아 그녀 쪽으로 향하고 있음이 분명했다. 그녀를 더듬던 움직임이 멎었다. 그녀가 조금이라도 움직이면 어떤 위험을 자초할지 조마조마했다. 심장은 숨이 막힐 만큼 요동쳤다.

집안에서 그녀 방에 들어올 사람은 없었다. 부모님은 안방에서 동생들은 옆방에서 한창 깊은 잠에 빠져있을 시간이었다. 그 생각을 하자마자 다시 극심한 공포심이 일었다. 그녀는 빳빳하게 굳어가는 정신을 가다듬었다. 호랑이 굴에 들어가도 바짝 정신 차려야 한다고 독려했다. 일단은 전등을 켜야 한다는 생각만 했다. 계속해서 어둠 속에 갇혀 있으면 무슨 사달이 날 것 같았다. 빛이 필요했다. 웅크리고 있는 형체는 미동도 없이 자신을 내려다보는 것 같았다. 그녀는 다시 한번 숨을 들이쉰 다음 순간적으로 몸을 일으켰다. 스위치가 있는 방향으로 손을 뻗었다. 스위치를 정확하게 누른 찰나였다. 숨이 턱 막혀왔다. 무지막지한 힘이 목을 조였다. 숨이 턱턱 막혔다. 그녀는 목을 옥죄는 손가락을 떼어내려고 바둥거렸다. 하지만 역부족이었다. 점점 다리에서 힘이 풀렸다. 소리를 질러보려 했으나 어떤 소리도 입 밖으로 나오지 않았다. 머릿속은 점점 하얘졌다. 의식이 가물거렸다. 검은 형체의 모습을 확인하려고 필사적으로 손을 뻗었으나 잡히는 것은 막막한 허공이었다.

깜박거리던 형광등에 불빛이 고였다. 그녀는 희미해진 의식 속에서도 목을 조르고 있는 형체를 희미하게 알아봤다. 검은 모자를 깊게 눌러쓰고 검은 목도리로 입 주변을 칭칭 두르고 있어서 누군지는 알 수 없었다. 보이는 건 오직 이상한 광채의 눈빛이었다. 눈은 모자의 그림자에 가려져 있었지만 눈빛만은 살얼음처럼 차가웠다. 그것은 광기이거나 살기에 가까웠다. 눈과 마주치는 순간 심장이 멎는 것 같았다. 그 순간 검은 형체는 목을 조르던 손을 풀고 그녀를 책상 쪽으로 떠다밀었다. 그녀는 책상 모서리에 세게 부딪히며 의자와 함께 바닥으로 나뒹굴었다. 요란한 소리가 났다. 한밤의 정적이 깨졌다. 그 형체는 재빠르게 문을 박차고 뛰쳐나갔다. 그녀는 바닥에 널브러진 채 막힌 숨을 가다듬었다. 한바탕 악몽을 꾼 것 같았다. 머리를 흔들어 보았다. 그리고 악을 쓰듯 비명을 질렀다. 잠시 후 그녀의 방으로 식구들이 우르르 몰려왔다.

"왜, 왜 그래?"

"누나, 졸다가 의자에서 떨어진 거야? 나는 도둑이 든 줄 알고 놀랐잖아."

"미리미리 공부해 두지. 꼭 벼락치기 하느라 애쓴다. 그만 불 끄고 자거라."

내복 차림으로 달려온 엄마와 동생이 긴 하품을 거두며 돌아 갔다. 그녀는 금방이라도 울음이 터져 나올 것 같았으나 눈물조 차 나오지 않았다. 그녀는 누가 들어와 가슴을 더듬었다고, 너무 무서워서 죽는 줄 알았다고, 그 말을 뱉고 싶었다. 하지만 입이 떨어지지 않았다. 그 밤의 사건은 꿈에 자주 등장했다. 꾸고 싶지 않은 악몽이었다. 꿈에서 깨어나면 땀으로 흥건히 젖어 다시는 잠들 수 없는 밤, 사는 내내 그녀는 불면을 앓았다.

그녀는 목적지에서 내려 지하로 내려갔다. 거기서 승강기를 이용해 이 층부터 시작되는 백화점으로 들어섰다. 이제 막 개장 한 내부는 오전이라 그런지 한가했다. 매장마다 겨울 코트나 점 퍼들이 세일 꼬리표를 달고 사람들이 다니는 통로 절반을 차지했 다. 성급한 매장은 벌써 파스텔 톤 봄옷을 마네킹에 입혀 매대에 진열했다. 그녀는 이 층을 두어 바퀴 돌아봤으나 마땅히 사고 싶 은 옷이 없었다. 옷장에는 구입해 놓고 입지 않은 옷들이 즐비했 다. 학교에 출퇴근할 때에는 유행에 민감해서 철 따라 옷가지를 제법 사들이기도 했다. 주말에 마땅히 할 일이 없으면 쇼핑하는 것이 유일한 낙이었다. 꾸밈에 대한 욕구가 강할 때도 있었지만 언제부터 그런 감각은 서서히 무뎌졌다. 이제는 예쁜 것을 봐도 설레지 않았다. 나이 들어가는 징조인가 생각하니 가슴이 서늘하다. 앞으로 나이들 시간만 남았다는 상념이 계절에 떠밀려 가는 겨울 옷가지처럼 초라했다.

그녀는 아침을 거른 탓인지 배가 고팠다. 그녀는 계단을 타고 지하상가로 내려갔다. 간단한 요깃거리로 김밥을 주문했다. 지금 그는 어디쯤 오고 있을까 궁금하다. 그녀는 그에게 카톡을 보내본다. 중년 여자가 김밥을 마는 동안 휴대전화기를 들여다보았으나 아무 흔적이 없다. 배고픔에 비해 식욕은 일지 않는다. 그녀는 김밥 몇 개를 남기고 버스 하차장으로 나갔다. 이월의 바람은 차가웠다. 아직 봄은 멀리 있는 모양이다.

출발지가 각기 다른 버스들은 끊임없이 들어와 승객들을 내려놓는다. 여전히 그는 보이지 않는다. 그녀는 버스가 내뿜는 매연을 들이쉬며 그에게 다시 카톡을 보냈다. 그제서야 화면에 한 줄 메시지가 떴다.

"지금 출발해요."

그녀는 시간을 확인해 본다. 아직도 한 시간 이상은 기다려야 한다. 그가 도착할 때까지 무엇을 해야 하는지 다시 난감해진다. 정오가 다 되어서야 출발하는 지연된 약속을 어떻게 받아들여야 할지 노여움이 다시 치솟는다. 기대감도 없고 설렘도 없는 만남에 무슨 의미가 있을까. 그냥 집으로 돌아가야 할까, 아니면 그를 아무렇지도 않게 대면해야 할까. 그녀는 찬바람 속에 우두커니 서서 정차된 빈 버스들을 바라보았다. 아무리 불면증이 심해서 늦게 잠들었다 하더라도 오전 중에 올 수 있는 거리다. 충분히 지킬 수 있는 약속이 오후로 넘어갔다. 두 시가 좀 안 되어 그에게서 도착했다는 카톡이 왔다. 그녀는 서둘러 하차장으로 나갔다. 몇 사람이 내린 뒤 그가 내렸다. 온통 검은 차림새였다. 물론 등에 짊어진 배낭도 검었다. 그는 그녀를 발견하고는 얼굴 가득 웃음을 지어 보인다.

"많이 기다렸지요?"

그녀는 아무 말도 하지 않았다. 그는 그녀의 무표정한 얼굴을 보고 나릿나릿 웃음을 거두었다.

"내가 많이 미안한데 딱딱하게 굴지 말아요. 그런 표정은 수연 씨답지 않아요. 정말 오랜만인데 반갑게 맞아줄 수 없어요?"

그가 그녀의 옆구리를 쿡 찌른다. 제 딴에는 오래 기다렸음에 대한 사과 방식인지 모른다. 그녀는 굳은 표정을 쉽사리 펼 수가 없다. 마땅히 할 거리도 없는 장소에서 세 시간 이상 기다려 본 사람이 어찌 나긋나긋할 수 있겠는가. 그녀는 입을 여는 순간 뱉어놓고 후회할 말들이 막 쏟아질 것 같았다. 그가 몇 번 더 짓궂은 사내아이처럼 그녀의 옆구리를 찔러댄다. 그녀는 기가 막히듯 헛웃음만 났다.

"거 봐요, 수연씨는 웃는 모습일 때 수연씨답다니까요."

그는 그녀의 반응에 호들갑을 떨며 팔짱을 낀다. 길을 건너기 위해 신호등을 기다렸다. 오후가 되자 백화점 주변에는 사람들로 붐비기 시작했다. 그는 그녀 곁에 바짝 붙어 자꾸만 그녀의 얼굴을 쳐다본다. 그녀는 그의 시선이 닿을 때마다 왠지 얼굴이 붉어진다. 요즘 겪는 갱년기 증세처럼 예기치 못한 열감이 오른다. 이미 청춘이 비켜 가 버린 남녀가 꼭 붙어 있는 자신들이 볼썽사납게 느껴진다. 그녀는 부끄러웠다. 그가 몸을 밀착해 올수록 얼굴이 달아오른다. 젊은이들이 북적거리는 길거리에서 남의 눈에 띄는 짓은 하고 싶지 않다. 그녀는 친밀함을 가장한 그의 돌출 행동에 강한 거부감이 든다. 그의 손을 떼어냈다.

"좀 떨어져요. 누가 보면 사귀는 줄 알겠어요."

그는 눈웃음으로 눙쳤다.

"우리가 그런 사이는 아니잖아요? 남의 오해를 받고 싶지 않아요."

"우리 사이가 어때서요?"

"아무 사이도 아니잖아요. 봐도 그만, 안 봐도 그만인 사이잖아요."

신호등이 바뀌고 있었다. 그녀는 그의 팔에서 풀려나 그를 앞질러 걸어간다. 그녀는 밀려가는 인파 속에 섞였다. 인도에 도착해서 뒤를 돌아본다. 인파 속에 섞여 있는 그의 차림새는 너무도 초라했다. 시커먼 외투 속에 얼핏 내보이는 셔츠와 바지는 낡을 대로 낡아서 빛이 바랬다. 가뜩이나 나이에 비해서 주름이 많은 얼굴은 늦가을 서리처럼 하얗게 쉬어버린 머리칼과 더불어 훨씬 더 나이 들어 보였다. 작업실에서나 입을 법한 옷에는 물감이 얼룩얼룩 묻어있었다. 그녀는 자신이 그려 보았던 모습과 너무도 달라 그의 실체가 한참이나 낯설었다. 몇 년 사이에 폭삭 삭은 노인의 모습이 어른거렸다. 그녀의 머릿속에는 삼 년 전 모습이 내장된 탓인지 지금 그는 전혀 다른 사람 같았다. 더군다나 그녀를 만나러 온 자리에 성의 없이 차리고 나온 모습에 적잖이 실망스럽기도 하고 한편으로는 괘씸하기도 했다. 그와 쓸데없는 시간을 보내는 것만 같았다. 그녀는 모멸감마저 느꼈다. 그가 다가올수록 달아나고 싶은 충동이 일었다. 그녀는 가슴속에서 일고 있는 감정을 누르기 위해 되도록 말을 아꼈다.

"수연씨 걸음이 참 빠르네요. 아직도 팔팔한데요."

그가 가까이 다가서며 다시 팔짱을 끼려는 순간 그녀는 옆으로 비켜섰다.

"아직 점심 전이지요? 뭐 드실래요?"

그녀는 마음과는 달리 그의 끼니를 물었다. 그가 기분 나쁜 기색을 보였으나 그녀는 못 본 척 무시했다. 음식점이 즐비한 골목으로 접어들었다. 골목 안은 유흥가였다. 밤이면 휘황찬란한 불빛으로 낮보다 환한 곳이다. 단란주점과 카페, 모텔과 피시방이 어깨를 맞대고 있다. 그녀는 음식점 간판들을 훑으며 혈색이 안 좋은 그에게 보신이 되는 음식을 권해 본다. 그러나 그는 스파게

티 전문점으로 발길을 돌렸다. 가파른 계단을 타고 올랐다. 내부
는 의외로 넓고 쾌적하다. 자리마다 한창 물오른 젊은이들이 삼
삼오오 앉아 있다. 그녀는 순간 아차, 하는 생각이 든다. 와서는
안 될 장소에 온 것처럼 당황스럽다. 그녀는 구석으로 자리를 잡
았다. 눈길이 마주친 젊은이들 표정에서 뜬금없음을 읽는다.

사십을 갓 넘겼을 때 그녀는 나이트클럽에 간 적이 있다. 윤정
의 생일을 맞아 초등학교 친구끼리 모임이 있는 날이었다. 저녁
을 먹고 차를 마신 후 윤정이 생일 턱을 내겠다며 오랜만에 클럽
에서 몸을 풀어보자고 했다. 친구들은 잠깐 들뜬 유흥으로 호응
하다가 자신들이 처한 현실을 깨닫고는 고개를 저었다. 하지만
그때까지 미혼이었던 몇몇은 어떻게 해서라도 다 같이 클럽에 들
어가고 싶어 했다. 한두 명으로는 엄두 내지 못할 행동을 떼 지어
몰려다니면 용감해질 수 있다는 믿는 구석이 있었다. 정말 오랜
만에 밤의 열기를 맛보고 싶었는지 모른다. 아련하게 잊고 있던
젊은 피를 수혈받을 것 같은 분위기였다.

"너희들 같이 가지 않으면 이제부터 더 이상 친구가 아니다.
우정이냐, 가정이냐는 각자 결정할 몫이지만 여기서 집으로 가는
인간은 모임에서 강제 탈퇴시킬 거야. 의리 없는 것들은 다시 안
볼 거야. 수십 년 지켜온 의리를 배신하는 친구는 친구랄 것도 없
지."

서현이 그렇게 나오자 친구들은 수런거렸다. 제각각 처한 입장을 피력했으나 소 귀에 경 읽기였다. 아무도 듣는 것 같지 않았다. 윤정이 막무가내로 밀어붙였다. 여성단체에 몸담고 있는 윤정이 자신의 주특기인 페미니즘 칼을 꺼내 들었다. 그리고 자기의 제안을 전원 합의로 통과시키고자 마구 휘둘렀다. 윤정의 칼날은 정곡을 찔러댔다. 요즘은 여성도 독립적인 존재임을 증명해야 대우받는 세상이라는 논리였다. 그들은 서로가 시대에 뒤처진 사고방식이 드러날까 꺼려하며 고개를 주억거릴 수밖에 없었다.

　친구들은 호기롭게 택시 두 대를 호출했다. 대학 시절로 돌아간 듯 생기발랄한 얼굴로 반짝거렸다. 그러나 막상 호텔 안으로 들어설 때는 걸음걸이부터 쭈볏거렸다. 사람들의 시선이 등에 찔리는 기분이었다. 그러나 이미 엎질러진 물이었다. 다시 주워 담을 수 없었다. 친구들은 전작에 있었던 취기에 허세를 부렸다. 씩씩하게 입구까지 당도했다. 클럽 내부로부터 비트 음악이 흘러나왔다. 시커멓고 육중해 보이는 출입문 앞에는 키가 한 뼘쯤 커 보이는 남자 서너 명이 자리를 지키고 있었다. 그들 중 한 명이 다가왔다. 두 팔을 들어 가슴에 엇갈린 동작을 해 보였다.

　"들어갈 수 없습니다. 무슨 일로 오셨죠?"

　그가 묻는 말투는 나무토막처럼 딱딱했다. 친구들은 초반부터 주눅이 들었다. 윤정이 나섰다.

　"오빠! 우리 춤추러 왔죠. 새삼스레 묻기는. 들어갈게요."

검은 정장을 차려입은 남자가 한 발 앞으로 다가왔다. 남자는 친구들 한 명 한 명씩 위아래를 훑어보고는 쯧쯧, 혀를 찼다.

"이봐요 아줌마들, 여기가 어딘 줄 알고 들어가려고 그래요? 물 좋은 데 와서 흙탕물 만들지 말고 어여 집에 가서 새끼들 끼고 자든가 남편을 끼고 자든가 해야지. 야심한 밤에 어딜 쏴 다녀요? 아줌마들 바람들었어요? 머릿속에 번지수 잘못 입력한 거 같은데. 정신 차려요. 저기, 시장통에 있는 콜라텍으로 입력해요."

남자는 큼직한 손바닥을 들어 친구들을 내쫓는 시늉을 했다. 얼떨결에 남자의 큼지막한 손이 가슴에 닿을 뻔한 정미가 기겁했다. 친구들은 방금 타고 내려왔던 승강기 쪽으로 뒷걸음질을 쳤다. 우리 속으로 내몰리는 짐승처럼 승강기 안으로 몰렸다. 클럽 내부는 문도 열어보지 못하고 새어 나오는 비트 리듬처럼 가슴만 쿵쿵거리다 말았다.

친구들은 엊그제까지만 해도 언제까지 누릴 것 같던 젊음이 하루아침에 소멸선고를 받은 기분이었다. 가슴속은 여전히 도가니탕처럼 설설 끓고 있는 나이였다. 밤새 발바닥에 불이 나도록 스텝을 밟을 수 있는데도 말이다. 난데없이 찬 물을 뒤집어쓴 꼴이었다. 친구들은 윤정에게 하얗게 눈을 흘겼다. 윤정은 바람 빠진 축구공처럼 쭈글쭈글한 표정을 지었다.

"우리가 사십 넘어서 그렇지, 클럽 앞마당까진 와봤잖아. 하지만 새삼스레 깨달은 것도 있어. 우리는 이미 흘러간 물이란 거지.

이만한 깨우침을 어디서 얻겠어? 사람은 제각각 노는 물이 다르다는 것을 깨달은 거고. 현실을 인정하지 않을 수는 없잖아. 슬프기는 하지만 말이야. 그리고 생일 달은 원래 재수 없는 달이라잖아."

그녀는 그날 밤 집으로 돌아와 거울에 비친 모습을 오랫동안 들여다보았다. 매일 보던 얼굴이 생소했다. 생기를 잃어가는 사십 줄의 얼굴은 조락을 준비하는 꽃잎처럼 건조했다. 하루하루 사이에는 큰 차이가 없지만 타인의 눈에 비친 나이는 속일 수 없었다. 다만 자신만이 자기에게 둔감하다는 사실이다. 그리고 어느 장소마다 어울리는 나이와 어울리지 않는 나이가 이분법으로 자리 잡고 있다는 게 현실이었다.

그녀는 주문한 음식을 먹고 있는 그를 바라보았다. 해물 스파게티를 포크에 돌돌 말아 입안에 넣을 때마다 녹아있는 치즈가 입 주변을 지저분하게 만들었다. 입술을 오물거릴 때마다 묻어있는 치즈가 오르내렸다. 그녀는 그에게 입가를 닦으라고 말을 하려다 그만두었다. 대신 자리에서 일어나 셀프 코너에 가서 냅킨 몇 장을 가져왔다. 그의 앞자리에 놓아두었다. 그는 가볍게 먹자던 말과는 달리 스파게티 한 접시로 부족했는지 카르보나라를 다시 주문했다.

"많이 시장했던가 봐요. 아침은 드셨어요?"

그가 머리를 내저었다.

"마누라는 아침 차려줄 생각을 안 하는 사람이요. 나나 애들이나 아침밥은 아예 기대하지 않고 각자 알아서 해결해요. 한 끼 먹는 날도 있고 두 끼 먹는 날도 있어요. 그래서인지 위염을 달고 살아요."

그는 종업원이 음식을 가져오자 시선을 거두고 먹는 것에만 몰두했다. 그녀는 주위를 둘러본다. 실내에는 청춘남녀들뿐이다. 물오른 젊음이 파릇파릇하다. 그에 비해 그는 이미 쇠락의 냄새가 물씬물씬 풍기며 시들어가는 나뭇잎 같다. 그런 모습을 보니 왠지 불쌍한 생각이 자꾸만 고개를 내민다. 그녀는 자신들이 장소에 어울리지 않다는 생각이 들수록 어서 나가야겠다는 조바심이 일었다. 그녀는 나이에 대한 자각이 또렷해질수록 우울했다. 초록초록한 눈빛과 마주칠 때마다 눈총이 따갑다. 그들에게 그녀와 그는 이물질처럼 이질적인지도 모른다. 한물간 세대를 바라보는 눈빛은 사뭇 적대적이고 불편한 모습이다. 그는 주위 분위기를 아는지 모르는지 긴 면발을 흡입하느라 후르륵거렸다. 두 접시의 식사를 마치고 탄산음료까지 느긋하게 즐겼다.

그는 남의 시선 따위는 무시했다. 한때는 그런 처세를 부러워한 적이 있다. 하지만 어느 순간부터 그런 행동 방식이 불편하게 느껴졌다. 그와 조금씩 친밀해지면서 알게 된 사실은 그에게는 남에 대한 배려심이 전혀 없다는 것이다. 그녀가 학교에 근무 중이거나 한창 잠들어 있는 한밤중에도 전화를 거는 사람이었다. 어떤 이유로 전화를 받지 못할 때는 다음 통화에서 그 이유를 꼬치꼬치 캐물었다. 그 말투는 마치 의처증 환자처럼 결론을 이미 내놓고 추궁부터 하는 말투였다. 늦은 밤 그의 아내가 잠든 후에도 전화를 걸어 밤 고양이처럼 갸르랑거리는 소리를 냈다. 어쩌다가 불안증이 잠잠해지는 때는 신세타령을 하거나 그의 곁을 스치고 지나간 옛 여인들에 관한 회고담이었다. 늦은 밤에 늘어놓는 과거 이력이 처음에는 처음 듣는 거라서 흥미로웠다. 그러나 밤마다 무한 반복하는 이야기는 사람을 질리게 했다. 그는 어젯밤 일도 까맣게 잊는 해리성 기억상실 환자 같았다. 퇴근 이후 몰려오는 피로감에 선하품을 해대며 그의 넋두리를 인내하다 보면 어느새 새벽녘이 되기도 했다. 그녀는 그가 친구인지 연인인지 헷갈렸다. 언젠가 그녀가 그에게 물어본 적이 있다.

"당신에게 저는 뭔가요?"

그는 잠시 뜸을 들이다가 입을 열었다.

"인간적으로는 애인이지요. 그러나 하나님께 기도하면 친구로 남으라는 응답이 와요. 마누라에게 상처를 주면 안 되잖아요."

"그럼 당신이 이러고 다니는 거 아내가 알아요?"

"물론이죠. 마누라가 그랬어요. 바람은 피워도 말썽은 피지 말라고. 그것만 지키면 괜찮다고 그랬거든요."

그즈음 그녀는 명퇴를 심각하게 고려하는 중이었다. 이십오년 몸담아 온 직장을 떠나기란 칼로 무 베듯 쉽게 내리치는 결단이 아니었다. 해가 바뀔수록 학교 아이들을 가르치는 일은 날이 갈수록 힘겹게 느껴졌다. 아이들은 억세지고 교사들은 위축되었다. 교사란 직업은 초라하다 못해 비겁해지고 있었다. 예전에 가졌던 직업에 대한 소명 의식은 온데간데없이 사라지고 다만 밥벌이 수단으로 생각하는 자신이 두려웠다. 아이들 잘못된 행동에 훈육 차원에서 몇 마디 타이르고 나면 이튿날 학부모가 찾아왔다. 그들은 교무실이나 교실의 출입문부터 요란하게 열어젖히고 언성부터 높였다. 교장이나 교사들은 전후 사정을 설명할 기회도 얻지 못하고 불도저처럼 밀어붙이는 학부모의 폭력적인 태도에 주눅부터 들었다. 그저 고개를 조아리며 목소리를 낮출 뿐이었다.

그날 그녀는 조별로 내준 과제물을 검사하고 있었다. 어느 조 아이들이 한 아이를 가리키며 그 애 때문에 과제를 끝내지 못했다고 볼멘소리를 했다. 그녀는 그 아이에게 일어서서 이유를 말해보라고 했다. 그러자 아이는 벌떡 일어나서 그녀를 째려보았다.

"선생님이 싫어서요."

순간 그녀는 멍했다. 머릿속에 수많은 말들이 붕붕거렸다. 어떤 말을 낚아채야 하는지 어지러웠다. 교사가 싫어서 과제를 하지 않았다는 이유를 대는 아이에게 무슨 말을 해야 할지 몰랐다. 그녀는 아이에게 그냥 앉으라고 이르고 다른 조 아이들에게 발길을 돌렸다. 이후로 그 아이는 복도에서 그녀와 스칠 때면 다분히 어떤 의도를 가지고 어깨를 부딪쳤다. 흔히 하는 말로 어깨빵을 먹이는 것이었다. 그녀의 왜소한 몸은 중심을 잃고 휘청거렸다. 그럴 때면 아이는 키득거리며 지나갔다. 그녀는 그런 일을 몇 차례 겪자 더 이상 참을 수 없었다.

"너, 자꾸 선을 넘으면 가만있지 않겠어. 앞으로 그런 행동하지 마. 이건 경고야!"

목소리가 떨렸다. 물리적인 힘으로 겨룬다면 나이보다 성숙한 아이의 덩치를 제압할 수 없지만 그래도 최후의 보루처럼 남아있는 교사의 권위에 기댔다. 아이는 이죽거렸다. 한쪽 입술을 끌어올리며 비웃었다.

"그래서요, 어쩔 건데요? 신고라도 하려고요? 해볼 테면 해봐요. 나도 선생님을 언어 폭력 교사로 신고해 볼까요?"

아이의 눈빛은 사뭇 도발적이다. 아이는 그녀를 향해 몸의 자세를 가다듬었다. 복도에 나와 있는 몇몇 아이들이 지켜보고 있었다. 그녀는 바닥에 떨어뜨린 교구를 집어 들면서 최대한 자연스러움을 가장하고 교무실로 향했다. 등 뒤에서 낄낄거리는 소리가 났다. 아이의 말 한마디가 날아왔다.

"지가 뭐라도 되는 줄 아나 보네."

그녀는 걸음을 멈췄다. 그리고 뒤를 돌아보았다. 그때 수업을 시작하는 벨이 울렸고 아이는 교실로 들어서려다 그녀와 눈이 마주쳤다. 아이는 혀를 길게 빼문 채 길어진 얼굴로 그녀를 노려보았다. 그녀는 불길처럼 타오르는 분노를 느꼈다. 그 불길은 금방이라도 온몸을 재로 만들 것만 같았다. 무기력한 자신이 한없이 초라했다. 그녀는 자신에게 물었다. 허물어진 교권과 아무것도 통하지 않는 교육행정과 모든 인간이 평등해진 극단적 자유주의가 판치는 학교에서 자신이 설 자리가 있는지. 그녀는 복도를 걸어가면서 발밑에 도사린 아득한 벼랑을 보았다.

그녀는 계산대에서 식사비를 지불한 다음 계단을 내려갔다. 골목은 들어오기 전보다 사람들로 더 북적거렸다. 늦은 점심을 해결했을 뿐인데 이미 해가 기운 것처럼 어둑어둑했다. 그가 그녀를 불러 세웠다.

"차 한 잔 하러 가요."

어느새 다가온 그가 그녀의 어깨 위로 팔을 두른다. 그녀는 그를 바라봤다. 그가 웃었다. 누렇게 변색된 치아가 성글어 보였다. 예전보다 늘어난 주름이 한층 더 깊다. 이제 그에게선 세월의 흔적만 도드라져 보인다.

"찻집보다는 그냥 걸었으면 좋겠어요. 소화도 시킬 겸. 저쪽으로 난 천변을 걸을까요? 지나다니는 사람이 별로 없으니."

그녀가 골목 끝에 이어진 길을 가리켰다.

"그럴까요? 좀 쌀쌀하긴 해도 걷다 보면 그런대로 걸을 만하겠죠."

골목을 벗어나자 개천 길은 한적했다. 천변 풍경은 앙상했다. 봄과 여름에는 개천을 뒤덮었을 능수버들은 잎새들을 남김없이 떨어뜨리고 실낱같은 줄기만 허공으로 내뻗고 있었다.

"이젠 다 끝났어요."

조그만 아치형 다리를 건널 때 그가 걸음을 멈추었다.

"뭐가요?"

"내 마지막 사랑요. 참 많이 사랑한 여인인데 겁이 나 그만뒀어요."

"그래요? 눈치채고 있었어요. 늘 그랬잖아요. 제게 연락이 뜸하면 그러려니 했어요. 가슴이 아프겠네요."

그녀는 말해놓고 보니 괜히 서글펐다. 그가 궁핍해질 때마다 그의 그림을 사들인 게 몇 점이던가. 좋아하지도 않는 그림에 값을 치르고 끌고 온 액자들은 거실이나 방에 걸지 않았다. 그녀의 눈에 비친 그림은 그의 정신이나 행동만큼 어지러웠다. 들여다볼수록 머리가 혼란스러웠다. 추상화를 해석해 내기에 그림에 대한 안목이 부족했는지도 모른다. 그림들은 곧장 수납창고에 들어가거나 당장 쓰지 않는 물건을 쌓아두는 구석방의 한쪽을 차지했다. 그는 팔리지 않는 그림을 그리면서 한편으로는 전시회에 들른 여인들에게 접근했다. 그리고 여인들과 친분 쌓기에 열심이었다. 그것이 판로를 뚫어 생계를 유지하는 수완이었다. 그가 몰두하는 여인일수록 그들은 이상하게도 더 많은 그림을 구매해 주었다.

"그녀와 헤어지고 나서 팍 늙어버렸어요. 아마도 깊은 내상을 입었나 봐요."

그녀는 먹물 같은 하늘을 올려다보았다. 겨울치고는 그다지 춥진 않지만 낮게 깔린 구름은 지상으로 차츰 내려왔다.

"그런 얘기를 꼭 하셔야 해요? 제게 너무 지나친 거 아닌가요?"

그녀의 말에는 가시가 돋아났다.

"어느 여자가 당신 같은 남자를 참아 주겠어요? 더 이상 견딜 수가 없군요."

그녀는 가던 길을 돌아섰다. 눈물이 쏟아질 것 같았다. 비참한 심정이었다. 그가 뒤에서 뭐라 소리 지르고 있었지만 그녀는 자기 감정에 빠져 걸음을 빨리했다. 오늘 그를 만난 것을 후회했다. 그녀는 그가 자신을 대하는 방식이 아무리 생각해 봐도 억울했다. 서로가 서로를 바라보는 방향이 다르기 때문인지도 모른다. 그녀에게 그는 의미가 있는 대상이라 여겼지만 그에게 그녀는 그저 그림을 구매해 줄 수 있는 고객이었다. 수많은 그녀들 중 한 명에 불과했다.

"당신에게 저는 무엇인가요?"

차마 그 말을 뱉고 싶지 않았다. 묻는 순간 이전과 같은 대답이 돌아온다면 와르르 무너질 것 같았다. 그녀는 비참했다. 어서 집으로 돌아가고 싶었다. 왔던 길을 되짚어 걸음을 더 재촉했다. 그가 등 뒤에서 허겁지겁 쫓아오는 소리가 났지만 개의치 않았다. 더는 그에게 신경을 곤두세우고 싶지 않았다.

"갑자기 왜 그래요? 이유가 뭔데요? 수연씨에게 무례하게 굴었나요?"

그가 헐떡이며 쫓아왔다. 그녀를 가로막고 손목을 움켜쥐었다. 그녀는 그의 손을 거칠게 뿌리쳤다.

"예, 그래요. 한없이 무례해요. 당신은 시앗이 시앗 꼴을 못 본다는 말도 몰라요? 우리가 알고 지낸 이후 벌써 몇 번째예요? 셀 수도 없군요. 설령 새로운 여자가 생겼다 하더라도 입 다물고 없는 척이라도 해야 예의가 아닌가요? 제게 마음에 둔 여자 하나하나 호명하는 것이 얼마나 모욕적인지 아세요? 다른 여자로부터 받은 상처를 말하다니 정말 기가 막혀서."

그의 눈동자가 커졌다. 한 묶음으로 빗어넘긴 머리카락에서 삐져나온 몇 올이 바람에 흔들렸다. 그는 그녀에게서 시선을 거두고 고개를 숙였다.

"제 말이 상처가 될 줄은 몰랐어요. 제게 수연씨는 단지 친구로서 가장 나중까지 갈 줄 알았어요. 그리고 저를 가장 잘 이해해 주는 소울 메이트라 생각했어요. 그런데 마음을 다쳤다니 입이 열 개라도 할 말이 없어요."

"당신은 틀렸어요. 다 틀렸어요. 당신을 도와주는 여복을 여난이라 착각하고 사는 사람이지요. 저도 여복 중 한 명이라 생각할지 모르겠지만. 이제부터는 다 그만둘게요."

그녀는 거기에서 말을 멈췄다. 내키는 대로 감정을 다 드러내면 뒤를 감당할 자신이 없기 때문이다. 분을 못 이겨 과열된 말들을 억누르며 입을 다물었다. 그녀는 그와 나누었던 지난 시간이 점멸등처럼 깜빡거렸다. 그러나 스위치가 있다면 아예 꺼버리고 싶은 심정이었다.

그녀는 버스 터미널까지 오는 내내 침묵했다. 그녀와 그는 티켓 자동판매기 앞에서 각자의 목적지가 박힌 차표를 끊었다. 서로의 방향이 정반대다.

"수연씨. 전화하면 받겠다고 약속해 줘요."

그녀는 대답 대신 아주 가볍게, 가볍게 고개를 저었다. 그는 처음 만났을 때 지었던 미소를 지어 보였지만 그 미소마저도 늙어가고 있었다. 세월의 무게가 한없이 무거웠다. 이제는 감정이란 것도 노화를 겪는지 담담했다.

버스 출발을 기다리는 동안 온종일 흐렸던 하늘에서 마침내 비가 내리기 시작했다. 그녀는 얼굴을 들었다. 빗줄기는 몹시 차가웠다. 뼛속까지 와닿는, 시린 겨울비였다.

나는 걷는다

공주에 가까워질수록 어둠이 짙어진다. 정안 천변을 끼고 도는 낮은 언덕 사이로 내려앉는 저녁은 산과 들녘의 경계를 흐릿하게 지우고 있다. 회갈색으로 물들어가는 주변과는 달리 시내로 진입할수록 늘어나는 가로등 불빛에 주변은 점점 더 환해진다. 퇴근 시간대인지 고속버스는 가다서다를 반복하며 서행했다.

마침내 출입문이 활짝 열리더니 목적지에 도착했음을 알린다. 유림은 대여점에서 빌린 명품백을 조심스럽게 가슴에 품고 터미널을 빠져나온다. 30년 만에 만나게 되는 고교 동창들의 모임 홈커밍 데이다. 초라한 행색으로 나오지 말고 빌리고 꾸어서라도 있어 보이게 하고 나오라는 현옥의 말에 시늉은 해 보았으나 발에 맞지 않은 신발을 신는 양 어색하기만 했다. 조금이라도 흠집을 내거나 분실하게 되면 물어줘야 할 금액이 부담스러운 가방이다.

그녀는 사는 수준이 평균치만 되었더라도 굳이 호들갑은 떨지 않았으리라. 겉으로 보여주는 것으로 평가받는 세태이다 보니 남들 하는 것만큼 흉내라도 내야 하지 않을까. 그래서 아침부터 백화점을 다녀오고 가방 대여점을 들렸다. 자신이 운영하는 속옷가게와 집 사이만 오가는 일상이다 보니 제대로 된 옷가지나 가방 하나가 없다. 속옷이라면 가게에서 가장 비싼 C사의 언더웨어를 갖춰 입을 수 있지만 그것은 보여지는 게 아니었다. 밖으로 드러나는 겉치레는 입성이 마뜩하지 않았다. 그녀는 오늘 매장 문을 닫았다. 가게를 연 이후 아주 드문 일이었다.

그녀는 아침 일찍 시내버스로 여섯 정거장을 거쳐야 하는 백화점부터 들렀다. 세일 폭이 가장 큰 의류 매장에 들러 여러 번 망설임 끝에 하나를 골랐다. 애써 고른 투피스는 자꾸만 겉돌았다. 새 구두 역시 뒤꿈치를 아리게 했다. 자신의 처지가 남들보다 처져서 어떤 모임이든 마음에 화상을 남긴 탓에 웬만한 모임은 피해 왔다. 그러다 보니 이번 모임 참석에는 갖춰야 할 것들이 너무 많았다.

그녀는 기념식이 열리는 웨딩홀에 당도할 때까지 명품백을 꼭 끌어안고 있는 자신이 우스꽝스러웠다. 그녀는 남이 볼세라 얼른 명품백을 아래로 내렸다. 모임 장소가 터미널에서 가까운 곳이길 망정이지 좀 더 오래 걷는 거리였다면 지나가는 사람들이 수상쩍게 쳐다봤을지도 모른다.

그녀는 웨딩홀 앞에서 다시 한번 망설인다. 고등학교 졸업 이후 연락이 단절된 채 강산이 세 번 변할 세월을 건너온 동기들의 풍경이 궁금하다. 변한 것과 변하지 않은 것들 사이에서 오는 괴리감은 어떤 형태일까. 혹여 서로를 확인한다는 것이 반가움이나 설렘보다 씁쓰레한 뒷맛을 남기지는 않을까. 여전히 비틀리고 뒤틀린 시선으로 자신을 바라보는 것은 아닐까. 그녀는 기념식장에 들어서기 전부터 주눅이 들었다.

무엇보다 창범을 앞세워 끈질기게 전화를 해대던 현옥의 속내가 궁금했다. 그녀에게 호의를 품고 있는 것인지 어떤 저의를 깔고 있는 것인지 모를 일이었다. 학창 시절 별로 친하게 지낸 사이도 아닌 현옥이 빈번하게 연락해 온 것이 이상했다. 혹시라도 날벼락을 맞는 것은 아닌지 슬며시 두렵기도 했다.

로코코 양식의 화려한 실내는 눈이 부셨다. 높은 천정에는 수많은 크리스탈이 매달린 샹들리에가 불빛마저 황홀하게 내뿜고 있었다. 그러나 그녀가 그곳에 들어설 때까지 망설임은 발목을 쉬 놓아주지 않는다. 안면이 있는 누군가 등 뒤에서 이름을 불러준다면, 냉큼 손목이라도 잡아준다면 못 이기는 채 스스럼없이 따라갔을 것이다. 하지만 이 층에 있는 기념식장 안으로 들어서기 전에 있는 로비는 텅 비어 있었다. 제대로 찾아온 것인지 의심이 들 정도로 고요했다. 그녀는 새하얀 대리석 기둥 사이에 놓인 대형 꽃다발을 발견하고서야 안도의 숨을 내쉬었다.

꽃다발에는 시들 줄 모르는 플라스틱 조화가 만발했다. 진짜보다 더 진짜 같은 가짜가 생동감이 넘쳤다. 그녀는 벽면의 거울을 통해 자신을 바라봤다. 진초록 바탕에 황금빛 자수가 박힌 투피스와 갈색 문양 위에 떡하니 찍힌 브랜드 로고가 선명한 명품 백을 껴안고 어리둥절한 눈빛을 한 여자가 불안하게 서 있었다. 낯선 행성에 막 불시착한 외계인 같았다. 속일 수 없는 중년의 무게가 굵어진 몸통에 고스란히 얹힌 모습이다. 우울해 보이는 얼굴엔 불혹의 강을 건너와 지천명의 문턱에 이른 피로감이 역력해 보인다.

기념식은 이미 한 시간이나 지나 있었다. 위층에서 웅성거리는 소음과 더불어 박수가 터지고 간간이 마이크의 삑삑거리는 고주파 음이 귀에 거슬린다. 그녀는 여전히 로비에서 맴돌았다. 선뜻 이 층으로 오르지도 못했다.

그녀는 아들에게 문자를 보낸다. 제 방에 두문불출 처박혀 게임 삼매경에 있는 녀석은 지켜보지 않아도 그려지는 그림이었다. 컴퓨터 화면 앞에 앉아 충혈된 눈으로 밥때도 잊고 있을 것이다. 헨젤과 그레텔 마녀 사냥꾼에 빠져 현실을 잊고 가상의 공간에 갇혀 있을 것이다. 지금까지의 동화는 잊어 버려라, 라고 시작하는 잔혹한 마녀 사냥꾼 토렌트의 추격에 넋이 빠져 있을 것이다.

사수생인 녀석은 올해도 수능을 망친 것 같다면서도 미안해하거나 부끄러운 기색 하나 없었다. 점심 때쯤 방문을 열어보니 눈 밑까지 내려온 다크서클 눈으로 떼꾼하게 묻는 것이었다.

"왜요?"

녀석은 그녀에게 등을 보인 채 뒤도 돌아보지 않았다. 매사가 귀찮다는 말투였다. 그녀는 가슴 속에서 끓어오르는 화기를 잠시 억눌렀다.

"오늘 밤 엄마 늦을지도 몰라. 그러니까 끼니는 혼자서 해결 해."

그녀가 방문을 닫아주고 현관을 빠져나오는데 순간 녀석은 뒤늦게 나와 확인한다.

"늦게라도 집에 오시는 거죠? 돌아오실 거죠?"

그녀는 어이가 없어 피식, 웃었다.

"너는 내가 그렇게 불안해 보이니?"

"가끔은요. 안 들어오실까 봐 두려워요, 엄마가 제게서 도망칠 지도 모르잖아요."

"그럼 엄마한테 잘 하든가."

그녀는 억지웃음을 만들어 보였다. 자글자글한 눈가의 주름에서 경련이 인다. 마음과 다른 말이 튀어 나갈 때마다 일어나는 증세다.

그랬다. 예민한 녀석은 제 어미 삶의 피로를 눈치채고 있는지도 모른다. 그녀에게 녀석을 홀로 키워내는 일은 늘 숨이 가빴다.

명훈과 식을 올리기도 전에 들어선 녀석은 제 아비의 얼굴도 모른 채 태어났다. 그는 시위 농성장에서 자신이 그린 걸게 그림을 걸기 위해 사다리 끝에 서 있었다. 그는 시위대와 전경이 밀고 밀리는 가운데 사다리에서 떨어져 목이 꺾여 버렸다. 한순간이었다. 자신이 살고 있는 터전을 조금이라도 밝게 채색하고 싶어 했던 그는 어이없게도 유림과 뱃속의 아이에게 짙은 어둠만 남겨 주었다.

그가 목이 터져라 부르짖던 외침은 부푼 풍선처럼 공허했다. 열린 교육, 꿈의 교실, 사람 향기 나는 학교 등등, 아름다운 구호는 모두가 속 빈 소리였다. 그의 부재에 따른 남겨진 자의 몫은 아직도 입시지옥에 갇혀 있다. 그의 죽음은 단지 개죽음일 뿐이었다. 변한 게 아무것도 없기 때문이다.

그녀는 아무리 생각해도 그의 마지막이 실감나지 않았다. 양가에서 아이를 지우라는 압박에 정체를 숨기고 낯선 곳에 정착하기까지 사는 것은 늘 단거리 주자처럼 숨이 찼다. 허덕거리며 돈을 벌고 허덕거리며 밥을 먹고 허덕거리며 아이를 키웠다. 그 허덕거림이 몸의 습관인 줄 알았다.

하지만 그 허덕거림이 임계점에 도달했을 때 맥박은 겁 없이 날뛰었다. 시도 때도 없이 열이 치솟았다. 몸의 살들은 가파르게 사라졌다. 밤이면 밤마다 불면이 찾아왔다. 눈알은 핏빛이었고 금방이라도 튀어나올 듯 팽팽했다.

갑상선 항진이었다. 내과 전문의는 장기간 과도한 스트레스 때문이라고 했다. 마음을 편히 먹고 스트레스를 줄이면서 약을 복용하면 나아질 거라고 했다. 군이 의사가 아니라도 할 수 있는 말을 전문의는 목소리 톤을 깔았다. 한방의는 가슴에 화가 많아서 몸의 균형이 깨진 탓이라고 했다. 그 화가 분노의 불을 의미하는지 정염의 불을 의미하는지 묘한 웃음기를 머금고 그녀의 맨살 위에 수많은 침을 꽂았다. 한시라도 빨리 화를 사해 주지 않으면 돌연사증후군으로 나타나거나 갑상선암으로 전이될 수 있다고 겁을 주었다.

그녀는 처방전을 들고 약국으로 향했다. 아침나절임에도 불구하고 길게 늘어선 노인들 틈바구니에 끼어들었다. 그녀는 서글펐다. 아등바등 살아봤자 종국엔 다다르게 될 늙고 병듦의 간이역을 통과하지 않을 수 없는 생의 지루함에 진절머리가 났다.

그녀는 넋이 빠진 채 하염없이 걸었다. 누구도 피할 수 없는 생로병사의 종착역을 향해가는 그녀의 삶이 덧없다는 생각으로 꽉 차올랐다. 병든 몸을 이끌고 아무런 생각 없이 이 거리에서 저 거리로 떠돌아다녔다.

어디쯤에서 멈춰야 할까. 먹고 사는 일에 하루하루 허덕거리다 끝내는 지칠 대로 지쳐서 일상의 지겨움으로부터 탈출하고 싶은 마음만이 그녀를 지배했다. 더 이상 견딜 수 없는 지루함에 종지부를 찍어버릴까. 생의 곡괭이를 집어던지고 지평선을 향해 끝없이 걸어가야만 할까. 해 지는 서쪽으로, 서쪽으로 가다 보면 어느 순간 걸음이 멈추는 곳에서 그냥 화—악 무릎이 꺾이고 목이 꺾이게 될까? 명훈처럼 어이없게.

그녀는 사람살이가 한꺼번에 무너져 내리는 히스테리아 시베리아나 증후군 환자처럼 밤이고 낮이고 걷고 또 걸었다. 걷다가 지치면 길바닥에 드러눕고 나무 그늘에서 눈을 붙였다. 배고픔도 잊고 갈증도 잊은 채 타박타박 걷기만 했다. 그러나 아무리 걸어도 그녀가 도착할 지평선은 나타나지 않았다. 두 다리가 도심 속을 헤집고 다니는 동안 언뜻언뜻 녀석 얼굴만 아른거렸다.

그녀가 무너지기 직전 당도한 곳은 무릎이나 목이 꺾일 막막한 밭이랑이 아니라 제 집 앞이었다. 돌아오고 싶지 않은 곳으로 돌아와 보니 섬뜩하기까지 했다. 아직은 종착역이 아니라 지켜야 할 자리라는 것을 깨닫는 순간 이상하게도 마음이 놓였다.

현관에 들어섰을 때 녀석은 죽은 사람이라도 돌아온 것처럼 두 눈이 휘둥그레져 말문을 열지 못했다. 소금 기둥처럼 하얗게 서 있었다.

"엄마야. 네 엄마. 그새 엄마 얼굴도 잊었니?"

그녀가 다가가자 녀석은 그녀에게 온몸을 기댄 채 꺽꺽거렸다. 덩치가 큰 녀석의 체중은 감당할 수 없을 만큼 버거웠다. 그녀는 뒤로 밀려나지 않으려고 온 힘을 다해 버텼다. '내가 허물어지면 녀석도 허물어지겠지'라는 생각으로 마음이 복잡해지기 시작했다. 몸만 웃자랐을 뿐 정신에는 빳빳한 줏대 하나 없는 녀석이 소리내어 울었다. 녀석의 심약함이 그녀의 심사를 어지럽혔다.

그녀는 가방 속에 넣어둔 봉투를 꺼내 들고 이 층으로 올라갔다. 후배들을 위한 모교 장학금으로 배정한 일 인당 할당금을 내고 곧바로 돌아서기로 결정하자 마음이 홀가분해진다.

기념식장에는 벌써 식의 1부가 끝나고 2부가 진행 중이었다. 아직 생존하고 있는 은사들이 앞좌석 곳곳에 포진하고 있었다. 무대 위에서 누군가 '돌아오라 소렌토로'를 열창했고 뒤이어 누군가 해금을 연주했다. 그녀는 빈자리를 찾았다. 자리에 앉자 여기저기서 눈빛들이 날아오른다. 아리송해하는 눈빛, 생뚱맞다는 눈빛, 적의에 찬 눈빛, 낯설어하는 눈빛들이 그녀를 향해 쏟아진다.

해금 연주가 희미해지자 이번에는 반짝이 의상을 걸친 누군가 녹음된 반주에 맞춰 색소폰으로 '데스페라도'를 불었다. 그의 연주가 절정에 이르자 분위기는 후끈했다. 뜨거운 박수 소리와 함께 휘파람이 실내를 떠나갈 듯 진동했다. 그것으로 모든 공연은 끝났다. 앞줄에 자리 잡았던 은사들이 자리를 털고 일어났다. 그들이 빠져나가자 실내는 더욱 소란스러워졌다.

공식적인 행사는 마무리되고 만남의 장이 펼쳐졌다. 학창 시절 친밀하게 지낸 급우들끼리 제각각 무리를 짓는다. 그녀는 현옥을 찾아본다. 동기들 사이에 마당발인 현옥은 테이블 사이를 오가며 한창 수다 중이었다. 그녀는 눈으로 현옥을 쫓아가 본다. 그녀의 눈길을 알아차렸는지 현옥이 용캐도 뒤돌아서 다가온다.

　　"왔으면 왔다고 하지. 또 전화하려고 했지 뭐야."

　　"이거 받아. 네 얼굴 봤으니까 그만 서울로 올라가야겠다."

　　그녀는 봉투를 현옥에게 전하고 나갈 준비를 한다.

　　"계집애는, 다른 애들도 만나봐야지. 그리고 저쪽에 창범이 와 있는데, 아까부터 너 언제 오냐고 계속 문자 보내더라."

　　"나는 누가 누군지 도통 모르겠다."

　　"앉아 봐, 내가 창범이 데려올게."

　　"그만 둬. 또 무슨 소란을 피우려고 그러니?"

　　현옥은 벌써 다른 테이블을 향해 내친 걸음이었다.

　　"어휴, 이제야 숨통이 트이네. 노친네들 앞에서 얌전떠느라 숨막혀 죽는 줄 알았지 뭐야."

　　"누가 아니래, 머리 하얀 스승 앞에 하얀 머리 내밀고 재롱떠는 것도 참 쑥스럽더라. 우리는 이렇게 빨리 늙어가는데 왜 은사님들은 별로 변한 게 없을까. 오히려 신수가 훤해서. 세월을 비껴가는 거 같아. 다음에는 염색이라도 하고 나와야겠다. 그래야 스승인지 제자인지 구분이 가지. 모르는 사람이 보면 동년배로 보겠어."

"내 말이, 혹시 필라나 보톡스 힘을 빌린 건 아닐까?"

형광빛 드레스 셔츠를 입은 반백의 남자 동기가 다가왔다. 그녀를 유심히 들여다본다. 그녀는 엉거주춤한 자세로 그를 바라본다. 그녀는 일어설까, 앉아 있을까 잠시 망설인다.

"정말 처음 보는 얼굴이네. 너, 누구세요?"

그녀는 어색해서 웃었다. 그녀 역시 처음 보는 얼굴이다.

"그러는 너는 누구세요?"

그녀의 반응에 주변에 모인 동기들이 재미있다는 듯 웃음을 터뜨렸다. 웃음소리가 지나치게 컸는지 동기들이 몰려왔다. 그들 사이를 비집고 손 하나가 그녀에게 포도주잔을 내밀었다.

"서로 이름은 알아서 뭐 해? 언제 또 우리가 만난다고. 오늘 만난 것으로도 축배를 들 일이지. 익명적 그대들을 위해 또 나를 위해 건배하지."

옆에 서 있던 몇 명의 남자 동기들이 일제히 건배를 외치는 바람에 그녀도 어정쩡한 자세로 잔을 들어 올린다. 잔을 막 입에 가져다 대려는 순간 한눈에도 알아볼 수 있는 얼굴이 가까이 왔다. 정혜였다.

"삼십 년 동안 동창회는 코빼기도 안 비치던 네가 웬일이니? 애들아, 여기 좀 봐라. 누가 나타났는지 궁금하지 않니?"

정혜가 호들갑을 떨었다. 그녀는 소스라치게 놀라 긴장했다.

입이 험하기로 소문난 정혜다. 고교 시절부터 뭐든 남이 잘하는 꼴을 두고 보지 못하는 성깔 때문에 늘 급우들 사이에서는 트러블 메이커로 통했다. 심술을 부리는 만큼 학업뿐만 아니라 여러 가지 면에서 재능이 많았지만 상대방의 입장은 조금도 배려하지 않는 성격으로 가장 싫어하는 인물 중 한 명이었다. 그 탓에 모두가 그녀를 불편하게 여겼다. 그러다 보니 자연 미운 털이 박히고 급기야는 급우들 사이에 경계 대상이 되었다.

자신을 드러내기 위해 상대를 가차 없이 깎아내리는 그 심술이 벌써부터 눈웃음치는 애굣살에서 묻어난다. 그녀는 정혜가 무슨 말을 꺼내기 전에 서둘러 일어나야 했다. 그녀의 머릿속에서 경고음이 울린다. 정혜는 아직도 남의 고통을 즐기는 악취미가 그대로인 듯했다. 그녀는 정혜의 입을 통해 나오는 독설로 번잡해지는 상황이 귀찮았다. 학창 시절에 있었던 추문을 다시 끌어올려 남들 앞에 또다시 까발리려는 정혜의 의도가 노골적으로 드러나 보인다. 그녀는 화장실을 핑계대고 서둘러 일어났다. 그녀의 움직임에 정혜는 오금을 박듯 한 마디 던진다.

"너, 쥐 죽은 듯이 살았어?"

그녀는 밖으로 향하던 걸음을 멈췄다. 머릿속이 까맣다. 그녀를 어둠 속에 가두었던 담임의 극단적인 그 한마디를 아직도 기억하다니. 그녀는 소름이 돋았다. 그녀는 말할 수 없이 심장이 두근거렸지만 침착하게 돌아섰다. 정혜를 향해 한 걸음 한 걸음씩

다가섰다. 아직도 미처 거두지 못한 승자의 비웃음이 어른거리는 정혜를 빤히 들여다본다.

새하얀 실크 블라우스에 반사된 얼굴에 눈이 부셨다. 여유 있는 사람만이 가질 수 있는 그 눈부신 비웃음이 꽤나 고혹적이었다. 그녀는 입술만 대었다 내려놓았던 자신의 포도주잔을 움켜쥐었다.

"넌 정말 변한 게 하나도 없네. 세월이 가고 어른이 되어도 못된 심보는 예전 그대론데? 변하지 않는 것을 위해 우리 둘이 건배라도 해 볼까?"

그녀가 먼저 잔을 내밀었다. 아직도 입가에 비웃음이 떠다녔다. 정혜는 손가락으로 우아한 동작을 취하며 잔을 들었다. 잔이 부딪히는 소리와 함께 그녀는 마시는 시늉을 하다가 정혜의 머리 위에다 그대로 포도주를 쏟아부었다.

포도주는 머리카락을 타고 방울방울 떨어졌다. 정혜의 얼굴과 새하얀 블라우스를 적셨다. 정혜는 괴기스러웠다. 붉은 자국은 원한의 혈흔 같다. 정혜는 자신에게 무슨 일이 벌어졌는지 혼란스러운 표정이다. 그녀는 정혜가 비명을 내지르기 전에 자세를 낮춰 정혜의 귓가에 오금을 박듯 또박또박 한 음절씩 박아 넣었다.

"더 이상 나를 모욕하지 마. 지금은 포도주지만 언젠가는 네 피로 적시게 될지도 몰라."

그녀는 기념식장을 빠져나왔다. 등 뒤에서 한바탕 소란이 일었다. 정혜는 제 성깔에 못 이겨 거품을 물고 길길이 날뛸지도 모른다. 들리지 않아도 환청처럼 들리는 정혜의 비명에 쓴웃음이 나왔다. 그녀는 오늘 여기에 온 것을 후회했다. 계단을 내려와 웨딩홀 주차장을 가로질렀다. 차가운 밤기운에도 불구하고 등이 다 축축하다. 진땀이 난 모양이다.

주차장 한 모퉁이에 옹기종기 모여 있는 은사들이 눈에 띄었다. 그들 중에는 이 년 동안 담임을 맡았던 변영수의 모습도 보인다. 그녀는 한동안 그를 바라본다. 여전히 작은 키와 넙데데한 이마가 반질거리는 외양은 변함이 없었다. 말을 꺼낼 때마다 눈동자가 늘 주변을 향해 희번덕거리던 습관도 여전했다.

어디선가 날아오는 집요한 시선을 느꼈는지 그가 쳐다보았다. 눈이 마주치는 순간 그녀가 누구인지 기억해내려는 듯 고개를 갸웃거렸다. 살면서 다시는 만날 일이 없을 거라 생각했던 사람도 뜻하지 않은 장소에서 만나게 되는 모양이다. 그녀는 그에게 가벼운 목례를 하고 고개를 돌렸다. 그가 막 웃어 보이려는 표정을 지었을 때 그녀는 고개를 돌렸다. 그녀는 서둘러 그의 기억이 수면 밖으로 튀어 오르기 전에 공산성과 마주한 강변을 향해 몸을 틀었다.

그녀는 학창 시절 그림에 관심이 많았다. 그녀가 명훈을 알게 된 것은 명훈이 미술과 교생으로 나왔을 때였다. 명훈은 그녀에게 살가웠다. 오빠가 없는 그녀는 명훈의 친근함에 마음이 기울었다. 교생 선생님과 학생 사이가 아닌 오누이처럼 친밀해져 실습 기간이 끝난 후에도 가끔 제과점이나 디제이 다방에서 만났다.

명훈이 흥미 삼아 꺼내놓은 세계는 이제까지 그녀가 알고 있는 세계와는 영 달랐다. 입에 올리기만 해도 낙인이 찍히게 되는 금기어들이 명훈의 입을 통과하면 황금빛으로 빛났다. 종속이론과 세계체계이론, 정통파 마르크스와 레닌주의, 민중교육과 주체사상, 진보적 학술단체와 신자유주의 이념 등등.

그녀는 입시라는 좁은 세계에 갇혀 있다가 난생처음으로 다른 세계가 작동하고 있다는 것이 신기했다. 만남이 거듭될수록 영혼의 키가 한 뼘씩 자라는 것 같아 너무도 좋았다. 또래 친구들이 모르는 더 높은 세계를 향해 오르고 있는 자신의 성장에 가슴이 벅찼다. 뿐만 아니라 명훈이 조곤조곤 들려주던 금서의 내용들을 조금씩 음미하면서 비로소 감추어진 세계와 진실의 문을 조금 열어본 것도 같아 너무도 뿌듯했다.

은모래 다실에서 쓰디쓴 커피를 마시고 금강 변 제방을 걸을 때였다. 노을이 지기 시작하는 공산성 머리 위로 막 번지기 시작하는 색색가지 광휘들이 단풍 숲을 배경으로 한 폭의 그림 같았다. 그녀가 탄성을 질렀다.

"오빠, 보세요, 정말 아름답지 않아요? 이 풍경을 캔버스에 옮길 수만 있다면 극지방 오로라로 착각할 거예요."

그 순간이었다. 명훈이 그녀를 꼬옥 끌어안았다. 금방이라도 숨이 막힐 듯했다. 그녀가 그의 품을 벗어나려 바둥거렸다.

"지금 네가 얼마나 아름다운지 알아? 아름다움을 보고 감탄하는 사람이 그 아름다움에 물든다는 것을 처음 알았어. 마치 아름답다의 아름이 '나'를 의미하는 것처럼 말야. 네가 너답다. 네가 아름답다. 네가 오로라 같다. 나에게는 손에 닿을 듯하면서도 결코 닿아서는 안 될 너이기도 하지. 왜냐하면 나는 먼 길을 가야 할 사람이니까."

그녀는 계룡산 연봉으로부터 불어오는 바람을 맞으며 강가에 흔들리는 갈대를 바라보았다. 뭔지 모를 복잡한 감정들이 가슴에 켜켜이 얹히는 기분이었다. 명훈은 그녀의 감정을 아는지 모르는지 수첩을 꺼내 들고 갈대숲을 배경으로 서 있던 그녀를 그리기 시작했다. 그녀에게 어떤 포즈를 하라는 주문도 없이 재빠르게 스케치해 나갔다. 졸업작품전에 그녀의 모습을 써도 되느냐는 물음에 그녀는 선선히 허락했다. 헤어질 때 명훈이 손을 잡았다. 어둠이 내려온 탓일까. 조금 전까지 어떤 열기에 달아올랐던 명훈의 눈동자는 그 사이 서늘해졌다.

명훈이 그녀에게 친구들과 졸업작품전을 보러 오라는 전갈에도 그녀는 가지 않았다. 명훈을 다시 보게 된다면 그냥 지나칠 것들도 많은 의미들이 생겨날 것 같아서였다. 자신의 모습이 어떤 모습으로 작품화가 될지 궁금하기는 했으나 마음속에서 보내오는 붉은 신호를 무시할 수는 없기 때문이었다.

며칠이 지났을까, 급우들이 그녀를 두고 수군거렸다. '학교 망신이야.' '어쩜 저렇게 천연덕스러울까.' '낯짝도 두껍지.' 하는 말들이 떠돌았다. 급우들의 말을 따라가 보니 정혜가 있었다. 미술과 교생들의 졸업작품전을 보고 와서 퍼트린 말이 수군거림의 진원지였다. '본능'이라는 제목이 붙은 누드화의 주인공 얼굴이 그녀라는 것이었다. 그녀는 아득했다. 자기가 잘못 본 것이 아니라면 유림이 틀림없다는 정혜의 단언에 급우들이 우르르 몰려갔다. 엎친 데 덮친 격으로 동급생인 창범이 명훈을 찾아가 다짜고짜 깨진 병으로 명훈의 흉부를 찌른 것이다. 창범이 그녀를 좋아한다는 것은 알만한 애들은 다 알고 있었다.

그녀는 단 한 번도 창범을 만나거나 사귄 적이 없었다. 그가 일방적으로 그녀 주변을 맴돌면서 좋아한다는 표식을 해 두었던 것이다. 그녀는 어이가 없어 그를 무시했다. 그럼에도 불구하고 쉬는 시간이나 점심시간일 때 그녀가 지나다닐 만한 교정의 길목에서 그녀를 기다렸다. 스토킹은 어디서나 들통이 났다.

창범이 저지른 짓은 꼬리에 꼬리를 달고 가속 페달을 밟았다.

연적끼리 칼부림을 했다느니 유림이 양다리를 걸치는 바람에 한 사람이 소년원에 갈 처지라니 하면서 무시무시한 괴담으로 부풀었다. 바람이 필요 이상으로 들어간 풍선은 터지기 마련이다.

마침내 그녀는 학생과에 불려 갔다. 학생과 주임은 그녀의 머리통을 출석부로 후려치며 온갖 폭언을 퍼부었다. 뒤이어 담임이 그녀의 하숙방에서 가지고 온 책 한 권은 불난 집에 휘발유를 부은 꼴이 되었다. 『반노』라는 소설책이 학생과 주임의 책상 위에 던져졌을 때 그는 반미치광이 된 것 같았다. 어디서 구해 왔는지 각목을 치켜들고 그녀를 사정없이 내리쳤다. 변명의 여지도 없이 몰매를 맞고 교무실 구석으로 밀려나 뭇시선의 냉대와 경멸을 받으며 꿇어앉아 있어야만 했다.

"음란한 계집!"

그녀 앞을 지나가는 교사들마다 침을 뱉듯 한마디씩 내던졌다. 그녀를 둘러싼 모든 것들이 잘 짜여진 음모 같았다. 촘촘하게 짜여진 그물코에서 도저히 빠져나갈 수 없는 함정 같았다.

성인이 된 다음에야 염재만의 소설이 사회적 이슈가 되었던 문제작이란 것을 알았다. 그때는 단지 하숙집에 대학생이 떨궈놓고 간 책이었기에 그냥 책꽂이에 꽂아 두었을 뿐이다. 그것이 한국판 '체털레이 부인의 사랑'이라는 부제가 붙어 사회 전반에 예술과 음란성의 시비로 가열되었다는 사실을 전혀 몰랐다. 외설적인 내용 때문에 작가가 기소되어 1심에서 유죄가 선고되고 2심에서 무죄가 확정되었다는 판결도 몰랐다. 그 책의 제목만으로도 분기탱천한 학생과 주임과 담임 교사의 과도한 흥분을 이해할 수 없었다. 이미 그 책의 내용을 알고 있었기에 그들은 그토록 길길이 날뛰지 않았을까. 그녀는 다리가 저리다 못해 마비가 되어가는 상황에서 반발심만 부글거렸다. 언젠가는 반드시 그 책을 꼭 읽어보리라 결심을 다졌다.

명훈이 학교에 불려 와 해명했다. 그녀의 얼굴만 그랬을 뿐이라고. 몸은 누드 모델의 것이라는 사실을 알렸으나 의심은 거두어지지 않았다. 그녀는 학교 안팎에서 일어난 기기묘묘한 풍문에 결국 정학 처분을 받았다. 그 기간 내내 교무실 바닥에서 무엇을 반성해야 하는지 모를 반성문을 끊임없이 썼다. 눈앞에서 오가는 교사들의 한심해하는 눈길을 뼛속까지 받아내야만 했다.

"생긴 대로 논다더니 얼굴 하나 반반한 게 꼴값을 떠네."

"여자가 꼬리 치고 다니니까 남자들이 냄새 맡고 모여들지."

정학이 풀리고 다시 교실로 돌아왔을 때 담임은 그 특유의 눈알을 이리저리 희번덕거리며 급우들 앞에서 그녀의 생활 반경에 대해 유배 선고를 내렸다.

"너희들, 미꾸라지 한 마리가 돌아다니면서 흙탕물 만들어 놓은 거 봤지? 이게 여자에게는 얼마나 치욕스럽고 망신스러운 일인지. 너희들은 타산지석으로 삼아 명심해 주길 바란다. 지금은 일벌백계로 정학 처분만 내렸지만 후에 이런 일이 또 벌어진다면 아예 퇴학시켜 버리겠다. 풍기 문란한 여자는 이 학교에 필요 없다. 학교 이름을 더럽히는 학생은 알아서 떠나주길 바란다. 너, 이유림! 그러니까 앞으론 쥐 죽은 듯 살아. 쥐 죽은 듯이!"

　여기가 어디일까. 금강 철교를 건너면 전막이 있었고 그 어디쯤에 은모래 다실이 있었다. 그런데 지금은 모든 게 변했다. 눈앞에 보이는 길과 건물들은 낯설었다. 명훈과 함께 보냈던 익숙한 시간처럼 친숙한 무엇이라도 찾아보려 했으나 소용없었다. 제방을 따라 커다란 붓자루 같았던 미루나무는 온데간데없을뿐더러 제방길은 대로로 변했다. 논밭이 있던 자리에는 아파트와 상가, 그리고 즐비한 모텔들로 채워졌다. 완전히 도시화가 이루어져 옛날 풍경은 감쪽같이 사라졌다.
　휴대전화기 메시지 음이 들린다. 현옥의 메시지다. 노래방에 있으니 꼭 와야 한다고. 창범이 애타게 기다리고 있다고. 그녀는 지나가는 사람에게 노래방의 위치를 묻는다. 어차피 만나야 할 사람이 있다면 만나야 할 것이다. 특히 창범에게 묻고 싶은 게 많다. 그때 왜 그랬냐고. 그녀는 마음을 다잡았다. 집으로 돌아가기 전에 빚을 청산하듯 마음 한켠에 쌓아둔 궁금증을 풀어야 했다.

　그녀는 붉은 카펫이 깔린 지하통로를 거쳐 출입문을 열었다.

노랫소리가 왈칵 밀려나온다. 노래방 주인의 안내를 받아 룸으로 들어서니 남녀 동기들은 한데 섞여 음주가무에 한창이다. 얼굴마다 땀방울로 번들거린다. 그녀는 후텁지근한 실내 공기에 숨이 막혔다. 출입문에 기대어 있었지만 그녀의 등장을 눈여겨보는 사람은 없었다. 술 냄새와 땀 냄새가 뒤섞인 악취가 코를 찔렀다.

입구에서 한참이나 서 있은 다음에야 누군가 그녀의 손을 이끌었다. 이마에 넥타이를 질끈 동여맨 누군가 그녀의 팔을 올리고 빙글빙글 돌렸다. 그녀는 얼떨결에 돌기 시작했다. 몸이 돌아가자 마음도 돌아가고 동기들도 함께 돌아간다. 사이키 조명등이 돌고 노래방 바닥도 덩달아 돈다. 머리 위에는 누군가 던진 두루마리 휴지가 풀려 날아다닌다.

취기에 몰린 동기는 소파에 기대어 눈을 감았다. 흐물흐물 풀어진 몸들은 중심을 간신히 잡으며 갈짓자 걸음으로 옮겨 다녔다. 실없이 웃어대는 눈가에 자리 잡은 주름이 친숙했다. 듬성듬성 내리기 시작한 머리 위 서리가 낯설지 않았다. 이제는 인생의 희노애락에 조금은 의연해질 나이였다. 그렇지만 그녀의 마음은 얽히고설킨 실타래 같았다.

한쪽 구석에서는 병째 부딪히는 소리가 요란하다. 천정에서 휘휘 돌아가는 조명등이 동기들의 모습 위로 알록달록 얼룩을 만든다. 음영이 직조되면서 나타나는 자기 생의 무늬들이 아른거린다. 밝은 빛 아래 보이지 않는 실상이 어둑하고 순간순간 반짝거리는 불빛 아래에서는 더 극명하게 드러나는 것인지도 모른다. 누구나 자기 가시는 감추는 법, 그 가시에 찔리며 신음할지라도 타인 앞에서는 평온함을 가장하고 있는지도 모른다.

그녀는 갈증이 났다. 거품 가득한 잔을 비운다. 이제야 동기들 얼굴이 눈에 들어온다. 30년 세월을 징검다리 건너듯 건너왔다. 중도에서 헛발을 디뎌 물에 빠지기도 했고 때로는 거꾸러져 호되게 사지가 부러지거나 몸통과 머리통에 심한 내상을 입었는지도 모른다. 하지만 생의 이편까지 무사히 안착한 동기들의 모습이 일견 대견해 보이기도 한다. 동기 중에 몇몇은 이미 죽었거나 병마와 싸우는 이도 있었고 이혼하거나 자식을 앞세운 이도 있었다. 다만 그런 일들이 자신에게 일어나지 않은 것만으로도 위안이 될 시점이었다. 이를테면 남의 불행을 빌어다 자신의 현실을 위로하고 그래도 살아갈 만하다는 여유를 수유받는 자리인지도 모른다.

술이 몇 순배나 돌았을까. 탁자 위에 빈 병들이 늘어나는 것에 비례해 동기들의 자세는 점점 허물어지고 남녀의 경계도 내남없이 흐려진다. 당시에는 얼굴도 모르던 동기들이 30년 후 노래방 안에서 어우러져 동기가 동지가 되어가고 있었다. 그 순간만큼은 개별적인 존재감이 사라졌다.

시대를 거슬러 당시 유행하던 노래는 강한 유대감으로 감정을 한데 묶었다. '이름 모를 소녀' '편지' '밤에 떠난 여인' '정거장' 등을 부르면서, 정서적 공통 분모를 가진 노래는 친밀감을 높인다. 어느새 흥에 겨워 다시 짝을 짓고 춤을 춘다. 모두가 눈빛이 몽롱하다. 서로의 흐릿한 눈빛들이 허공에 부딪힌다. 상대를 바꿔가며 돌아간다. 서로를 품거나 품어주면서 세월의 변곡점을 돌았다. 은근한 눈길마저 부담스럽지 않은 나이였다.

"기억나니? 나, 창범이야."

어느새 다가왔는지 창범이 그녀의 손을 잡았다. 땀이 밴 손이다. 온몸으로 찐득하게 전율이 전해온다. 그는 한 손을 그녀의 어깨 위로 올려놓는다.

"처음이구나, 가까이에서 이렇게 대면하기는."

"그렇구나. 30년 만이지. 참 어렵게 만날 수가 있구나."

창범은 목이 메는지 목소리가 가라앉았다. 그녀는 문득 창범이 참 용기 없는 녀석이라는 생각이 들었다. 그토록 그녀를 좋아했다면 주변을 휘젓지 말고 직접 날아들었더라면 어땠을까. 그녀가 창범을 받아들였을까? 명훈을 시샘해서 그런 난동 부릴 용기가 있었다면 가까이 올 수도 있었을 텐데. 그녀는 처음 대하는 창범에게 그에 대한 분노보다 연민의 마음이 생겼다.

사건이 일어난 이후에 학교 안팎에서 치렀을 고통을 생각하니 슬며시 안쓰러운 마음이 생긴다. 운명이 뒤바뀐다면 그녀가 좋아하는 남자 대신 그녀를 좋아하는 남자를 선택했을까. 오랜 세월

그를 미워하고 원망하면서도 잠이 오지 않는 밤이면 쓸데없는 망상 속에서 그려보던 사람이 아니던가. 창범이 그녀에게 오기까지 30년을 에둘러 왔다면 너무도 먼 거리였다. 창범의 손은 여전히 축축했다. 그 촉감으로부터 전해오는 눅눅함에서 찐득한 무언가가 전해진다.

"유림아, 나는 한평생 너와 도망치는 꿈만 꿔왔어. 깨고 나면 나 혼자 덩그러니 있는데도 꿈속에서는 늘 너와 함께 있는 게 신기했지."

"난 네가 궁금했어. 무엇 때문에 헛된 꿈만 꾸었을까. 직접 가까이 오지도 못하면서 변죽만 울렸잖아. 소문만 무성하게 퍼뜨렸잖아. 왜 그 난리를 피웠는지 묻고 싶었어."

"그러게 말야. 사귈 용기도 없으면서 죽자 살자 좋아하는 마음만 있다 보니 내가 미쳐서 날뛴 거지. 그러나 후회는 없어. 너를 기다리는 마음은 지금도 여전해. 숨어 사는 너를 찾으려고 얼마나 헤맸는지 몰라."

"쓸데없는 짓만 하면서 살았구나. 네 인생도 참 안 됐다. 나도 살다 보니 인생 별거 없던데."

"그렇게 말하지 마. 살다 보니 오늘처럼 너를 가까이 안아 봐도 되는 날이 오잖아."

"이제는 내 꿈을 꾸지 않아도 돼. 꿈은 깨라고 있는 거니까."

"아니, 더 간절해졌어."

창범이 도리질을 했다. 창범은 그녀의 손을 꼭 잡았다. 강한 악력이 느껴진다. 현옥을 통해 창범이 얼마나 그녀를 만나고 싶어 하는지 수없이 들어왔다. 하지만 창범은 그녀의 학창시절을 극한으로 몰고 갔던 주범이 아니던가. 그녀는 막상 창범을 만나고 보니 마음이 복잡해진다. 창범의 짝사랑은 그냥 꿈으로 끝나야 한다는 결론에는 변함 없었다. 그녀는 자꾸만 조여오는 손아귀 힘에 놓여나고 싶었다.

현란한 조명 아래 30년 세월은 여전히 들썩거렸다.

'사는 게 뭐 있어, 인생 뭐 있어, 없어! 살다 보면 좋은 날 오는 거지, 싫었다가 좋아지고 좋았다가 싫어지는 그런 게 인생인 거야, 아니면 말고! 마음먹기 달렸다 사랑하기 달렸다 미워도 미워도 다시 한번, 그래 잘 했다 정말 잘했다, 미워도 미워도 사랑하자, 사는 게 뭐 있어, 인생 뭐 있어. 웃으면서 행복하게 살자구.'

목젖이 훤히 보이도록 열창을 한 동기가 마이크를 내려놓았을 때에 이르러서야 빙그빙글 돌아가던 춤판이 멈추었다. 동기들은 목이 말랐는지 거품이 넘치도록 맥주를 따랐다.

"어이, 여기 낯선 얼굴 하나 보이네, 누굴까?"

혀 꼬부라진 소리에 모두가 그녀를 주시했다. 그녀는 시선을 어디에 둘지 허둥거렸다. 순간 서로가 서로에게 이질감이 느껴지는 가운데 현옥이 나선다.

"너희들 기억 안 나니? 거 왜 있잖아. 누드화 사건으로 학교가 발칵 뒤집혔잖아. 얘가 바로 이유림 그 주인공이야."

여기저기서 아, 걔야? 쟤야? 하는 감탄과 함께 술이 깨는 모양이었다. 호기심 어린 눈빛에 바짝 힘이 들어간다. 잠시 창범과의 얘기에 정신이 팔려있다가 갑자기 드러난 과거가 어질어질했다. 그녀는 앞에 놓인 맥주를 단숨에 마셨다. 그녀는 속이 탔다. 그녀를 드러낼 수 있는 단서가 누드와 연관된 코드밖에 없는 것일까. 그녀는 자리에서 발딱 일어났다. 취기를 빌려 마이크를 잡았다.

"그래, 너희들, 똑똑히 봐 둬라. 소문의 주인공이 여기 있으니까. 아무도 믿지 않는 진실을 굳이 밝히고 싶지 않았어. 그런데 소문은 지금도 너희들 속에서 뒤숭숭하지? 저 여자가 어떻게 홀딱 벗고 그림의 주인이 됐을까? 되바라져도 된통 되바라졌구나, 하는 게 너희들 속마음이겠지? 아니, 어쩌면 저질스럽고 음란해서 너희들과는 격이 맞지 않다고 생각할지도 모르지. 난 얼굴만 그리게 했지, 그 이상도 그 이하도 없었어. 너희들 마음이 그려낸 소문이 내게는 더 우스워 보여. 진실이 신발을 꿰고 있는 동안 헛소문은 벌써 지구를 반 바퀴를 돌고 있다더라. 세상엔 들리는 게 다 진짜는 아니잖아."

그녀는 처음으로 자신을 항변했다. 누구도 믿어주지 않는 오래전 일 때문에 쥐 죽은 듯이 살려고 했으나 더는 참아지지 않았다. 그 말을 내뱉기가 이토록 힘겨웠던 것일까. 그녀는 마이크를 내려놓고 자리에 주저앉았다. 동기들이 그녀의 진심을 받아들이

든 그렇지 않든 그것은 그들 몫이다. 그녀는 개의치 않았다. 그녀는 몰려오는 취기 속에 그들을 망연히 바라본다. 꿈결 같다. 이런 장면을 한 번도 그려본 적이 없기 때문이다. 그녀는 소란스러움이 잦아지자 점점 그들로부터 멀어지는 느낌을 떨쳐낼 수가 없다. 무리 속에서 소외감이 파고든다. 이곳에 오지 말았어야 했다는 생각이 끈질기게 따라붙는다. 현옥의 감언이설에 현혹되지 말았어야 했다. 말로는 그녀를 이해하는 척 위로해 주는 척했지만 실제로는 쥐 죽은 듯 살고 있던 그녀를 동기들 앞에 끌어내 그 실체를 보여주고 싶었던 게 아니었나 하는 생각이 들었다.

"애들아, 한 번 흘러간 강물은 다시 흐르지 않아. 옛날은 옛날이고 오늘은 또 다른 오늘이야. 오늘 하루 유쾌하게 보내면 되지. 자자, 잔을 들어 우리 남은 인생을 위해 건배해 보자고. 잘살아 보자고. 당신과 나의 귀중한 만남을 위하여, 줄여서 당나귀!"

아직도 풀린 넥타이를 머리에 동여맨 동기가 분위기를 바꾸려는 듯 술잔을 높이 올린다. 김빠진 잔을 들고 당나귀를 복창한다. 하지만 이미 가라앉은 분위기는 마무리를 향해 흘러갔다.

그녀는 휴대전화기를 열어본다. 아들의 카톡이 줄지어 들어와 있다.

"언제 돌아와요?"

"몇 시에 와요? 오늘 오시는 거 맞죠?"

"엄마, 언제까지 기다려야 하나요?"

밥이나 챙겨 먹고 있는지 걱정이 된다. 그녀는 녀석과 마주하고 있으면 울화가 치밀다가도 떨어져 있으니 불안하기 그지없다. 오늘처럼 이렇게 멀리 떨어져 있기는 처음이다. 그녀는 막차 시간이 생각났다.

노래방에서 노래는 다시 이어지지 않았다. 동기들이 살아온 이야기가 맴돌아 다닌다. 토막토막 들려오는 구절은 삶의 양지만을 밟고 온 사연들이다. 경제적으로 해가 잘 비치는 직업을 가진 그들은 아직도 채워지지 않는 욕망의 정점을 향해가는 중이었다. 아직도 삶의 오기와 독기를 가지고 살아가는 그들이 자꾸만 불편해진다.

그녀는 온종일 다섯 평 남짓한 비좁은 속옷 가게에서 정물화처럼 멈춰져 있는 자신의 삶과 그들의 삶을 비교해 본다. 홈 쇼핑에서 세트로 구성된 속옷들이 판을 치다 보니 속옷 가게는 자꾸만 쪼그라들었다. 가게 월세를 내고 두 식구 입에 하루 세 끼 밥이나 굶지 않으면 그것으로 만족하며 살려고 했다. 그러나 그것마저 위태롭다 보니 그녀는 머리가 지끈거렸다. 뭐 해 먹고 살아야 하나. 그 물음 하나로도 근심의 무게는 천근만근이다. 그녀는 쉰이 다 되도록 뿌리째 흔들리는 현실이 한없이 불안하다. 조금만 힘을 가해 뽑아내면 힘없이 뽑혀 올라올 자신의 뿌리에 오금이 저린다. 쇼호스트의 현란한 말솜씨와 물량 공세로 속옷을 한번에 다량 구매를 부추기는 홈쇼핑에 맞설 수도 없다. 가게를 접어야지 하면서도 뭉그적거리다 보니 점점 뒤로 밀려나 이제는 보증금마저 달마다 월세로 까먹고 있다. 앞날이 깜깜한 현실이 일순간에 취기를 몰아낸다.

그녀는 눈을 들어 노래방 안에 있는 동기들의 모습을 하나하나 인화하듯 둘러 본다. 다시 만날 수 있을까. 잠깐 감상에 빠지다 보니 모두가 소중해 보인다. 다시 만날 수 없을지는 모르는 인연이기 때문이다. 그녀는 취기에 흔들리던 의식을 가다듬고 잃어버리면 골치 아픈 명품백을 챙긴다. 문득 현옥이 의미 있는 눈길로 그녀의 가방을 눈여겨본다. 그녀는 현옥이 입을 열기 전에 잘라 말한다.

"이거 빌린 거라 잘 돌려줘야 하거든."

한결 어둠이 깊어진 밤이다. 11월 밤공기는 스산했다. 어디선가 불어오는 바람에 바스락거리는 낙엽들이 거리를 배회했다. 셔터가 내려진 인도에는 지나다니는 사람 하나 없다. 현란하게 반짝거리는 노래방과 술집, 그리고 모텔의 불빛만이 불야성을 이룰 뿐이다. 오늘 밤 동기들은 근처 호텔에서 하룻밤을 보낼 것이다. 그녀도 그들처럼 단 하루만이라도 현실을 접어두고 일상을 잊고 싶다. 그러나 그 세상은 그녀가 속할 곳이 아니라는 것도 알고 있다. 그녀는 막차를 타기 위해 터미널에 들어선다. 주위가 몹시 어두웠다. 대합실과 출구 쪽에만 등이 켜져 있다. 그녀가 표를 끊기 위해 매표소로 다가서는 순간 어깨를 지그시 짚는 손길이 느껴진다.

"내 짐작이 맞았구나. 네가 막차로 올라갈 것 같아 이리로 왔지."

창범이다. 그녀에게 차표 한 장을 건넨다. 아마도 미리 와서 표를 샀던 모양이다.

"환영도 못 해 주었는데 배웅은 해줘야 할 것 같아서."

창범이 그녀의 두 손을 잡았다.

"지금 네게 무언가 해주고 싶은데 그게 무엇인지 모르겠다. 그 옛날 망둥이처럼 날뛰던 내가 너에게 준 상처가 얼마나 컸는지 알고 있어. 미안하다. 그 탓에 네 운명이 꼬인 게 아닌지 늘 마음이 무거웠다. 손이 차갑구나."

창범이 그녀의 어깨를 감쌌다. 그녀는 창범의 품에서 전해지는 온기에 생뚱맞게 눈물이 났다. 몸도 마음도 휴면 계좌라 생각하며 살았다. 계좌는 개설했으나 입출금이 없이 장롱 속에 처박혀 존재감도 없이, 제대로 거래다운 거래 없이 마냥 맥을 놓아 자신의 생이 멈추었다고 믿어왔다. 그런데 창범에게서 전해온 온기 때문인지 몸과 마음이 움찔거린다. 그녀는 입술을 사려 문다. 가슴 속으로 뭔가 쿵, 떨어지는 소리에 지레 놀라 얼른 창범을 밀어낸다.

"힘들면 전화해. 속죄하는 마음으로 뭐든 다 들어줄게. 난 너를 항상 초대하고 있으니까. 정말 꼭 전화해."

"남자들은 첫사랑 여자를 만나면 세 군데가 아프대. 그 여자가 못 살면 가슴이 아프고 잘 살면 배가 아프고 또 같이 살자고 덤벼들면 머리가 아프다더라, 너는 어느 쪽일까?"

창범은 그녀의 농담에 킥킥거리다가 갑자기 웃음을 멈춘다. 어색한 침묵이 흘렀다.

"네 말 속에 칼이 들어있는 거 같다. 크윽 큭."

그녀는 예기치 못한 창범의 울음소리에 당혹스럽다. 덩달아 솟구친 자신의 눈물도 당혹스럽다. 그녀는 눈물을 들킬까 봐 고개를 돌렸다. 홀로 견뎌온 서러움에 가슴이 얼쩍지근하다. 누구에게도 드러내고 싶지 않은 슬픔이 솟구쳤다. 들켜서도 안 되는 눈물이 볼을 타고 내렸다.

버스 출입문이 열렸다. 운전기사는 선하품을 하면서 몇 안 되는 승객들에게 빨리 승차하라고 독촉한다. 그녀는 자리에서 일어섰다. 출구를 빠져나가는 등 뒤에 붉게 충혈된 눈빛으로 자신을 바라보고 있는 창범을 굳이 보고 싶지 않았다. 서둘러 좌석에 앉아 눈을 감는다. 서너 사람밖에 타지 않은 심야 고속버스는 서울을 향해 속도를 내기 시작한다. 그녀가 지난 세월을 반추하는 동안 버스 안의 전자시계는 붉은 불빛을 깜빡거리며 막 0시를 지나고 있었다.

샹그릴라

연중 내내 봄과 같은 날씨를 유지하고 있다고 해서 춘성春城이라 하고, 사시사철 꽃이 지지 않는다고 해서 화성花城이라고도 불리는 쿤밍에 막 도착했을 때, 그 지명과는 달리 따뜻한 봄날이 아니었다. 흐드러지게 핀 꽃과 마주친 것도 아니다.

공항 밖으로 나왔을 때 눈앞은 깜깜했다. 마치 거대한 먹장구름을 덮어놓은 듯 대낮임에도 하늘은 빛 한 점 없었다. 시꺼먼 대기 속으로 후려치는 빗줄기가 억셌는데, 쿤밍은 폭우에 점령당한 물바다, 그것이었다. 택시를 타기 위해 기다리는 동안 대기실 차양 안쪽까지 치고 들어오는 비바람은 이내 홑겹 여름 블라우스를 흠뻑 적셔버렸다. 순식간에 물에 빠진 생쥐 꼴이었다.

나는 새 옷을 꺼내 갈아입어야 하나, 잠시 망설이다 그만두었다. 어차피 또 젖을 것이었다. 어둑한 하늘은 줄기차게 비를 쏟아부었으나 나는 용케 택시에 올라탔다. 방금 전까지 누군가 앉았던 좌석은 눅눅하였으나 이미 온몸이 젖어 있는 상태여서 개의치 않았다. 택시기사에게 목적지를 알려주니 그는 내 서툰 중국어를 알아듣고 곧바로 출발했다.

인터넷으로 예약해 두었던 숙소로 가는 동안에도 폭우는 뇌성마저 동반하며 으르렁거렸다. 요란한 우레가 허공을 찢을 때마다 저편 어딘가에서 강렬한 빛이 비집고 나오는 것처럼 수많은 빗금들이 나타났다 사라지곤 한다. 번개가 지워지자마자 고막을 찢을 듯 먹먹한 우렛소리에 가슴이 쿵 내려앉았다. 택시기사 옆얼굴도 긴장감으로 굳어 보인다. 윈도 브러시는 쉴 새 없이 삐그덕거리지만 전방 차창엔 물줄기가 폭포수처럼 흘러내려 시야를 방해한다. 차량들이 서로 엇갈려 지날 때마다 물보라는 파도처럼 일어 차창을 사정없이 때리고 지나간다. 샹그릴라에 대한 기대는 처음부터 수상쩍게 돌아갔다. 나는 이상한 곳에 불시착한 듯한 느낌의 창밖 풍경에서 눈을 뗄 수가 없었다.

한기가 몰려왔다. 오소소 소름이 돋아났다. 비에 젖어 살갗에 착 달라붙은 블라우스로 온몸이 차가웠다. 물기 머금은 블라우스는 손을 떼자마자 자석처럼 제자리로 돌아가 한 몸처럼 눌어붙는다. 이미 살이 붙기 시작한 허리와 뱃살이 민망하다. 그것을 감추기 위해 애를 쓰면 쓸수록 울퉁불퉁한 중년의 윤곽은 더 도드라지는 것만 같다. 택시에서 내려 캐리어를 끄는 동안에도 줄기차게 퍼붓는 빗줄기는 나를 더욱 추레한 몰골로 만들었다. 걸음을 옮길 적마다 빗물이 스며든 샌들에서 찌걱찌걱 물을 토해낸다. 호텔 로비에 들어서자 직원이 기다란 봉걸레를 들고 헐레벌떡 달려와 대리석 바닥에 찍힌 비의 흔적을 재빨리 없애버린다. 한쪽 구석에서는 나이 지긋해 보이는 지배인이 물기 뚝뚝 떨어지는 나를 건너다보면서 터져 나오려는 웃음을 애써 참고 있는 듯 두 뺨이 실룩거렸다.

객실로 들기 위해 로비 모퉁이를 돌아서자 높은 벽면의 커다란 벽걸이 장식이 눈에 띄었다. 전통매듭 국화문양 아래 늘어뜨린 긴 술들이 온통 붉은빛이었다. 어린 눈으로 봤던 목 잘린 닭의 목에서 울컥울컥 쏟아지던 그런 핏빛이다.

하교 후 식당에 들렀을 때 엄마가 보이지 않으면 나는 곧장 주방 뒤편에 자리 잡은 닭장으로 향했다. 서너 그루 감나무를 기둥 삼아 둘러싸인 철망 속엔 늘 몇 마리 닭들이 들어 있었다. 엄마는 손님들이 음식을 주문하면 이리저리 도망치기 바쁜 닭의 날갯죽지를 순식간에 낚아채선 추호의 망설임도 없이 닭 모가지를 비틀어버렸다. 두툼한 나무도마 위에 내동댕이쳐진 닭은, 번득이는 칼날에 비명도 없이 갈가리 해체되기 시작했다. 닭 목으로부터 울컥 흘러나온 피는 도마 아래 하수구로 빨려 들어갔다. 나는 알 수 없는 두려움에 사로잡혀 그 자리에 얼어붙고 말면, 엄마는 피 묻은 칼을 치켜든 채 나를 향해 소리 지르곤 했다.

"왜 여기까지 들어오고 그래? 어린애가 피 보면 재수 없는 거

몰라?"

붉은 빛 벽걸이의 잔영 탓인지 어디선가 자꾸만 피비린내가 나는 것 같았다. 앞장서서 내 캐리어를 끌고 가던 직원이 복도 중간쯤에서 멈추었다. 그는 카드키를 밀어 넣고 방 안으로 들어갔지만, 나는 적당히 거리를 두었다. 비에 젖은 내 모습이 자꾸 신경 쓰였다. 그가 객실 안에 비치된 가구나 전자용품 사용법을 안내하고 있었으나 나는 건성으로 고개만 끄덕였다. 문을 나서는 그에게 약간의 팁을 건네주었고, 그는 쎼쎼, 최소한의 짤막한 대답을 남기고 문 밖으로 나갔다. 나는 카드키를 확인하고 문고리도 다시 한 번 점검한 후 비로소 깊은 숨을 내쉬었다.

샤워기가 내뿜는 물은 따뜻했다. 한기가 가시면서 긴장도 나라지게 풀렸다. 탁자 위에 놓인 여러 차 중에서 보이차를 골라 뜨거운 물을 부으니 차향이 방 안 가득 퍼졌다. 고목처럼 오래된 묵은 향을 입 안에 머금고 있자니 더욱 나른함이 밀려든다. 기내식으로 때웠던 한 끼 식사가 아직 뱃속에 더부룩해, 저녁을 거르고 일찍 자리에 누웠다. 지난밤부터의 여행 준비와 새벽에 집을 나선 일정이 지나쳤던가, 나는 절로 내려앉는 눈꺼풀을 이기지 못했다. 앞으로의 신세계를 활짝 꿈꾸며 이곳에 왔는데, 그러나 모든 세상일이 마음먹은 대로 흘러갈 것 같지는 않았다. 생은 이따금 날아드는 돌연변수에 정통으로 얻어맞고 허덕거리다가 뭔가 좀 아는가 싶을 때 문이 닫힌다는 말이 떠올랐다. 지리멸렬한 내 인생에서 그 돌연변수는 무엇일까.

새벽까지 요란하던 폭우는 아침이 되자 감쪽같이 멈췄다. 하늘은 더할 나위 없는 쪽빛이다. 길가 담장 아래에는 지난밤 폭우가 남겨놓은 흔적들로 어수선하다. 집집마다 뜰에 심어놓은 부겐빌레아 꽃잎들이 사방으로 떨어져 난분분하다. 걸음을 옮길 적마다 바닥의 꽃잎을 밟지 않을 수 없다. 무심한 사람들의 발밑에서, 기다란 자전거 행렬 아래에서 젖은 꽃잎들은 힘없이 뭉개졌다. 꽃잎의 잔해가 왠지 동물성으로 변해가는 것 같다. 죽음의 본질은 원래 동물성인 듯 거무죽죽한 핏자국 같은 흔적들을 남겼다. 얼룩진 그 길을 따라 휴대전화기 속 '당신을 좋은 곳으로 안내할 지도'가 가리키는 장소에 도착하자, 이리저리 찾던 여행사 간판이 눈에 들어왔다.

건물로 들어서자 빛이 들지 않는 복도는 어둠침침했다. 어둠에 익숙해질 때까지 잠시 기다리니 등 뒤에서 인기척이 났다.

"안녕하세요? 한국에서 오신 분?"

나는 대답 대신 머리를 끄덕였다. 여행을 안내해 줄 가이드인가 보았다. 조선족 억양이 강한 말투였는데, 양 손에 기다란 도넛과 콩물 병을 들고 허겁지겁 사무실 출입문을 열었다. 그는 서둘러 탁자 위에 먹을 것을 내려놓고 벽에 붙은 스위치를 올렸다. 자그마한 사무실 탁자 위에는 컴퓨터 두 대와 팩스기, 전화기, 사무용품 등이 좁은 공간을 빼곡하게 채우고 있었다. 그리고 등받이 없는 의자 서너 개가 전부. 그가 의자에 앉기를 권했다.

"아직 식사 전이라면 이거라도."

그는 내게 앞에 놓인 도넛과 콩물을 내밀었다.

"전 아침 먹었어요. 시간이 다 됐는데 곧 출발하나요?"

"예, 길 건너편에 버스는 이미 대기 중이에요. 사람들도 거의 다 왔으니, 그럼 먼저 가 계세요. 곧바로 뒤 따라 갈게요."

그는 도넛을 크게 한 입 베어 물고는 기름기 묻은 손으로 일정표가 적힌 종이를 건네주었다. 다른 손가락으로는 건너편 길가에 주차되어 있는 주홍색 버스를 가리켰다. 여행사 사무실을 나와 차량들이 한데 뒤엉킨 도로를 가로질러 건너기란 쉽지 않았다. 교통경찰이 곳곳에 서 있어도 홍수처럼 밀려드는 인파와 차량들 통제하기가 힘겨워 보였다. 아침 출근길의 행렬은 혼란 그 자체였다. 어느 틈에 가이드가 다가와 길 중간에 갇혀 꼼짝 못하는 내 손을 덥석 움켜쥐었다.

"여기서 멈칫거리면 오히려 사고 나요. 돌진하듯 지나가야 저들이 피해서 가요. 어서요."

그는 나를 마구잡이로 이끌었고, 자칫 모터사이클이나 차량에 치일 뻔했으나 그의 말처럼 사고는 일어나지 않았다.

차 안에는 스무 명 남짓한 외국인들이 뒤섞여 있었다. 여러 언어가 뒤죽박죽 떠도는 통로를 지나 맨 뒷좌석에 앉자, 가이드는 곧 출발하겠다며 작은 물병을 하나씩 안겨주었다. 버스는 30여분이 지나자 곧 작은 공항에 도착했다. 우리는 곧 하늘로 부웅 떠올랐다.

리지앙에 내렸을 때는 해가 중천에 떠있어 제법 무더웠다. 후토샤 협곡으로 향하는 길은 도로 포장공사가 한창 진행 중이었다. 산을 허물고 바윗덩이를 발파하는 소리가 곳곳에서 들렸다. 그렇지 않아도 평균 고도가 높은 산악지역이라 길은 험난했다. 절벽을 끼고 도는 비포장도로에는 가파른 언덕에서 굴러 떨어진 낙석으로 버스는 자주 멈춰서야만 했다. 때로는 운전사와 가이드 요청에 따라 크고 작은 돌덩이를 손님들이 치워야 했는데, 그런 경우가 여러 번 거듭되었다. 나머지 한쪽은 경사가 급한 벼랑을 따라 거세게 흘러가는 강이었고, 소용돌이치는 물살은 거칠고도 험상궂었다. 자칫 방심하여 낭떠러지로 굴러 떨어진다면 사람이나 차량 모두 흔적 없이 강물 속으로 사라질 것이었다. 오금이 저린 이 길이 진정 샹그릴라로 가는 길이 맞긴 맞는 것인가.

차에서 내려 흙구덩이에 빠진 버스 바퀴를 꺼낼 때마다 시꺼먼 연기가 뿜어져 나왔다. 매캐한 기름 냄새를 들이마시며 차 뒤 꽁무니에 매달려 기를 다 쓰고 나면, 심한 재채기와 어지럼증이 일었다. 그 바람에 사람들이 비틀거리기라도 하면 가이드는 다급하게 소리 질렀다.

"발밑을 조심하세요!"

낭떠러지 아래 누런 흙탕물은 빙글빙글 회돌이 쳤다. 똬리 튼 거대한 뱀이 지옥의 아가리를 쩌억 벌리고 있는 형국이었다. 무엇이든 닥치는 대로 집어삼키고 싶은 물살이 무서운 소용돌이로 떠밀려가고 있었다.

마침내 후토샤에 도착. 승객 모두가 뿌연 먼지를 뒤집어쓰고 한물간 듯 지친 기색이었다. 절경의 협곡을 구경하기 위해 자리에서 일어서자 먼지들이 먼저 앞을 가린다. 경사가 급한 층층 계단을 내려갔다. 한낮에도 어둑한 숲 사이로 협곡은 보이지 않았지만 우렁찬 굉음이 고막을 때린다. 촬영 배경으로 그럴듯한 장소마다 전통복장을 입고 나온 소수민족 소녀들이 사진을 찍자고 달려들었다. 그네들의 손에 이끌려 기념사진을 찍은 사람들은 환하게 웃을 때의 처음과는 달리, 예기치 않은 모델료를 요구하는 소녀들과 자주 실랑이를 벌인다.

아래로 이어진 계단을 한참 내려가자 협곡의 거센 물살이 한눈에 들어왔다. 물살은 제 몸을 비틀며 비좁은 계곡을 빠져나가려고 죽을힘으로 용솟음치고 있었다. 그 소리는 장대한 용과 호랑이가 목숨을 걸고 혈투를 벌이는 듯한 형상이었다. 함부로 휘몰아치면서 협곡을 빠져나가는 물살이 내 몸을 돌돌 말아 어디론가 휙 이끌어 갈 것만 같다. 아찔한 아득함이 온몸으로 몰려온다. 물살을 계속해서 바라보자니 그 안으로 계속 빨려 들어가는 착각으로 몹시 어지럽다.

정신을 차리기 위해 고개를 들었다. 앞을 가로막은 산은 너무도 높고도 넓어서, 그 산이 거기에 서있는 줄도 몰랐다. 산봉우리는 구름 속에 들어앉았는데, 뒷목이 뻐근해질 때까지 고개를 젖혀도 봉우리 끝은 보이지 않았다. 어느 시인의 시구처럼 '산은 울적하면 높이 솟아서 봉우리가 되고, 물소리를 듣고 싶으면 내려와 깊은 계곡이 되는' 것인가. 산의 상층부에는 바람이 부는지 구름이 빠르게 흘러갔다.

협곡에서 돌아와 다시 버스에 올랐다. 민족 전통복장을 한 낯선 청년이 동승하고 있었는데, 인원수를 확인하고 난 후 가이드는 청년을 통역사라고 소개했다. 중국의 영토가 넓다 보니 지역 간 언어소통에 문제가 있어 통역할 사람이 필요하다는 이유였다. 서울 표준어와 제주 방언의 차이만큼 북경 보통어와 윈난성 방언도 차이가 크다면서, 청년이 바로 이 지역 담당이라 했다. 청년은 앳된 얼굴로 상냥하게 웃곤 했는데, 볼우물이 팰 때마다 몹시 귀여웠다. 자신이 인솔하게 된 외국인을 배려해서인지 영어를 자주 썼다.

청년은 자신이 착용하고 있는 화려한 티베트 장족의 의상과 자기 이름을 소개한 뒤, 여행객 마음을 편안하게 해줄 민요를 불러주겠다고 자청했다. 노래는 낮고 느리게 시작되었다. 음울했지만 착 가라앉은 음색이 귀에 순하게 들렸다. 한동안 지루할 만큼 높낮이가 없는 노래는, 이상하게도 맥이 풀리고 졸리기까지 해서 나도 모르게 자꾸만 하품이 났다. 그러다가 의도치 않은 눈물이 찔끔, 찔끔 흘러나왔다. 노랫가락은 웅얼거리듯 내 안으로 깊이 파고들었다. 어떤 알 수 없는 울림이 나의 내부를 하나둘씩 무너뜨리는 것 같았다. 노랫말의 의미는 알 수 없지만, 일정한 음이 파동을 일으키며 잔잔한 슬픔을 불러일으켰다. 꾹꾹 눌러 감춰두었던 감정이 스르르 풀어지는 것 같았다. 아무한테도 들키고 싶지 않은 눈물이, 나도 모르게 자꾸만 흘러나왔다.

샤오 종띠엔을 지나면서 산과 초원지대가 번갈아 나타났다. 초원이 사라지면 산이 나오고 산이 사라지면 초원이 그 자리를 대신했다. 드넓은 초원에는 초식동물들이 한가롭게 풀을 뜯고 있었다. 지나가는 길에 펼쳐진 초원의 풍경은 여행 책자로 소개된 '신비한 샹그릴라'와 거의 비슷했다. 탈속의 세계, 선경의 나라 등으로 호명되는 이상향이 거기에 담겨 있었다. 나는 눈을 부비며 생애 처음으로 마주치는 별무리 같은 들꽃에 할 말을 잃었다. 수많은 말과 양떼, 그리고 야크들이 떼 지어 다니는 들판에서 한시라도 눈을 뗄 수가 없었다. 나도 모르게 입에서 절로 튀어나오는 감탄사를 연발했다. 옆에 앉은 금발머리 여자도 마찬가지였다.

"고지어스, 고지어스! 워러 원더풀 월드."

초면의 외국인 여자를 따라 말하니 그녀가 생긋 웃음을 보낸다.

종띠엔 시가지에 가까워질수록 햇살은 빠르게 빛의 꼬리를 감추었다. 저 멀리 비껴 선 산빛, 풀빛은 시시각각 색깔을 달리하며 노을 속으로 물들어갔다. 산은 하늘빛의 잔영으로 그 윤곽을 그려내고 있지만, 들판의 사물들은 재빠르게 밤의 장막 안으로 유영해 들어갔다.

비포장 산길의 울퉁불퉁한 형체가 온몸에 새겨지는 동안 극도의 피곤이 몰려왔다. 차창 밖은 이제 완벽한 어둠이었다. 조금 전까지의 모든 사물들은 지워져 아무것도 보이지 않았다. 빛이 사물을 그려내는 것이라면 또한 사물을 지워내는 것이기도 했다. 그러나 빛 가운데에서 보이지 않던 것이, 오히려 깊은 어둠 속에서 선명하게 드러날 때가 있다.

대학을 마친 나는 이후 마땅한 직업도 없이 빈둥거렸다. 그 나날이 생각보다 길었다. 임용고시에 매번 떨어졌고, 떨어질수록 삶의 의지는 급격하게 추락했다. 한 해 두 해 지나고 서른 살이 다 되어갈 무렵부터 엄마의 눈치가 보였다. 스스로도 내 자신이 너무 한심했다. 그제야 삼십 년을 뒷바라지한 엄마의 딱한 처지가 눈에 들어왔다. 내 뒷바라지를 위해 단 하루도 생계의 현장에서 몸을 빼지 못하는 엄마가, 어느 땐 같은 여자로서도 참 안되어 보였다. 엄마에게 더 이상 의지해서는 안 될 것이었다.

자그마한 출판사를 운영하는 대학 때의 선배에게 전화를 걸었다. 내 몸 하나라도 추스르는 일을 찾아야 했다. 그 출판사에서 얻어온 일감은 번역거리였다. 영어권 국가에서의 스테디셀러나 베스트셀러에 오른 말랑말랑한 에세이는 부담이 없었다. 시험 삼아 한두 권 원서를 번역해서 선배에게 보여주자 그이는 뜻밖이라는 반응을 보였다. 우리말로 매끄럽게 옮겨 다듬는 노력의 흔적을 알아보았던 것인가. 이후로 일이 조금씩 더 늘면서 비로소 수입다운 수입이 생기기 시작했다. 재택근무치고는 썩 괜찮은 일거리를 얻은 셈이었다.

나이가 들어갈수록 불규칙한 생활이 습관처럼 자리 잡아갔다. 잠자고 싶을 때 잠자고 일어나고 싶을 때 일어나는, 밤낮이 뒤바뀐 날이 늘어났다. 엄마는 그런 생활을 끔찍이도 싫어했다. 밤도깨비처럼 사는 나를 못마땅한 눈초리로 흘겨보면서 차라리 내가 어서 집에서 떠나주기를 바라는 눈치였다. 다 큰 자식이 아직도 품 안에서 무거운 무게로 짓누르는 것이 갈수록 부담스러운 모양이었다. 엄마의 목소리는 점점 날카롭게 드세졌다. 어느 날인가, 나는 아침부터 계속되는 엄마의 잔소리에 참을 수가 없었다.

"제 인생은 제가 살아요. 제발 좀 내버려둬요."

버럭 비명을 지르고 집을 나왔다. 집 안에서 입던 옷차림 그대로였다. 여름 한낮 골목길은 고요하다 못해 괴괴했고, 유령의 도시처럼 인기척이 없었다. 나는 작은 동네 도서관을 찾아 들어갔다. 장마철이라 그런지 쿰쿰한 곰팡내가 풍겨 나왔다. 학생으로 보이는 몇몇 아이들이 컴퓨터 앞을 차지하고 나이 든 남녀는 일간지와 잡지가 비치된 코너에 흩어져 앉아 있었다. 생기 없는 실내 분위기였다. 그 빈 의자에 앉아 다시 엄마를 생각했다.

엄마가 병석의 아버지 대신 가족 생계를 꾸리기 위해 식당을 열었을 때, 중심 식단은 닭을 이용한 요리였다. 그러나 백숙이며 삼계탕, 닭볶음탕 등 벽에 써 붙인 그 메뉴판은 세월과 더불어 누런 기름때가 덕지덕지 앉았다. 오래 전에 입주한 십팔 평 빌라를 벗어나지 못하는 엄마의 형편도 그대로였다. 엄마는 좀 더 나은 수입을 기대하고 손님들에게 '토종'을 입에 달고 살았지만 손님들의 반응은 시큰둥했다. 익혀 나온 닭이 토종인지 외래종인지는 거의 관심이 없었다. 그럼에도 엄마는 주방 뒤에서 참 열심히도 닭의 목을 잘랐다. 식구들의 목구멍이 닭의 목에 달려 있는 것처럼 엄마의 식칼은 단호했다.

그러나 세월이 변하면서 닭 도살은 보이지 않는 곳으로 숨어들었다. 하얀 플라스틱 통에 말끔하게 손질되어 포장된 닭들이 기성품처럼 무게별, 부위별로 배달되었다. 어쩌다가 들르는 식당에서 책값이나 용돈을 받을 때, 시뻘건 닭 피가 묻은 손으로 돈을 건네주던 어린 시절은 사라졌지만, 식당 엄마의 돈에선 늘 피 냄새가 났다.

그런 엄마가 언제부턴가 조금씩 변해갔다. 아버지가 살아있을 때에는 입에 술 한 모금 대지 않았는데, 아버지가 말기 위암으로 세상 등지자 엄마는 술을 마시기 시작했다. 단골손님이 건네주는 걸 한두 잔씩 홀짝이다가 어느 새 밤이 깊어질 때까지 술잔을 나누는 모양이었다. 그렇게 술이 늘어갈수록 엄마의 질서도 점점 흐트러졌다. 집에 들어오지 않은 채 식당에서 자는 날이 잦아졌고, 나는 외톨이가 되어 빈집에 홀로 있는 게 싫었다. 잠만이라도 집에서 자라고 몇 마디 내뱉기라도 하면 엄마는 핏대부터 올렸다.

"너도 네 멋대로 살잖아!"

엄마의 넋두리 핀잔은 나에게 무기력을 가중시키는 주술 같았다. 온몸의 힘이 쭉쭉 빠지는 저주였으며, 그래서 엄마 몸에 빨대 박고 사는 듯한 내 자신이 더욱 혐오스러웠다. 나는 문자의 감옥인 도서관에 나를 유폐시켰다. 그곳이 편했다. 내 인생을 새롭게 해석해 보려 했지만 정답은 그 어디에도 없었다.

엄마는 어린 나에게 아버지의 아픈 모습을 보지 못하게 막았다. 병이 깊어질수록 아버지의 몸피는 무섭게 말라갔고, 그 몰골에 어린 내가 놀라거나 무서워할까 봐 아버지가 든 안방에는 금족령을 내렸다. 아버지는 고통이 몰려올 때마다 단말마의 비명을 내지르곤 했는데, 늘 자정 전후로 심해지다가 새벽녘에야 겨우 잦아들었다. 한창 잠에 빠져 있다가 아버지가 내지르는 그 비명에 설깨어나면, 엄마는 이불을 뒤집어씌우며 귀를 막고 자라는 신호를 보냈다. 그리고는 또 혼잣말처럼 중얼거렸다.

"듣지 말아야 할 것, 보지 말아야 할 걸 너무 일찍 겪어버리면 팔자 사나워진다."

그런 어느 날의 아버지는 여느 때와 달리 침대에서 내려와 방 바닥에 비스듬히 기대어 있었다. 모래알처럼 바짝 쪼그라든 당신 의 누렇게 뜬 얼굴이 한 눈에 들어왔다. 살이 내린 뺨의 광대뼈가 불거졌고, 퀭한 두 눈은 더욱 움푹해져 해골이나 다름없었다. 내 가 아버지 뒤쪽으로 고양이처럼 걸어갔지만 당신은 나를 알아차 리지 못했다. 아버지는 텔레비전에 온 눈길을 던져놓고 있었는 데, 거의 누워만 지내던 아버지가 뭣엔가 넋이 빠진 듯 몰두하는 모습도 꽤나 괴이쩍었다.

화면에는 어느 사찰에서 한 승려가 마이크를 잡고 있는 장면 이었다. 말할 때마다 볼 살이 실룩거리는 승려의 몸집은 비대했 다. 나는 화면 속 승려와 아버지를 번갈아 살폈다. 비대한 승려의 모습이 사라지는가 싶더니, 일순간 전혀 다른 장면에 나는 하마 터면 그 자리에 주저앉을 뻔했다. 아버지보다 더 깡마른 해골이 나타났기 때문이었다.

화면 속 승려는 불가에서 산 사람이 미라로 변해가는 과정을 소개하고 있었다. 그것은 서서히 체중을 줄여가며 산 채로 몸을 말려가는 극한의 수행 방법이었다. 처음에는 곡기를 줄여가는 단 계부터였는데, 쌀이나 수수, 콩 등을 서서히 잣이나 호두 등의 견 과류로 대체했다. 그 다음에는 견과류를 줄이면서 솔잎을 먹고, 솔잎이 몸에 익을 때쯤 다시 나무껍질을 씹었다. 그마저도 차츰 줄여가면서는 옻 차를 마시고, 그와 동시에 온천 바닥에 가라앉은 비소를 조금씩 섭취해 나갔다. 비소의 양이 늘어나면서 사람의 몸은 독체毒體로 변해갔다. 옻 차나 비소는 사후에 박테리아, 세균에 부패되는 것을 방지하기 위함이었다. 각 단계는 3년 단위로 수행해 나갔다.

마지막 단계는 토굴을 파고 그 안에 갇히는 수행이었다. 토굴과 바깥세상이 통하는 것은 오직 대나무 통과 연결된 공기구멍이 전부였다. 아직 살아있는 수행자는 토굴 속에서 가부좌를 틀고 명상에 잠기는 일이었다. 다만 살아있음을 알리는 방식은 토굴 속에서 이따금씩 무릎 위에 놓인 작은 종을 흔들어 보는 것이었다. 어느 날 그 종소리마저 끊기면 이승에 남는 것은 깊은 적막뿐, 살아있던 육신을 미라로 바꾸는 게 이승에서의 삶의 목적인 듯 처절하게 몸이 사라지는 것이었다.

비대한 승려가 다시 마이크를 들고 나타났다. 법당 안에는 붉은 비단옷에 휘감긴 미라가 끔찍한 얼굴을 내밀고 있었다. 미라는 부처처럼 제단 위에 앉아 신도들을 내려다보았다. 신도들은 두 손을 가지런히 모아 경배를 올렸다. 공손하게 향을 피웠다. 그때 카메라 렌즈가 미라를 향해 클로즈업되기 시작했다. 가까이 다가서는 카메라는 미라 얼굴 앞에서 멈췄다. 흙빛에 가까운 수많은 주름을 헤치고 드러난 얼굴에는 커다란 구멍이 뻥뻥 뚫려 있었다. 보고 듣고 냄새 맡고 먹는 감각의 세계는 어디에 있을까.

눈과 코, 귀, 입은 오롯이 구멍으로만 존재했다. 텅 빈 구멍들 속에 들어앉은 한 움큼의 어둠이 바람에 출렁이며 빠져 나가고 있었다.

미라는 세상에 드러낸 알몸이 부끄러운지 붉은 비단옷 가사에 수줍게 물들어 있었다. 천 년 후 미라가 만난 것은 화현되어 다시 나타날 미래불 미륵이 아니었다. 온갖 욕망을 채우기 위한, 온갖 탐욕을 신심으로 포장한 중생들의 시끄러운 외침을 들어줘야 하는 오욕의 형장이었다. 아버지는 힘없이 리모컨을 바닥에 떨어뜨렸고, 화면이 사르르 꺼졌다. 아버지가 내게 힘없이 물었다.

"얘야, 그 스님, 정말, 썩지 않았을까?"

나는 대답할 수가 없었다. 이미 미라의 모습을 닮아간 아버지를 통해서 등골이 오싹했으므로. 아버지 또한 내 대답을 바라고 묻는 게 아니었으리라. 당신은 말없이 미라와 다름없는 자신의 앙상한 몸뚱어리를 내려다보는 중이었다. 나는 여전히 화면을 바라보던 먹먹한 그 눈빛을 거두지 못한 채 너무도 두려워서 엉엉 울고 싶었다. 그러나 아버지의 가벼운 몸이 금방이라도 바스라질 것 같아서 소리 내어 울 수도 없었다. 아버지의 몸에서 물기가 다 빠지면, 당신도 화면 속 미라처럼 앙상하게 굳어질지 몰랐다.

밤마다 자정이 넘어서면 아버지의 비명은 더욱 잦아지고 커졌다. 고통의 크기만큼 모르핀 양도 늘어났으나, 질긴 목숨은 진액이 다 빠질 때까지 쉽사리 거둬지지 않았다. 아버지는 마지막 이

파리까지 다 떨어낸 나무줄기처럼, 산 채로 미라가 되었던 화면 속 수행자처럼 메말라가면서 흙빛으로 변했다. 나는 우리가 살아가는 일은 피와 살을 조금씩 덜어내는 과정임을 어렴풋이 알아차리고 있었다.

밤늦게 종띠엔에 도착했다. 버스에서 내리자 몸이 휘청거렸다. 비포장도로의 울퉁불퉁한 여파가 아직도 몸속에 흐르고 있는 것 같았다. 모든 게 흔들려 보였다. 나는 여행사의 짜시가 안내해준 방으로 들어가 그대로 늘어져버렸다. 머릿속이 욱신거렸고, 조였다가 늘어나는 고무줄처럼 탄성이 느껴지는 통증이 주기적으로 찾아왔다. 하루 종일 차를 타고 이동하는 것은 만만치 않은 일정이었다. 세상에서 가장 무거운 게 눈꺼풀이던가, 겉옷도 벗지 못한 채 침대에 몸을 뉘고 눈부터 감았다. 눈꺼풀이 이토록 무겁다고 느껴보기는 처음이었다.

지금이 몇 시나 되었을까. 몹시 추웠다. 불도 끄지 않은 채 그대로 잠이 들었던 모양이다. 침대에서 일어나려는데 여전히 머리가 옥죄어왔다. 이불 속 시트 밑에서 부석거리는 소리가 났다. 시트를 재껴보니 전기장판이 깔려 있었다. 방을 안내하면서 짜시가 했던 말이 생각났다. 이곳은 고도가 높아 여름이라도 봄 날씨이고, 아침저녁은 상당히 추우니 따뜻하게 해놓고 자라고 일렀다. 나는 전기장판 온도를 높여 다시 어지러운 잠을 청했으나 의식은 점점 또렷해졌다.

나는 무엇 때문에 여기까지 왔는가. 중국에 한번은 와보고 싶다는 상념은 도서관에서 우연히 손에 잡은 책 때문이었다. 영국 작가 제임스 힐튼의 『잃어버린 지평선』을 읽다가, 정말 지상에 그런 곳이 있을까 의문을 품고 샹그릴라라는 곳을 검색했다. 히말라야 언저리, 네팔과 중국의 경계쯤에 위치해 있다고 나와 있었다. 그런데 중국 쪽은 윈난성 종띠엔이 바로 샹그릴라라고 점찍어 주었다. 삶과 죽음을 초탈해 살아갈 수 있는 지상낙원 샹그릴라. '지상에 있으면서도 천상의 삶을 맛볼 수 있다'는 문구가 내 마음을 확 잡아당겼었다.

이튿날 아침. 간단한 흰쌀 죽과 짜사이 무침으로 식사를 때우고 다시 길을 나섰다. 어제와 같은 일행은 서로 부석거리는 얼굴을 마주보며 눈인사를 나누었다. 아직 피곤이 가시지 않아서 침묵이 오히려 고마울 따름이다. 조용한 가운데 짜시가 오늘 가는 샤오 포탈라 궁인 송찬린스와 샹그릴라에 대해 상세히 설명한다. 짜시의 나직나직한 목소리에도 자꾸만 하품이 났다. 몸 상태가 여느 때와는 달리 자꾸 가라앉았다.

버스가 시가지를 거쳐 몇 개의 구릉을 벗어나자 너른 초원지대가 나타났다. 초원과 지평선의 경계에는 새하얀 설산이 머리띠처럼 두르고 앉아 있었다. 미풍이 불고 키 작은 들꽃과 풀들이 잔잔히 흔들렸다. 이름 모를 꽃들이 끝없이 펼쳐지는데, 평화라는 추상명사를 풍경으로 그려낼 수 있다면 바로 이런 장면이 아닐까, 하는 생각이 스쳤다. 차가 정차한 후 밖으로 나오자 사람들은 사진 찍기에 여념이 없다. 나도 휴대전화기를 꺼내들고 몇 컷의 사진을 찍었다. 바람은 더없이 부드러웠고 꽃향기는 더없이 향기로웠다.

"여기가 샹그릴라인가요?"

내 물음에 짜시가 활짝 웃었다. 햇볕에 그을린 얼굴에 유난히 흰 치아가 반짝거렸다. 초원의 그 많은 꽃들이 때를 같이하여 한꺼번에 피어나는 자연의 마법 앞에 그저 감탄사만 튀어나올 뿐이었다. 그 꽃 무리 사이로 날아다니는 나비도 한 겹의 꽃잎처럼 허공을 맴돌았다. 꽃에 내려앉는 나비 날개마저 갓 피어나는 꽃잎이었다. 나는 지그시 눈을 감았다. 두통만 사라진다면 내 생애 가장 행복한 기분일지도 몰랐다. 나는 천천히 꽃 속을 거닐며 천상의 축제를 즐겨보려 했지만, 그러나 웬일인지 몸은 축축 늘어졌다.

짜시는 여기저기로 흩어진 일행을 불러 모으며 승차를 독촉했다. 오늘 일정을 소화하려면 서둘러야 한다면서. 버스는 이내 초원을 가로질러 설산을 향해 앞으로 나아갔다. 가까이 다가갈수록 산은 땅속으로부터 솟아나는 것처럼 점점 웅장해졌다. 멀리서 볼 때는 그다지 높다고 여기지 않았는데, 그곳에 다가갈수록 그 높이와 넓이는 상상을 초월했다. 초원이 너무도 광대해서 산의 크기가 착시현상을 만든 것인지도 모른다. 만년설을 머리에 이고 있는 설산은 가까이 갈수록 더 우뚝우뚝 솟구쳐 올랐다.

가는 도중 초원에서 그리 멀지 않은 산자락에 송찬린스 사원이 눈에 들어왔다. 금빛 지붕과 붉은 담장으로 둘러싸인 사원은, 구름 한 점 없는 하늘을 배경으로 엄숙하고 신성해 보였다. 경사진 계단을 오르면서 순간순간 걸음을 멈추고 숨을 가다듬었다. 그만 내려가고 싶은 충동이 일어나기도 했지만, 또 다른 마음 한 자락은 지금이 아니면 이곳을 영영 보지 못할 거란 생각도 들었다. 온몸에 진땀이 났다.

경내에서 마주친 노승 한 분이 내게 다가왔다. 햇볕에 그을린 까만 얼굴이었는데, 한껏 미소를 머금은 그는 들고 있던 흰 천 한 가닥을 뽑아 내 목에다 걸어주었다. 행운의 상징인 카딱이었다. 티베트인들 사이에서 가볍게 인사 나눌 때 주고받는 하얀 스카프. 나는 두 손을 모으고 노승에게 감사의 예를 보냈다.

사원 안으로 들어섰다. 대형 마니차가 있는 곳에 여행자들이 북적거렸다. 짜시는 일행 사이를 헤집고 다니면서 마니차는 반드시 한번이라도 돌려보라고 권했다. 마니차 한번 돌리면 124억 단어로 된 경전을 한 번 읽은 것과 같고, 그만한 복업을 단박에 짓는 일은 없다고 말했다. 마음속에 빌어줄 사람을 생각하면 그 사람이 곧 복을 받게 된다는 말도 덧붙였다. 마니차의 손잡이를 잡고 돌려보았다. 육중한 글판이 빙그르르 돌기 시작했다. 읽을 수 없는 글자들이 빼곡했는데, 얼마나 많은 사람들의 손때가 묻었는지 손잡이와 경문 적힌 몸체가 반질반질 윤이 났다. 앞사람의 뒤통수를 보며 그의 보폭만큼 천천히 돌았다.

어느 순간 머릿속에 막막했던 아버지가 떠올랐다. 생전의 아버지와는 서로 살갑지 못해 늘 서먹했고 주고받는 대화도 거의 없었다. 아버지의 쓸쓸한 장례식장에서 눈물 한 방울 흘리지 않던 나였다. 사람들은 울지 않는 나를 향해 제 엄마를 닮아서 독하다는 듯 입을 삐죽거렸다. 나는 모든 게 혼란스러웠고, 어른들의 세계는 어디서나 복잡하게 드세기만 했다. 나는 마니차를 돌리는 동안 그림자같이 희미해진 아버지의 얼굴을 복원해 보려고 혼자 애썼다.

송찬린스에서 내려와 초원이 펼쳐진 중간쯤에 이르자, 차창 밖으로 몇몇 장족 사람들이 야크 떼를 몰고 나타났다. 야크 등에는 민족의 특유한 전통 문양이 새겨진 안장이 깔려 있었다. 야크 타 보기는 여행 일정의 프로그램에 따라 진행된다고 했다. 각자 마음에 드는 야크를 골라 타고 산 중턱까지 오르는 코스였다.

나는 습관처럼 찾아오는 두통 때문에 남은 일정을 그만두고 싶었다. 머리를 들고 서 있기조차 점점 버거웠고, 눈알이 금방에라도 툭 튀어나올 듯한 안압이었다. 숨소리가 거칠어지고 심장도 필요 이상 두근거렸다. 해발 4천 미터가 넘는 곳에서 평지를 가정하고 움직였으나 몸은 그렇게 말을 듣지 않았다. 이 무모한 여정을 어디까지 견뎌낼 수 있을까. 그래도 나는 지상낙원을 온전히 내 가슴에 품을 수 있을 때까지 참고 또 참아볼 작정이었다.

사람들이 우선해 고르고 남은 야크는 보기에도 꾀죄죄한 몰골이었다. 험상궂게 생긴 야크 여주인이 마음에 걸렸지만 내가 선택할 여지는 따로 없었다. 남은 야크가 한없이 초라하고 병약해 보여서 산길을 제대로 오를 수 있을까 의심스러울 지경이었다. 여인의 성화에 못 이겨 겨우 올라타긴 했지만 야크에게 왠지 미안한 마음이 들었다. 육중한 내 무게를 감당할 수 있을까 싶어, 나는 바짝 긴장한 채 야크 목에 두른 손잡이를 단단히 거머잡았다.

야크 등에 얹혀 가는 동안 어디선가 수상쩍은 냄새가 풍겨왔다. 아래를 훔쳐보니 사방이 배설물투성이었다. 초식동물 배변은 바닥에 고인 물기와 섞여 있다가 야크가 밟고 지나갈 때마다 고약한 냄새를 피워 올렸는데, 질퍽거리는 습지에 고여 있던 그 냄새는 계속 따라왔다. 이따금씩 야크 여주인은 무엇에 잔뜩 뿔이 났는지 잘 가고 있는 야크 엉덩이를 채찍으로 후려쳤다. 그때마다 움찔 놀란 야크가 몸부림쳤고, 나는 그러지 말라는 신호를 보냈지만 그녀는 못 본 척 딴청을 부렸다. 내가 그런 의사를 표시할 때마다 그녀는 보란 듯이 채찍을 한 차례 더 휘둘렀다. 그럴 때마다 움켜잡은 야크의 목덜미 털이 빠져 내 손바닥에 끈적끈적 들러붙었다. 의사소통이 안 되는 그녀와 실랑이를 벌인들 무슨 소용이 있을까 싶어 체기가 있는 것처럼 내 가슴은 답답했고, 말 못하는 짐승이 안타까웠다. 야크는 다리 힘이 풀리는지 한쪽으로 휘청 기울어졌다가 다시 어렵게 균형을 잡곤 했다. 잊을 만하면 야크의 엉덩이 쪽에서 차악, 채찍 가르는 소리가 들려왔다.

힘겨운 야크 체험을 끝내고 어렵사리 버스에 올랐을 때, 버스 안 승객들 몸에 밴 배설물 냄새가 진동했다. 익숙하지 못한 냄새에 참을 수 없는 구역질이 올라왔다. 나는 밖으로 뛰쳐나가 한갓진 곳에서 아침 식사 내용물을 와락 쏟아냈다. 조금 후 한결 편해지긴 했으나 몹시 어지러웠다. 언제 다가왔는지 짜시가 등을 쓸어주었다.

토사물 냄새가 역겨웠다. 짜시의 손을 떼어내며 나는 웅얼거렸다.

"괜, 괜찮아요."

사실은 괜찮지 않았다. 몸속 여기저기 오작동하고 있는 징후들이 또렷해졌다. 구토는 계속되었고 뱃속은 풍선 같은 팽만감으로 가득했다. 머리는 깨질 듯이 옥죄어왔다.

나는 결국 설산에 오르는 것을 그만두기로 했다. 짜시는 다급하게 응급으로 비치한 휴대용 산소통을 갖다주었다. 나는 호스를 콧구멍에 끼우고 급하게 산소를 들이마셨다. 시간이 얼마나 지났을까. 머릿속이 안개를 밀어낸 듯 조금씩 말개졌다.

버스 안에서 잠깐 기절하듯 눈을 붙이고 나니 조금 정신이 드는 듯했다. 운전기사만 남아있는 차내에 머물러 있기가 영 어색했다. 나는 일행이 올라갔음직한 방향을 아득한 시선으로 바라보았다. 그 설산의 중턱은 황량했고, 봄 날씨처럼 햇살은 따사로웠으나 그 어디에도 푸릇한 녹색 식물은 보이지 않았다. 나는 버스밖으로 나와 길의 흔적이 희미하게 나있는 곳으로 나아갔다. 발끝에서 뿌연 흙먼지가 일었다. 나무 한 그루, 풀 한 포기 없는 산길이었다. 그곳을 지나자 곳곳에서 제멋대로 굴러 떨어진 돌무더기와 마주쳤다. 너덜겅을 지나니 급경사진 비탈이 나타났다. 일행이 지나갔다면 분명 어딘가에 발자국이라도 남아있을 텐데 아무 흔적이 보이지 않았다. 길을 잘못 든 것인지도 몰랐다. 나는 오던 길을 되짚어 나갔다. 그런데 이상한 게, 너덜겅 길을 건너왔는데 풍경이 문득 달라져 있었다. 올라올 때 눈여겨 봐두었던 고산지대 특유의 앙상한 주목도 그대로 있었고, 거북이 형상의 바윗덩이도 제자리에 그대로였다.

도대체 여기가 어디인가. 나는 길이 없는 곳에서 길을 찾았다. 길은 어디서 숨바꼭질하는 것인지 수많은 길 중 단 한 길도 나에게는 눈에 들어오지 않았다. 뒤에서 내리쬐는 햇볕은 뜨겁다 못해 아프기까지 하다. 나는 앞으로 나아가고 있다고 믿었으나, 뫼비우스 띠처럼 일정한 틀 안에서만 계속 맴돌고 있었다. 나는 거대한 침묵의 벌거숭이산에 갇혀 버렸다. 아무리 길을 찾아 방황하고 애가 타도, 내가 가야 할 길은 그 꼬리조차 드러나 주지 않았다. 인적이 없는 텅 빈 산에서 비명이라도 질러야 할까. 내가 아는 사람이라곤 짜시라는 이름이 전부여서 목이 터져라 불러보았다.

"짜시! 짜시!"

하지만 들려오는 것은 변형된 내 목소리, 짜시를 복제한 메아리뿐이었다.

샹그릴라 이름 아래 붙었던 드림랜드니 파라다이스, 유토피아 등 꿈같은 찬사들은 여행자를 유혹하는 미끼에 지나지 않았던 것인가. 먼 거리를 두고 인화된 사진풍경에 홀려 상세한 내막도 모른 채 눈뜬장님처럼 감행한 이 여행길이 내게 던져준 것은 과연 무엇일까.

나는 빙하의 압력에 못 이겨 떨어져 내린 돌무더기에 주저앉았다. 작은 산소통의 산소는 이미 떨어진 지 오래. 나는 빈 깡통을 움켜쥐고 쨍쨍한 햇볕 아래 지칠 대로 지쳐 쓰러질 것만 같았다. 샹그릴라에 오면 마음 속 어둠을 몰아내고 해와 달이 새롭게 뜨는지도 몹시 궁금했는데, 그 샹그릴라는 끝내 손에 잡히지 않는 빈 그림자였다.

나는 그대로 너덜바닥에 누웠다. 이상하게도 마음이 아주 편안해졌다. 다시 아버지가 떠올랐다. 그때 온몸의 물기를 다 증발시켰으니 아버지도 이제 미라불이 되었을까. 아버지의 안부가 정말 궁금해진다. 눈물이 났다. 이제야 조금 알 것도 같다. 아버지를 떠나보내면서 한 방울도 흘리지 않았던 그때의 눈물이 주르륵 흘러나왔다. 내 안에 고여 있던 눈물이 자꾸만 봇물처럼 끓어 넘쳤다. 그 아이가 울었다. 큰 소리로 마음껏 울음보를 터뜨렸다. 빈 산 가득 울려 퍼져도, 내 울음소리를 듣는 이는 아무도 없었다. 엄마도 새삼스럽게 몹시 보고 싶었다.

여기가 샹그릴라인가. 잦아드는 울음 저편에서 짜시의 해맑은 목소리가 환청처럼 들려오는 듯도 했다.

여기가 정말 샹그릴라가 맞는 것인가.

손가락이 아프다

세상이 변했다. 이상하게 변했다. 부모자식간에도 서열이 바뀌어 자식이 상전이고 부모 세대는 그 아래다. 자식이 요구하면 부모로서 따를 수밖에 없는 시대가 왔다. 이제는 자식 농사 다 지어서 휴식기에 접어들어 늘그막에는 취미생활을 한다거나 여행이나 하면서 느긋하게 보낼 꿈을 꾸었다. 그랬던 바람이 한낱 헛된 꿈이었다는 것을 깨닫는 날들이 지나간다.

나는 퉁퉁 부어오른 손가락을 만지면서 악, 하고 자신도 모르게 비명을 지른다. 처음에는 손톱 주변에 일어난 아주 작은 거스러미로부터 비롯된 상처가 이제는 건드리기만 해도 전기 충격기를 맞은 것처럼 찌릿찌릿했다. 어딘가에 스치거나 닿기만 해도 깜짝깜짝 놀라 몸을 움츠렸다.

딸 재연을 도와주기 위해 전적으로 가사를 맡았다. 손에 물 마를 날이 없다. 두 손녀 돌봄과 집안일은 물과 밀접하게 보내는 시간이었다. 하지만 물은 만지면 만질수록 손의 건조함은 심했다. 피부는 여름 땡볕에 급속하게 말라버린 빨랫감처럼 표면이 거친 질감으로 변해갔다. 건조함을 느낄 때마다 핸드크림을 바르고 바셀린을 바른다 해도 이내 물을 만질 상황이 전개되곤 했다. 수시로 물 닿는 일은 손에 무엇을 바른들 아무 소용이 없는 일이었다. 처음에는 뻣뻣해진 손톱 주변에 거스러미 한 가닥 두 가닥이 일어나기 시작했다. 그것은 마치 낡은 수건에서 삐져나온 실밥 같은 것이었다. 그러다가 시간이 지나면서 점점 주변으로 번져 손가락마다 거스러미투성이가 되었다.

나는 그것을 참지 못했다. 눈에 띄는 대로 단숨에 확 낚아채듯 뜯어냈다. 운이 좋은 때에는 깔끔하게 떨어져 나왔다. 그러나 대부분의 거스러미는 떼어지면서 혼자서 죽을 수 없다는 듯 생살에 악착같이 들러붙어 함께 뜯어져 나왔다. 피가 나오지 않으면 다행이었으나 생살이 묻은 거스러미는 반드시 핏물을 동반했다. 길게 찢긴 상처는 자주 부었다가 가라앉곤 했다. 그러나 거스러미 개수가 늘면 늘수록 손가락은 터지기 일보 직전 풍선처럼 팽팽하게 부어올랐다.

휴대폰 기상벨 소리에 눈을 떴다. 손녀 지아를 등원시키려면 여유 있는 시간이 필요했다. 나는 서둘러 침대를 정리하고 아이를 깨웠다. 잠이 덜 깬 아이를 끌어안고 욕실로 들어갔다. 간단하게 세수를 시키고 손과 발을 씻겨주었다. 아이를 데리고 거실로 나와 소파에 앉혔다. 그리고는 아이에게 먹일 아침을 준비했다. 이것저것 차릴 것 없이 통곡물 그래놀라와 우유면 충분했다. 아이는 식탁에 앉아 먹는 둥 마는 둥 수저를 들고 그릇 속에 떠다니는 알갱이를 건졌다가 쏟아붓는 장난을 친다. 식욕이 없는 모양이다. 어차피 어린이집에 가면 열 시쯤 아침 겸 간식을 주기 때문에 먹는 것에 대해서 크게 신경 쓰이지 않았다.

　나는 지아를 등원시키기 전에 무릎 위에 앉혔다. 자는 동안 헝클어진 머리를 빗어 양 갈래로 땋았다. 지아는 땋아놓은 머리가 마음에 안 드는지 제 머리카락을 잡아당기며 칭얼거린다. 머리숱이 많아 엉킨 것을 빗질할 때부터 언짢아했다. 어린이집에서 뛰어다니다 보면 머리카락이 쉬 빠질까봐 미리 바짝 묶었던 것이다. 다시 풀러 묶기에는 시간이 촉박했다. 한번 칭얼거리기 시작하면 제 불만이 해소될 때까지 그치지 않았다. 아이의 고집을 꺾을 수 없다. 간신이 마무리 지었던 고무줄을 다시 풀었다. 묶였던 머리카락은 구불구불해져 분무기 물을 뿌렸다. 가운데 가르마를 타고 한 가닥씩 다시 땋기 시작했다. 지아는 고개를 외로 꼰 채 무엇이 그리 못마땅한지 계속해서 칭얼거린다.

　"할머니, 머리가 꼬집힌단 말이야. 나, 맨날 아프게 하는 할머니는 싫어!"

　매일 아침 머리를 빗질할 때마다 지아와 벌어지는 실랑이다.

겨우 네 살 먹은 아이에게 휘둘릴 때마다 속이 바삭바삭 탄다. 날마다 두 아이를 먹이고 입히는 일은 생각보다 어려운 일이었다. 아이들 비위를 맞추기 위해서 진땀이 날 때가 한두 번이 아니다. 나는 문득문득 아득해진다. 언제까지 이 노릇을 하고 살아야 하나 까마득하다. 눈을 뜨면서 시작하는 육아와 산더미 같은 집안일이 오늘따라 유독 버겁게 느껴진다. 나는 슬금슬금 지아의 눈치를 봐가며 머리를 매만졌다. 한쪽을 다 손질하고 고무줄로 마무리하려 하자 이번에도 아이는 고개를 절레절레 저으며 소릴 질렀다.

"아프단 말이야, 할머니는 일부러 아프게 하는 거지? 할머니는 할머니 집으로 갔으면 좋겠어. 엄마한테 이를 거야. 지아 아프게 했다고."

아이는 두 손으로 눈을 비벼가며 계속해서 징징거린다. 그새 눈가가 불그스레 부어올랐다. 딸 재연이 아이의 부어오른 눈을 본다면 소리지를 게 뻔했다. 엄마는— 으로 시작되는 말들, 한결같은 비난조로 쏟아내는 말들이 귓가에 왱왱거린다. 나는 아이를 어르면서 집게손가락을 입술에 대었다.

"쉿, 지아야, 엄마 깰라 조용히 해야지."

나는 목소리를 낮춰 소곤거렸다. 그러나 아이는 여전했다. 벽에 걸린 시계를 힐끗 바라보았다. 벌써 어린이집 차가 올 시간이다. 아직 땋지 못한 나머지 쪽을 마저 땋고 쫄바지를 입혔다. 바지 속으로 발을 끼울 때 꼬집히기라도 한 듯 자지러졌다. 다리에 끼우다 만 바지 한쪽이 아이가 버둥거리는 바람에 걸려 넘어질 뻔했다. 이런 소동에 익숙해져 있지만 절로 한숨이 나왔다. 소파에 드러누워 뻗대는 아이를 일으켜 세웠다. 떼를 쓰는 아이는 무거웠다. 아이의 몸무게만큼 등이 휘청 휘어진다.

지아와 등원 준비를 하는 동안 이제 막 기어 다니기 시작한 둘째 윤아가 기어 나왔다. 안방 문이 열린 사이로 나온 둘째는 나를 보고 방긋 웃더니 두 손발을 부지런히 움직여 내게로 왔다. 눈 뜨고 있는 동안 내 몸에 제 몸 어느 부분이라도 닿아야 안심하는 아이다. 내게 붙어있지 않으면 앙칼지게 울어대는 아이다. 둘째의 등장에 어린이집 무지개 문양이 박힌 지아의 가방을 내려놓고 얼른 등에 업는다. 시간이 촉박했다. 지금쯤 주차장 입구에는 어린이집 노란색 승합차가 미등을 깜박이며 목 빠지게 기다리고 있을 터였다. 나는 정신없이 허둥거리며 두 아이를 매달고 주차장 입구를 향해 숨차게 내려갔다.

승합차에서 내린 어린이집 교사는 웃음기 하나 없다. 학기 초에 생글거리던 표정이나 나긋나긋하던 말투는 사라진 지 오래였다. 이제는 인사조차 받지 않는다. 짜증이 잔뜩 묻은 얼굴로 나를 투명인간처럼 일별할 뿐이다. 그녀의 표정에서 당신 때문에 열 받아 죽겠어요, 하는 마음이 읽힌다. 나는 허리를 굽신거리며 연거푸 죄송해요, 죄송해요를 연발했지만 지아를 싣고는 차 문을 거세게 닫았다. 그 소리는 몹시 퉁명스러웠다.

　나는 차선을 바꿔 내달리는 어린이집 노란 차의 꽁무니를 하염없이 쳐다본다. 차가 로터리를 돌아 사라진 자리엔 나뭇잎이 변해가는 가을이 와 있었다. 벌써 가을인가? 정말 가을이네. 나는 마음이 쓸쓸해서 괜히 혼자 묻고 혼자서 대답한다. 등 뒤에 업힌 둘째가 몸을 뒤챈다. 지아의 등원 시간에 쫓겨 대충 둘러맨 자세가 편치 않았나 보다. 나는 포대기를 풀러 아이를 앞으로 안았다. 아이를 다급하게 업느라 띠가 꼬여 다리를 압박하고 있었다. 끈과 끈 사이에 다리가 끼어 있었다. 나는 아이의 다리를 빼내고 얼굴을 보니 온통 콧물투성이였다. 그제서야 아이가 얇은 속옷 차림에 맨발이란 걸 알았다. 한낮엔 제법 따스해도 아침저녁엔 쌀쌀했다. 아이의 발이 너무도 차가웠다. 나는 걸치고 있던 카디건을 벗어 아이의 어깨와 얼굴을 감싼다. 아이는 답답한지 그 안에서 땅속 두더지처럼 움찔거렸다. 나는 아이의 등을 다독거린다. 속으로 걱정이 되었다. 혹시 감기라도 걸리면 어쩌나. 둘 중 한 아이라도 감기에 걸리면 동시에 두 아이가 앓게 되므로 큰일이 아닐 수 없다. 마음이 심란했다. 재연이 지금 이 차림새를 봤다면 잡아먹을 듯 째려보며 속사포 같은 잔소리를 퍼부을 것이다. 머릿속엔 벌써부터 재연의 으르렁거리는 소리가 들리는 듯하다.

　"엄마는 애 하나도 건사 못해서 꼭 감기나 걸리게 하고 말이야, 도대체 엄마는 정신을 어디다 놓고 다니는 거야?"

나는 아침나절 쌀쌀한 기운을 피해 지하 주차장으로 들어갔다. 현관문을 열고 들어서는 순간 가슴이 철렁하다. 재연이 닫혀 있는 거실문 간유리 사이로 어른거렸다. 해가 중천에 떠야 일어나는 재연이 팔짱을 낀 채 떡하니 버티고 있다. 흐트러진 잠옷이나 긴 머리카락을 정리하지도 못한 채였다. 나는 도둑질하다 들킨 사람처럼 가슴이 철렁했다. 품 안에 있는 아이를 방어막처럼 바투 끌어안았다. 그리고는 얼른 주방 쪽으로 방향을 틀었다.

"엄마! 나 좀 봐."

목소리가 사나웠다. 이럴 때 나는 주눅이 든다. 뭔가 큰 죄를 지은 것같아 심장이 쪼그라든다.

"원장한테서 전화 왔어. 엄마! 어쩌자고 맨날 늦게 나가? 미리 나가서 기다리면 안 돼? 내가 미리미리 나가 있으랬잖아. 몇 번을 말해야 알아듣겠어? 우리 애 때문에 다른 집 엄마들이 어린이집 그만둔다고 전화통에 불이 난대. 차 기다리다 길거리에서 오들오들 떨다가 감기 걸렸다고 손해 배상해 달라며 난리라는데. 엄마, 어쩔 거야? 내일부터 우리 애 보내지 말래. 다른 데 알아보라잖아. 아휴, 정말! 창피해 죽겠어. 엄마 때문에 정말 내가 미치겠어. 이게 벌써 몇 번째야."

"지아가 애먹여서 그런 걸 어떡하니? 아무리 달래고 얼러도 끝없이 떼를 쓰는데 무슨 수로 고치냐? 까탈 부리는 게 꼭 너 어릴 적인데."

"엄마는, 그걸 말이라고 해? 아이 기분 하나 딱딱 못 맞춰주니까 그렇지!"

"그렇게 잘 알면 네 새끼들 네가 키우든가. 그러면 집안도 조용할 테고."

"아휴 정말! 엄마 그럴 거야?"

"저 저런, 어미한테 하는 말본새하곤."

재연은 퉁탕거리며 제 방으로 들어가면서 거세게 문을 닫았다. 나는 아이를 안은 채 이유식을 만들기 위해 냉장고 문을 열었다. 다진 소고기와 채소들을 꺼내 냄비에 붓고 불 앞에 선다. 허리가 끊어질 듯 아프다. 불에서 멀리 떨어지려고 뒤로 제친 자세가 몹시 불편했다. 그렇다고 아이를 내려놓을 수도 없다. 통증은 견딜 수 있지만 아이가 바닥에 닿는 순간 터트리는 울음은 견디기가 더 힘들다. 특히 악을 쓰듯 내는 울음소리는 고문과도 같았다. 예리하게 벼린 바늘 끝으로 몸에 난 구멍마다 쪼아대는 듯한 느낌이었다. 그대로 견디고 있노라면 그 구멍을 통해 들어오는 고통이 심장으로 흘러들어 피를 말릴 것 같은 기분이었다. 힘들어도 아이를 매달고 있을 수밖에 없었다. 이유식을 손등에 떨어뜨려 본다. 아직 뜨겁긴 하지만 후후 불어가며 먹이면 적당할 것 같다. 아이를 내려 먹여본다. 아이는 작은 입을 벌려 오물거린다. 삼킬 듯하더니 혓바닥으로 내용물을 밀어낸다. 나는 그것을 휴지로 닦아내고 다시 한번 입으로 넣어본다. 이번에는 넣자마자 바로 뱉어낸다. 아이의 이마를 짚어본다. 불 앞에 오래 서 있어서 그런지 이마가 따끈따끈했다.

　나는 아이에게 무엇이라도 먹여보려고 분유를 탔다. 젖병을 물려 보지만 도리질만 한다. 그 바람에 젖병에서 뿜어져 나온 분유가 턱받이를 적셨다. 나는 하는 수 없이 아이를 씻긴 다음 등에 업고 세탁실로 들어갔다. 밀린 빨래가 바구니에 가득하다. 세탁기에 넣을 것과 손으로 주물러서 빨아야 할 것을 나눈다. 큰 그릇에다 베이킹소다를 풀어 아이들 옷가지를 담았다. 재연은 화학성분이 첨가된 가루비누가 아이들 피부에는 좋지 않다고 치워버렸다. 아이들 옷만큼은 반드시 손빨래하라고 잔소리를 해댔다. 두 아이 모두 아토피가 있어 신경을 쓸 수밖에 없다. 나는 구석에 있는 엉덩이 의자를 끌어다 앉고서 빨래를 하기 시작했다. 아이들 윗도리 턱 언저리에 찌든 때를 빼기 위해 일일이 문지르다 보니 손가락이 몹시 아팠다. 요즘 들어 부쩍 통증이 빈번하게 찾아온다. 손을 혹사하지 말라는 피부과 의사의 지시를 지킬 수가 없다.

　"될 수 있으면 물에 손 닿는 일은 하지 마세요. 손을 아껴야지요. 그래야 염증이 가라앉고 원래대로 돌아올 겁니다. 노년은 생각보다 길어요. 나이 들수록 사소한 병도 조심하면서 살아야지요."

　그는 생인손을 전문용어로 조갑주위염이란 생소한 단어를 썼다. 붓기가 가득한 손가락을 이리저리 살피더니 아이고, 하는 소리를 했다.

"손가락 주변이 온통 고름집이 생겼어요. 많이 아팠을 텐데 어떻게 참았어요? 당장 고름부터 짜내고 소독부터 합시다. 염증이 심해서 당분간 손가락을 쓰지 않는 게 좋을 텐데. 상처에 물 닿는 일은 될 수 있으면 삼가고요."

그는 면봉으로 손가락을 눌러가며 상처를 압박했다. 살점이 뜯긴 부위를 통해 누런 고름이 새어 나왔다. 계속된 압박 끝에 피가 흘러나왔다. 그는 상처를 소독한 다음 그 부위보다 넓게 연고를 발라주었다. 그런 다음 반창고를 덧대고 테가덤 방수필름까지 입혔다.

"아이들 키우는데 물을 만지지 않을 수는 없어요. 선생님, 고무장갑이라도 꼭 껴야겠지요?"

내 우문에 그는 피식 웃었다.

"그럴 줄 알고 방수막까지 쳐 놨어요. 몇 시간이라도 좋으니 물 대지 말고요. 고무장갑 속에 반드시 목장갑도 끼세요. 그리고 목장갑은 일회용으로만 사용해요. 이 증상은 상처를 통해 세균감염으로 생긴 거니까 항상 위생을 염두에 두세요. 그리고 손가락이 건조하지 않도록 특별히 신경 쓰시고요. 항생제는 일단 삼 일 치만 처방했어요. 아프면 참지 말고 빨리빨리 내원하시고요."

하지만 나는 집안일에서 벗어날 길이 없었다. 생인손은 여간해서 낫지 않았다. 어떤 날엔 염증이 뼛속까지 번지는 것 같았다.

살갗만 아픈 게 아니라 뼛속까지 아팠다. 더군다나 날이 갈수록 손톱마저 시꺼멓게 변해갔다. 나는 손이 시들어가는 단계에도 색채의 스펙트럼이 있다는 것을 알았다. 처음엔 희미하게 어른거리던 얼룩이 점점 짙어지고 있다는 것을. 재연은 내 손가락과 손톱을 볼 때마다 이맛살을 찌푸렸다. 밥맛 떨어진다고. 제발 어떻게 해보라고. 그래서 나는 한 번도 발라본 적 없는 매니큐어를 샀다. 점점 까매지는 손톱을 가리기 위해 그것을 칠하기 시작했다. 진분홍에서 빨강으로, 다시 버건디에서 체리색에 이르기까지 검붉은 빨강 계열을 번갈아 가며 발랐다. 그래도 재연은 불만이었다. 내 손톱을 볼 때마다 이맛살을 찌푸리며 치를 떨어댔다.

"엄마는, 제발 연한 색으로 발라 봐, 누가 보면 업소 여잔 줄 알겠어. 천박해 보여."

"나도 그러고 싶어. 그런데 까만 손톱이 옅은 색으로 가려지지 않는 걸 어떡하니?"

나는 엉망이 된 두 손을 가만히 내려다보았다. 재연이 날려 보내는 비수가 마음에 콕콕 박혔다. 나는 손으로 빤 빨래를 마지막 행구는 과정에서 아이들 옷은 희석한 식초 물에 담가 놓는다. 재연은 아이들 몸에 직접 닿는 속옷은 그렇게 하라고 귀에 딱지가 앉을 만큼 반복했다. 다른 세탁물은 탈수해서 널어놓고 안으로 들어서니 재연이 없다. 문마다 열어본다. 어디에도 없다. 나는 다급해진 마음으로 화장대 의자를 끌어다 장롱 위를 살펴본다. 재연으로부터 지갑을 감춘다고 장롱 꼭대기에다 올려놨던 것이다. 간신히 손이 닿는 안쪽엔 더듬어지는 게 아무것도 없다. 허공만 잡힐 뿐이다. 다리에 힘이 풀린다. 의자에서 내려설 때 다리가 후들거렸다. 휴대폰을 들고 다이얼 패드를 누를 때에는 손가락까지 덜덜 떨렸다. 고객님의 전화기가 꺼져 있습니다. 몇 번이나 걸어봐도 같은 응답만 돌아왔다.

재연이 언제 들어올지 모른다. 맥없이 기다리는 것처럼 힘 빠지는 일은 없을 것이다. 눈앞이 막막했다. 시간이 길어질수록 불안은 더해진다. 재연의 귀가가 늦을수록 빈털터리 지갑이 될 확률이 높아지는 것이다. 이번에는 뭘 사들일지 걱정이 태산이다. 지름신에 사로잡힌 것인지 충동적으로 질러버리는 씀씀이가 너무도 헤펐다. 일시적으로 도지는 발작이라고 치부하기에는 가계부에 치명적일 때가 많았다. 특히 오늘같이 한 달 치 생활비를 몽땅 들고 나가는 날이면 정말이지 답이 없다. 함부로 긋고 다니는 카드를 없애고 일부러 현금을 찾아다 놓은 것이 화근인가. 아무리 산후 우울증 때문에 자기도 모르게 지르는 저지레라지만 나는 어떻게 해야 할지 날마다 풀리지 않는 숙제를 떠안는 기분이었다.

재연은 지갑에 몇 푼 들어있지 않을 때는 주로 인형 뽑기를 했다. 아이들에게 주기 위해서 그런다지만 괜한 핑곗거리였다. 집 안에는 인형이 지천이다. 포켓 몬스터 시리즈부터 피카츄 도라에몽 파이리 꼬북이 지방이 이상해씨앗들까지. 그것들은 방방마다 차고 넘쳤다. 집안에서 정신없이 돌아다니는 아이들에겐 오히려 방해물이 될 뿐이다. 바닥을 보지 않고 다녔다간 발에 걸려 넘어지기 일쑤였다. 요즘엔 그 인형 뽑기도 진력이 났는지 필요하지도 않은 잡동사니를 마구잡이로 사들였다. 게다가 저와는 상관없는 사람과 빈번하게 입씨름을 벌였다. 욕설이 난무하는 고성을 주고받는 일도 심심찮게 일어났다. 재연에겐 모든 게 시빗거리였다. 내 눈에 걸리기만 해라 가만두지 않겠다는 듯 눈초리를 치켜세우고 다니면서 싸움닭처럼 굴었다. 제 남편에게 배운 저급한 언어로 상대방의 분노를 자극하곤 했다. 나는 재연이 결혼 이후 변해가는 모습에 머리가 지끈거렸다.

점심때가 지나서야 재연이 들어왔다. 나는 기다리다가 눈이 빠질 것 같았다. 애간장이 다 녹은 것 같았다. 재연의 손에는 커다란 쇼핑백이 들려져 있다. 나를 보고는 얼른 제 방으로 들어가 버린다. 나도 얼른 뒤따라 들어갔다. 재연은 쇼핑백을 침대 위에 던져 놓았다. 나는 스카치테이프로 입구를 봉해놓은 쇼핑백을 성급하게 열었다. 푹신한 털의 감촉이 손끝에 감기는 순간 재연이 거칠게 낚아채 옷장 안으로 집어넣고 나를 막아섰다.

"재연이 너, 대체 뭘 산 거니?"

"털로 된 조끼, 퍼 베스트야, 인생 아이템. 꼭 갖고 싶었던 거야. 이번에 왕창 세일 한대서 두 벌 샀어. 삼 백 주고."

"그게 이번 달 생활비야. 너 단단히 미쳤구나. 정말 제정신이니?"

"그러니까 왜 아침부터 날 화나게 하냐구? 스트레스 좀 풀려고 옷 좀 샀기로 뭐가 문젠데."

"지금 하는 짓이 도둑질인 거 알고나 하는 짓이냐? 왜 엄마 돈을 훔쳐서 네 멋대로 쓰냔 말이다."

나는 작심한 듯 따졌다. 이참에 뭔가 결단을 내지 않으면 안 될 것 같았다. 나는 단단이 별렀다.

"엄마는 가족끼리 왜 이래? 도둑질은 또 뭔 말이야? 자식한테 못하는 말이 없네. 그럼 내가 도둑년이라도 된다는 거야?"

나는 순식간에 재연의 뺨을 후려쳤다. 따박따박 말대꾸하면서 바락바락 대드는 억척에 그만 기가 질려버렸다. 정말 화가 치밀어 견딜 수가 없었다. 내가 그토록 싫어하는 말투를 흉내 내는 것이 역겨웠다. 재연은 자신에게 일어난 일을 믿을 수 없다는 듯 뺨을 감싸며 나를 노려봤다. 핏발 선 눈빛이 섬뜩했다.

"엄마면 다야? 다 큰 자식에게 함부로 손찌검해도 되냐고? 무슨 권리로 때리냐고?"

"네가 자식이라고? 네 어미 데려다가 쥐새끼 알곡 빼먹듯 야금야금 돈 축내면서, 가사 도우미보다 혹독하게 부려 먹으면서, 이런 짓까지 벌여놓고서 지금 네가 자식이라고 지껄이는 거야? 네가 내 자식이라고? 지나가는 개가 웃겠다. 언제 어미 대접해준 적

있어? 그래도 가사도우미는 대가라도 받지. 너는 나한테서 야금야금 돈까지 뜯어가는 주제에. 그리고 지금 쓰는 돈이 어떤 돈인 줄 알기나 해? 네 아버지 목숨하고 바꾼 돈이라고! 어떻게 그 피 같은 돈을 함부로 쓸 수 있단 말이야!"

나는 피가 끓어올랐다. 목이 터져라 소리를 질렀다. 저 바닥부터 참고 참았던 진심이었다. 재연이 내리누르는 압력을 이겨내지 못해 터져버린 폭발음 같은 것이었다. 재연은 여전히 맞은 뺨을 손바닥으로 감싼 채 나를 째려보았다.

"엄마는 내가 모를 줄 알았어? 보험금 그거 아빠 돈이잖아. 언제 엄마가 돈 벌어 봤어? 아빠가 벌어다 주는 돈으로 편하게 살았잖아. 아빠 죽고 난 다음 나온 거니까 나한테도 권리가 있는 거잖아. 이렇게 싸우고 사느니 차라리 반반 나누고 갈라져. 애들 키우고 집안일 좀 거들어 준다고 유난 떨지 말고."

나는 살아오는 동안 재연에게 푸릇푸릇한 꿈을 포기한 적이 단 한 차례도 없었다. 재연은 학교 다닐 때 성적이 좋았다. 친구들이 사춘기를 폭주할 때조차 재연은 순둥이처럼 순탄하게 지나갔다. 큰 변동 없이 수도권에 몇 손가락 안에 드는 대학에 적을 두었다. 그때는 그런 자식을 둔 나의 위상에 자다가도 웃음이 새어 나왔다. 나는 미혼모의 아이로 태어나 외가에 버려졌고 너무도 가난하게 자랐다. 하지만 내 자식에게 남부럽지 않게 해줄 수 있는 게 많아 내 처지도 곧 반짝거릴 것이라고 굳게 믿었다. 자식을 버리고 당신 인생을 찾겠다고 집 나간 엄마는 두 남자와 살림을 차렸지만 결국엔 아무것도 얻지 못했다. 자식도 경제적인 기반도 없었다. 그녀는 늙고 병든 말년에 시골구석에 박혀 있는 허름한 요양원에 갇혀 가까운 날의 기억은 까마득히 잊어버리고 먼 기억들만 끊임없이 불러냈다. 나는 재연을 데리고 찾아갔다. 반짝거리는 자식을 마음껏 내세우고 싶었다. 보란 듯이 가슴을 내밀고 싶었다.

"엄마는 나를 헌 신짝 버리듯 버렸지만 나는 엄마처럼 그렇게 살지 않았어. 나는 내 자식에게 가장 좋은 것만 먹이고 입히고 배우게 했으니까. 세상에서 가장 귀한 자식으로 여기면서 키웠어. 엄마, 쳐다만 봐도 눈부시지 않아? 내 딸이야, 내 딸."

엄마는 보행 보조기에 온몸을 기댄 채 나와 재연을 멍하니 쳐다봤다. 백내장 환자처럼 흐릿한 눈동자를 껌뻑거렸다. 나는 그녀가 가슴을 쓸어내리면서 오래전에 버린 자식에게 회한과 참회의 눈물을 흘리게 하고 싶었다. 나에게 재연은 그런 자식이었다. 그 후로 재연을 데리고 요양원에 다시 가는 날은 오지 않았다. 나 혼자서 찾아갔을 때 그녀는 여전히 나를 알아보지 못했다.

"누구세유? 첨 보는 사람인디. 누군디 나를 찾는감유?"

하긴 핏덩이 때 버렸으니 내가 누군 줄 모르는 게 당연한지도 모른다. 어린 시절 잠자리에서 그려 보았던 수만 가지 엄마 모습을 지웠다. 그녀는 인생을 복잡하게 살아온 사람 특유의 어지러운 눈빛으로 나를 수상쩍게 이리저리 뜯어보았다. 그녀는 나를 정말 처음 보는 눈빛으로 힐끔거렸다.

재연은 집과 학교만 오갈 줄 알았다. 대학생이 된 후 남자를 알게 되면서 이상하게 변해갔다. 하루는 남자 친구라고 하면서 집으로 데려왔다. 첫눈에도 썩 좋아 보이지 않았다. 어딘가 불량기가 있어 보였다. 나는 남자를 차 한 잔 들게 한 다음 서둘러 돌려보냈다. 하필이면 그런 남자를 사귀냐고, 사람 보는 눈이 그렇게 없냐고. 재연에게 언짢은 말을 쏟아냈다. 지금이라면 재연의 머리통을 쥐어박으며 막아섰을 것이다. 쉰 길 물속은 알아도 한 길 사람 속은 모른다고, 나는 내 자식 속을 전혀 몰랐다. 남자는 재연이 친구들과 어울려 들어갔던 클럽에서 만났다. 기댈 거라곤 그럴듯한 외모 외에 아무것도 볼 게 없었다. 허우대만 말짱했지 미래를 보장할 만한 이력이나 직업도 없었다. 게다가 사람을 대하는 자세도 문제였다. 입을 여는 순간부터 괜히 입을 틀어막고 싶은 충동이 일었다. 기본적인 예를 갖출 줄도 몰랐고 말투는 더없이 상스러웠다. 요즘 유행한다는 줄임말을 수시로 남발해서 내가 어리둥절하면 저 혼자 뭐라 웅얼거리면서 키득거렸다. 마치 나를 비웃기라도 하듯.

재연이 결혼하고 싶다고 남자를 다시 데려왔다. 그때부터 나는 재연과 부딪히지 않을 수 없었다. 배우자감으로 보는 눈이 그 수준밖에 되지 않는 재연의 눈을 의심했다. 나는 식음을 전폐했다. 이마에 하얀 천을 두르고 바닥에 드러누웠다. 죽음도 불사하는 심정이었다. 그러나 아무 소용이 없었다. 내가 어질병이 생겨 세상이 다 빙그르르 돌아도 재연은 눈썹 하나 까딱하지 않았다. 얼음처럼 냉랭했다.

"내가 선택한 남자야, 엄마하고 살 것도 아닌데 웬 난리야. 엄마는 엄마 인생 살고 나는 내 인생 살면 되잖아. 엄마가 아무리 머리 싸매고 밥을 굶어도, 그리고 시퍼렇게 뜬 눈으로 지켜봐도 이 사람 포기 못 해. 그러니까 엄마가 포기해. 하나밖에 없는 자식이 이 사람 아니면 안 된다는데. 그러니까 제발 방해하지 마. 엄마가 계속해서 반대하면 그냥 확 아이부터 만들지도 몰라."

사랑에 미치면 한 치 앞도 보이지 않는 것일까. 엄마처럼 살지 말라고 상승에 대한 욕망을 빵빵하게 불어넣은 내 발등을 찍고 싶었다. 재연은 제 엄마 말대로 정말 잘 살아가겠다고 순한 눈빛에 갈망을 담아 밤잠까지 줄여가며 책을 팠다. 오로지 목표만 바라보며 한눈 한번 판 적 없이 질주해왔다. 그러나 배우자로 남자를 택한 것은 스스로 제 무덤을 판 셈이었다. 재연은 배가 불러오자 대학을 그만두었다. 제가 파놓은 구덩이에 빠져 자꾸만 허우적거렸다. 뭐 하나 제대로 할 줄 모르면서 짜증만 늘었다.

어느 여름이었다. 날은 덥고 습했다. 제수용 상에 오를 조기를 좌대에 전시용으로 몇 마리 내놓았다. 가만히 있어도 땀이 줄줄 흘러내리는 날씨였다. 선풍기를 틀어 놓았지만 바람기를 느끼지 못할 만큼 주변 공기는 숨이 턱턱 막혔다. 나는 졸음에 겨워 반쯤 졸린 가운데 멍한 눈으로 좌대를 지켜보고 있었다. 흐릿한 시야 속으로 파리 몇 마리가 날아들었다. 나는 팔을 내저었다. 하지만 파리들은 달아나지 않고 내놓은 생선 위에서 맴돌았다. 나는 모든 게 귀찮았다. 남편이 모임에서 어서 돌아와 자리를 교대해 주기만을 기다렸다. 손님이 끊긴 시장통은 너무도 고요했다. 나는 까무룩, 기절하듯 졸았던 모양이다. 그 사이 파리들은 조기의 아가미로 들락거렸다. 뱃속에다 쉬를 슬었다. 다음 날 흐물흐물해진 조기의 몸으로부터 한 무더기 구더기가 꾸물꾸물 흘러나왔다. 어제 자리를 비웠던 남편은 불같이 화를 냈다. 파리채를 움켜쥐고 허공을 가르듯 알루미늄 샷시 문짝을 거세게 내리쳤다.

"똥파리는 애저녁에 잡았어야지. 에이, 여름 장사 헛것이네."

나는 왜 사위와 마주칠 때마다 그 장면이 떠오를까. 남편 대신 파리채라도 들고 거실 벽면을 내리치면 한없이 답답한 체증이 가실까. 하루에도 열두 번은 치밀어 오르는 화기를 어쩌지 못한다. 둘이서 뭐가 그리도 급했는지 애부터 만들어놨는지 모르겠다. 대책 없는 애들을 보면서 나 또한 대책 없기는 마찬가지지만. 방 한 칸 얻을 돈이 없어 모텔 방을 전전할 때는 알 만한 동네 사람들에

266

게 낯을 들고 다닐 수가 없었다. 더는 두고 볼 수 없었다. 남자는 재연의 배가 풍선처럼 부풀어 올랐어도 아예 일자리 잡을 생각도 없었다. 내가 어떻게 처자식 먹여 살릴 방도라도 찾아보라고 하면 쌩하니 찬바람을 일으키며 나가버렸다. 싫은 소리는 귀를 막으면서도 뒤로는 재연을 졸라 푼돈을 얻어냈다. 남자는 하루살이나 진배없어 보였다.

재연이 아이를 낳았다. 아이를 보는 순간 눈물이 났다. 작은 생명이 눈을 빠꼼이 뜨고 눈이 마주치는데 어찌나 가슴이 설렜는지 모른다. 나는 그 여린 생명을 위해서 무엇인가 결단을 내리지 않을 수 없었다. 그래서 집을 마련해주고 그 집 안을 채워 주었다. 아이들은 크면서 병치레가 잦았다. 재연은 아이들을 데리고 병원 문턱을 제집 드나들듯 했다. 그때마다 내게 짜증을 부렸다. 아이들 아픈 게 내 탓이라 했다. 남자가 밖으로 돌면서 피시방을 집 삼아 사는 것이나 아이들이 순하지 않고 극성스럽게 구는 것 모두가 내 탓이라 했다. 재연을 하늘처럼 떠받들며 키웠던 마음이 이런 식으로 부메랑이 되어 돌아올 줄 몰랐다. 나는 도대체 재연을 어떻게 키웠던 것일까.

재연은 아이들 키우는 것부터 집안 살림까지 할 줄 아는 게 아무것도 없었다. 그런 일은 시시하니까 안 해도 되는 일이라고 가르쳤던 내가 내 발등을 찍은 셈이었다. 공부를 하는 일 외에는 모두가 서투르거나 젬병이었다. 그러면서도 아예 살림을 배울 생각은 하지도 않았다. 강 건너 불구경하듯 했다. 엄마니까 다 해주겠지, 엄마니까 책임져 주겠지, 하면서 내 앞으로 육아부터 살림살이까지 떠맡겼다. 그러다가 말썽이 생기면 나를 향해 화살을 겨누었다. 나는 등허리가 휘도록 죽을 둥 살 둥 쩔쩔맸다.

자식과 함께 사는 것은 연중무휴 무임금 고강도 노동의 연속이었다. 재연은 나에 대해 미안해하거나 감사하기는커녕 늘 비난이나 원망 일색이었다. 나는 점점 인내심을 잃어갔다. 예전 같으면 저도 사는 게 제 마음대로 되지 않아 그러겠지, 제 수중에 쓸 돈이 없어 그렇겠지, 하면서 이해하려고 노력했다. 오죽 속상하면 엄마한테 퍼부을까. 엄마니까, 엄마니까 당연히 받아줘야지 하면서 넘어가던 것이 이제는 다 거슬렸다. 더이상 견디기가 힘들었다. 하루하루 속이 다 타버려서 허깨비가 된 것 같았다. 재연이 내지르는 목소리마저 지긋지긋했다. 뭐라 몇 마디만 지껄여대도 내 속은 확 뒤집혔다. 나는 가사도우미 처우보다 더 열악한 위치에서 가끔은 소심하게 웅얼거리곤 했다.

"내가 딸년 하녀라도 되는 것인지 내 신세도 참 그렇다."

오늘은 내 생일이다. 나는 방으로 들어와 가방을 챙긴다. 아무리 생각해도 서러운 생각이 가시지 않는다. 재연이 그렇게 나올 줄 몰랐다. 지갑을 들고 나가 다 쓰고 들어왔을 때 엄마 선물이라며 털 조끼 두 벌 중 하나를 양보하면서 이거 엄마 선물이야, 하고 내밀었다면 그동안 쌓인 감정이 어쩌면 봄눈 녹듯 녹았을지도 모른다. 그 옷을 입고 나갈 자리도 없어 재연에게 도로 돌려줄 게 뻔하지만. 비싼 조끼가 아니라도 괜찮다. 하다못해 값싼 양말 짝이라도 내밀었다면 기꺼운 마음이 생겼을 것이다. 오늘 아침 미역국은 그렇다손 치더라도 엄마 생신 축하해, 라고 빈말이라도 해주길 바랐다. 기억해 주는 것만으로도 충분하니까. 그러나 재연은 요즘 애들 말투로 나를 생깠다. 나는 한없이 노여웠다. 내 생일조차 기억하지 못하는 자식이 괘씸했다. 남보다도 못했다.

내가 하는 일이 당연하다고 여기는 이 집에서 달아나고 싶다. 내가 사라짐으로써 빈자리가 얼마나 막막한지 그 넓이를 보여주고 싶다. 눈에 밟히는 아이들도 딸 내외도 생각해보니 모두가 내 어깨 위에 있는 짐 덩어리만 같다. 자나 깨나 어깨를 짓누르는 바윗덩어리 같다. 태어날 때부터 돌멩이를 이고 다니는 부판충이란 벌레처럼 날이 갈수록 점점 더 무거운 돌덩이를 지고 살다가 결국에는 그 무게에 짓눌려 죽을 것만 같다. 신발장에서 단화를 꺼냈다. 언제 깨어났는지 윤아가 안방을 빠져나와 거실을 가로지른다. 나를 쳐다보며 헤실헤실 웃는다. 그러다가 기침을 한다. 나도 모르게 돌아서서 아이를 안으려다가 멈칫했다. 무의적으로 하는 행동을 그만둬야 했다. 아이는 내게 오다 말고 연거푸 기침을 해댔다. 나는 못 본 척 얼른 신발을 신었다. 뒤축을 구겨 신은 채 황급히 나와 현관문을 닫았다. 서둘러 엘리베이터 단추를 눌렀다.

그것이 열리기까지 몇 초가 여삼추 같다. 나는 귀를 막았다. 아이의 기침소리가 실재인지 환청인지 마음을 어지럽혔다.

　나는 남도의 끝자락까지 내려갔다. 바다가 내려다보이는 산중턱에 자리 잡은 폐사지에 우두커니 앉았다. 커다란 바위 옆에는 임진왜란 때 소실되었다는 표지판이 꽂혀 있었다. 절터만 남은 자리에는 때 이른 구절초가 군데군데 무리 지어 있었다. 발아래에는 끝없이 밀려오는 바닷물 너울들이 넘실거렸다. 거세게 불어오는 바람에 날이 선 파도는 제 몸을 허공에 산산이 부수었다. 파도는 출렁거리는 생명체 같았다. 마치 어떤 고통을 견디기 위해 뒤척이는 몸부림 같기도 했다. 바람 소리가 웅웅거렸다. 고통을 견디기 위해 입을 앙다물고 내는 신음 같기도 했다. 고통은 어디에서 오는가. 마음을 엮어놓은 소동은 가라앉지 않았다. 왜 마음을 어지럽히는 소란은 바람에 저항하지 못하는 구절초 꽃잎처럼 끝없이 나풀거리고 있는지. 나는 스산해진 마음으로 대답 없는 물음을 묻고 또 물었다.

　나는 어느 하루라도 평온 속에 머무른 적이 있던가. 나를 버리고 떠났던 엄마에 대해 들끓던 원망, 한 이불 속에서 남편을 싫어하는 마음으로 어금니를 사려 물고 견뎠던 시간, 재연에 대해 터무니없이 높였던 기대 등이 나를 알게 모르게 망가뜨린 것은 아니었을까. 남자에 대해서도 장모의 따뜻한 사랑을 주기보단 자식을 망가뜨린 주범으로 몰아세우며 폭언을 일삼았던 것이 나의 민낯이던가. 나는 얼굴이 달아오른다. 죽어야만 도달할 수 있는 곳이 황천이다. 그 강가에서 강을 건너지 못해 울부짖는 무주고혼 모습이 바로 자신이 아니던가. 나는 살아있어도 제대로 산 것 같지 않았다. 어딘가에 내가 있어야 할 곳이 따로 있는 것 같아 정신이 허공에 붕 떠서 안주하지 못하는 것은 아닐까. 내 몸속에 한 칸 지옥을 지어놓고 그 안에 갇혀서 단 한 발도 문밖에 내딛지 않으려고 억지만 부리며 살아온 건 아닐까.

해가 저물고 있었다. 붉은 해가 수평선 아래로 가라앉을 때까지 나는 어둠에 잠겨 있었다. 밤이 깊어서야 민가가 몇 채 안 되는 마을로 내려왔다. 산 아래 호젓하게 자리 잡은 민박집으로 들어섰다. 이곳에 도착하자마자 길가에 써 붙인 파도민박집이란 간판이 마음에 들어 정한 숙소다. 불 꺼진 방에 벽을 더듬어 등을 켠다. 고여있던 어둠이 순식간에 뒤로 밀려난다. 나는 하얀 시트가 깔린 침대에 누웠다. 어디선가 비린내가 물씬 풍겼다. 그토록 싫어하던 냄새였다. 항상 남편의 몸에서 나던 냄새였다. 그가 아무리 씻어내도 악착같이 들러붙어 떨어지지 않던 냄새였다. 평생 그 때문에 곁을 내주기 싫어서 가까이만 와도 질색했다. 잠자리마저 멀어지게 했던 익숙한 냄새를 쫓다가 노곤한 잠에 빠져들었다.

며칠째 달아오른 폭염 때문에 집안은 찜통 속이었다. 나는 찬물을 몇 번이나 끼얹어 보았으나 더위는 좀처럼 가라앉지 않았다. 자정이 넘은 지 꽤 지났어도 잠을 이룰 수가 없었다. 열어놓은 창마다 갖가지 소음이 들려왔다. 낮과는 다른 소리였다. 밤의 소리는 더 선명했고 아련한 여운을 남겼다. 나는 밖으로부터 들려오는 소리에 귀를 세웠다가 아슴프레 잠의 옷자락을 만지작거리기 시작했다. 건넌방에서 들려오는 남편의 코 고는 소리를 자장가 삼아 잠 속으로 들어서려는 순간이었다. 귀를 찢을 듯한 굉음이 들려왔다. 끼이익 쿵 쿵 쿵. 나는 깜짝 놀라 자리에서 일어났다. 까닭 없이 가슴이 콩닥콩닥 뛰었다. 그도 나처럼 큰 소리에 놀라 깨었는지 귀를 기울여봤다. 여전히 코 고는 소리가 규칙적으로 들려왔다. 방금 들려온 소리의 정체가 무엇인지 궁금했다. 그를 흔들어 깨웠다.

　"여보 여보, 밖에 무슨 일 났나 봐요. 당신이 좀 나갔다 와 봐요. 어서."

　그는 얼떨떨한 얼굴로 자리에서 일어나 벗어놓은 옷을 주섬주섬 입었다.

　"뭔 일이야? 이 밤중에?"

　남편은 잠이 채 가시지 않은 얼굴로 나를 쳐다봤다.

　"밖에 무슨 교통 사고가 났나 봐요. 차 부딪히는 소리가 어찌나 크던지 잠이 확 달아났어요."

"궁금하면 자네가 좀 알아보지. 나를 꼭 깨워야 해?"

"그럼 제가 나가볼까요?"

"아니, 이 밤중에 여자가 무슨, 내가 나가볼게. 자네는 집에 있어."

그가 일어났다. 잠이 덜 깬 것인지 육중한 덩치가 휘청거렸다. 나는 재빨리 어깨를 부축해 주었다. 불도 켜지 않은 어둑한 집안을 나서는 그를 보았다. 구부정하게 굽어 있는 어깨가 이상하리만치 낯설어 보였다. 집안으로 새어 들어오는 불빛에 그의 그림자가 어른거렸다. 출입구 아래에는 그보다 더 깊은 어둠이 도사리고 있었다. 나는 벽을 더듬어 계단 전등을 켰다. 그가 계단을 내려가며 궁시렁거렸다.

"아, 불은 왜 켜고 그래? 눈 감고도 다 아는 길인데. 불 끄라고! 전기세는 땅 파서 내나?"

나는 스위치를 내리고 그를 향해 한마디 하려다 그만두었다. 저런 자린고비 같은 사람하곤, 불 한번 켠다고 전기세가 왕창 나오는 것도 아닌데. 혼자서 웅얼거리며 현관문을 닫으려고 문고리를 잡는 순간 소름이 오소소 끼쳐왔다. 온몸이 오싹했다. 추워서 오는 한기와는 달랐다. 뭔지 모를 불길한 기분이었다. 자리에 누워 이불을 머리끝까지 끌어올렸다. 하지만 돋아난 소름은 가라앉지 않았다. 그가 밖으로 나간 지 얼마나 흘렀을까. 이번에는 이전에 들려왔던 소리보다 더 큰 소리가 났다. 차가 급히 멈추는 소리와 사람들 비명이 한데 어우러졌다. 나도 모르게 이불을 제치고 벌떡 일어섰다. 누군가를 부르면서 달려오는 다급한 발소리들이 귀를 어지럽혔다. 뒤섞인 소음 속에서 누군가 재연아, 재연아, 하는 소리가 연속적으로 들렸다.

처참하게 찌그러진 차량이 인도를 점령하고 있었다. 그 옆으로 남편이 핏기 하나 없는 얼굴로 누워 있었다. 불과 몇 분 전까지만 해도 코를 골며 세상 모르게 잠들었던 사람이다. 단잠에서 깬 것이 못마땅해 툴툴거리던 사람이었다. 전기세 타령이나 하며 계단을 내려갔던 사람이었다. 그는 길바닥에 누워 눈도 감지 못한 채 부릅뜬 눈으로 하늘을 올려다보고 있었다. 그는 사고현장에서 부상 당한 운전자를 돕다가 앞에서 난 사고를 모르고 급하게 커브를 돌던 차에 그대로 치였다. 누구도 예상치 못한 사고였다. 아스팔트 바닥은 그의 머리에서 흘러나온 피로 흥건했다. 나는 응급실에서 점점 식어가는 그의 몸을 끌어안았다. 눈물도 나지 않아 마른 비명만 토해냈다. 이런 게 자다가 날벼락을 맞는다는 말인가. 밖에서 무슨 소리가 들리는지 세상 모르게 잠든 남편을 꼭 깨워야만 했을까. 밖에서 들려온 소리가 그리도 궁금했다면 내가 슬며시 밖으로 나와 확인하면 되었을 것을, 왜 구태여 남편을 깨워 등 떠밀었을까. 나는 나를 용서할 수 있을까.

남편이 죽고 난 다음 꿈에서조차 만날 수가 없었다. 살아생전에 그에 대한 잔정이 없었으니 꿈도 꾸지 못하는 것이라고, 그래서 가슴이 더 미어졌다. 장례를 치르고 나서 나중에야 그가 들어놓은 보험금이 상당하다는 것을 알았다. 주변에서는 남편 죽자 팔자 고쳤다는 뒷소리가 무성했다. 그러나 하루아침에 변해버린 세상은 뻥 뚫려 나날이 허방을 딛는 것 같았다.

내가 어릴 적이었다. 외할머니는 먹을 것이 없어 시장통을 헤매면서 푸성귀 잎사귀를 줍고 다녔다. 남편은 외할머니 사정을 딱하게 여기고 파장 무렵이면 팔다 남은 동태며 오징어 임연수어 등속을 찔러주던 사람이었다. 외할머니는 인정을 베푼 생선가게 윤씨가 미더웠다. 처음에는 그를 아저씨로 부르다가 차츰 삼촌으로 불렀다. 외할머니는 죽고 나면 천지간에 외톨이로 남을 나를 걱정했다. 외할머니는 자신이 죽고 나면 의지할 사람이 없는 나를 그에게 가까워지도록 밀어붙였다.

"삼촌이 진국이다. 인정 있지, 착실하지, 속이 깊지. 다만 인물이 좀 빠지고 나이가 많아서 흠이겠지만 알뜰해서 밥 굶는 일은 없을 게야. 더군다나 너를 예뻐라 예뻐라하잖아. 얼굴 뜯어먹고 사는 게 아닌 다음에야 너한테는 세상에 그런 사람 다시 없다."

결혼 이후 남편은 나에게 끊임없이 뭔가를 먹이려 들었다. 어릴 때 너무 못 먹어서 크지도 못하고 약골로 골골거린다고. 그는 내가 무엇이든 많이 먹기만 하면 어른이 된 다음에도 키가 자라고 강골이 되는 줄 믿었다. 철 따라 나오는 생선들을 집으로 부지런히 날랐다. 보리가 팰 무렵이면 흑산도 홍어를 구해오고 삼복 더위가 위세를 떨칠 때면 통영산 민어를 두툼하게 회를 떠 왔다. 나뭇잎의 물기가 빠지는 가을이면 기름진 전어를 들고 왔다. 집 나간 며느리가 전어 기름 썩는 냄새를 시어머니가 죽어 송장 썩는 냄새로 착각하고 송장 치우러 집으로 온다는 엉터리 이야기를 지어내면서 전어 굽는 연기로 온 집안을 희뿌옇게 만들었다. 도둑눈이라도 내린 날이면 통통하게 알이 밴 대구를 가져와 탕을 끓였다. 내 밥그릇에다 상아빛이 도는 알집을 통째로 올려놓기도 했다. 그때마다 나는 비린 것이 싫다며 하얗게 눈을 치뜨고 새초롬히 흘겨보곤 했다. 심지어 잠자리에 들어서도 비린내 난다며 씻고 나온 남편을 몇 번이나 욕실로 몰아넣었던가.

요란하게 문 두드리는 소리에 눈을 떴다. 살짝 벌어진 커튼 사이로 들어온 빛기둥 하나가 내 옆에 나란히 누워 있다. 나는 꽃무늬 천장을 바라보며 여기가 어디인지 더듬거린다. 다시 문 두드리는 소리가 났다. 나는 자리에서 일어났다. 문 쪽으로 조심스레 다가갔다.

"하도 일어나지 않길래 걱정이 돼서요. 죽지 않고 살아있죠? 살아있으면 대답 좀 해 봐요."

나는 밖에서 들려오는 걸걸한 목소리에 웃음이 나왔다. 세상에는 이렇게 유쾌하게 잠을 깨우는 방법도 있구나. 문을 여는 순간 아이쿠, 하는 비명과 함께 둔탁한 뭔가가 문에 부딪히는 소리가 났다. 군인들의 야전복 같은 작업복을 입은 남자가 땅바닥에 뒹굴고 있었다.

"이봐요, 기척이나 하고 문을 열지 느닷없이 열면 어떡해요?"

"아아, 미안해요. 문 뒤에 서 있는 줄 몰랐어요."

남자는 옷에 붙은 흙먼지를 털었다.

"가끔 이상한 사람들이 와서 수상한 짓을 하길래 혹시 하는 맘으로 문을 두드렸어요. 아침잠을 방해해서 실례는 안 했는지 모르겠어요."

"제가 좀 이상한가요?"

남자는 뒤통수를 긁적거리며 애매하게 웃었다.

"참, 사장님도. 사람 보는 눈도 없군요. 어딜 봐서 그런 생각을 해요?"

"감, 감이죠. 사람을 보면 따악 오지요. 여사님이 어젯밤 방으로 들어갈 때 뒷모습을 살펴봤거든요. 세상 다 포기한 것 같은 분위기였어요."

나는 남자의 엉너리 떠는 모습이 우스꽝스러워 오랜만에 웃어보았다.

"아침은 저쪽 안채에서 해결해요. 집사람은 일찌감치 김 양식장에 갔거든요. 여사님이 주방에 가면 아침 식사가 차려져 있을 거요."

남자는 허벅지까지 올라오는 장화를 갈아신고 바다로 향했다. 그가 가리키던 안채로 들어갔다. 마당 한가운데 쳐놓은 빨랫줄엔 빨래 대신 말라가는 생선이 줄줄이 매달려 있었다. 그 아래에서 걸음을 멈췄다. 어젯밤 방에서 나던 비릿한 그 냄새다. 민박집 여자는 아마도 같은 빨랫줄에서 생선도 말리고 침대보도 말리는가 보았다. 나는 눈시울이 붉어진다. 그렁그렁한 눈으로 바다 쪽에서 불어오는 바람에 실려오는 냄새를 흠뻑 맡아본다. 눈이 시리도록 남편이 보고 싶다. 철 따라 내 수저 위에 올려주던 바다의 진수성찬, 아니 나를 살뜰하게 챙겨주던 그 애틋함이 이제야 절절했다.

　　식탁 위엔 주인 여자가 차려놓은 밥상이 조각천 보자기에 덮여있다. 나는 그것을 떠들어 본다. 뚜껑 덮인 유리그릇에는 정갈하게 담긴 몇 가지 찬이 들어있다. 수저통 옆에는 노트 한쪽을 찢어 급히 써넣은 메모지가 놓여있었다. 밥은 밥통에 국은 가스레인지 냄비에 있으니 데워 드세요. 인생을 체하지 않게 천천히 꼭꼭! 나는 그릇에 먹을 만큼 양을 덜어내 방으로 들어왔다. 음식을 오래오래 씹어본다. 그동안 맛도 모르고 허겁지겁 삼켰던 음식에는 고유한 질감과 풍미가 숨어 있었다. 눈을 감고 맛에만 집중해본다. 이제까지 느껴보지 못한 오묘한 맛이 느껴진다. 입안에서 산과 들이 그리고 바다가 꿈틀거린다. 하늘과 바람과 햇살이 맛있다.

어디선가 휴대전화 신호음이 계속해서 들려온다. 나는 감았던 눈을 뜨고 이리저리 두리번거리다가 가방 속에 손을 넣는다. 재연이 걸어온 전화다. 나는 도로 가방 안에 전화기를 넣는다. 한 번 두 번, 신호음은 끊질겼다. 나는 점점 호흡이 가빠진다. 뒤에서 누군가 쫓아와 채근하는 것만 같다. 통화 버튼을 켰다.

"엄마는, 왜 이렇게 전화를 늦게 받는 거야? 어디에 있어? 집으로 빨리 와. 윤아가 아파서 입원했단 말이야. 급성 폐렴이래. 나 혼자 어쩌라고 다 팽개치고 나갔어? 당장 집으로 돌아와."

재연은 버럭버럭 소리를 질러댔다. 나는 귀가 따가워 전화기를 멀리 떼어놓았다.

"윤아는 네 새끼잖아. 너는 윤아 엄마잖아. 네 인생 네가 살아야지. 내가 대신할 수 없지. 윤아 아픈 것도 네 몫인 거야."

나는 나지막하지만 단호하게 말했다. 통화를 끝내려고 버튼을 누르려는 순간 흐릿한 흐느낌이 들려온다. 나는 다시 전화기를 귀에 갖다 댔다.

"엄마는, 나는 내 인생이 이렇게 꼬일 줄 몰랐어. 나도 어리둥절해. 이렇게 사는 건 아닌 거 같은데. 엉망이 돼서 어떻게 풀어야 할지 모르겠어. 엄마, 다 알아. 엄마도 힘들다는 걸……."

재연이 운다. 나는 억장이 무너진다. 나는 먹다 만 밥상을 그대로 놔둔 채 민박집을 박차고 나왔다. 버스정류장으로 가는 길은 두 갈래였다. 나는 잘 포장된 에움길을 버리고 자갈투성이 지름길로 달렸다. 가방을 움켜쥔 손가락이 아팠다. 벌겋게 부어오른 상처마다 말할 수 없이 쑤셔온다. 아니, 재연이 내 속을 쑤셔온다. 스치기만 해도 끔찍하게 아픈 내 손가락이다.

소외와 결핍에서 원융圓融의 바다로

김상렬(소설가)

작가 임경숙의 시선은 우선 투명하고 따뜻하다. 빈틈없이 정확하고 세련된 문장으로 개연성이 미리 확보된 탄탄한 구성에 의해 빚어진 그의 소설들은, 오랫동안 시를 써오면서 잘 벼리고 학습된 습작과 인생 경험치의 씨줄날줄이, 종횡으로 곰비임비 엮이고 쌓인 결과가 아닌가 싶다. 벌써 세 권 이상의 아름다운 시집을 낸 주목 받는 기성시인이어서 더욱 그렇다.

환갑을 넘긴 적지 않은 연륜임에도 그의 창작열은 결코 식을 줄 모른다. 오히려 원숙한 시각과 필력으로 시와 소설의 경계를 자유롭게 넘나들면서, 문학은 본디 장벽 없는 한 뿌리였음을 산 증거로 보여주고 있다. 특히 소설은 시를 포함한 동화나 수필, 평론의 세계까지도 폭넓게 두루 수렴, 그 행간 속으로 골고루 녹아들어야 완성도 높은 작품이 만들어진다는 걸, 그는 온몸으로 수행하듯 실천하고 있는 것 같다. 그것은 곧 다양한 독서와 인문학적 소양이 곁들여질 때 가능하거니와, 이 작품집 속 매 편마다, 마치 끌로 조각할 때와 같은 숨결이 문장의 골마다에서 느껴지고 감지된다.

아무튼 이즈음의 정제되지 않은 일부 젊은 작가들의 의식과잉에 의한 언어의 유희에 비한다면, 여러모로 매우 다행스런 일이다. 도도한 서사의 흐름이나 얼개는 온 데 간 데 없이, 그저 설익은 개인적 사변으로나 일관하는 겹눈의 창작 경향에서 짐짓 벗어나 있으니, 그것만으로도 임경숙의 첫 창작집의 의미는 너벗이 값지다고 하겠다. 「가리봉 양꼬치」로 신선하게 등장했던 60대 초반의 박찬순 작가가 『발해풍의 정원』을 첫 소설집으로 당당히 내놓으면서, 시간이 흐르고 나이가 들어갈수록 더 왕성하게, 더 웅숭깊고 완성도 높은 작품들을 연이어 선보였듯이, 뒤늦게 소설가로 출발한 임경숙 역시 그에 못지않은 숨은 역량을 충분히 발휘할 수 있으리라 믿는다.

왜냐하면 노년은 통찰력의 결정체이기 때문이다. 수많은 경험과 식견으로 살아온 그의 번뜩이는 예지가 발휘되는 공간이 문학만큼 활짝 열리는 곳은 따로 없다. 발 빠른 재치와 기교, 언어적 현란함은 젊을 때이지만, 세상과 인생을 보는 눈은 원숙한 나이에 그 절정을 이룬다. 밀란 쿤데라는 『참을 수 없는 존재의 가벼움』에서 이렇게 말했다.

─내 소설의 인물들은 실현되지 않은 나 자신의 가능성들이다.

그런 까닭에 나는 그들 모두를 사랑하며 동시에 그 모두가 한결같이 나를 두렵게 한다. 그들은 하나같이 내가 우회하기만 했던 경계선을 뛰어넘었다. 나는 바로 이 경계선(그 경계선을 넘어가면 나의 자아는 끝난다)에 매혹을 느낀다. 그리고 오로지 경계선 저편에서만 소설이 의문을 제기하는 신비가 시작된다. 소설은 작가의 고백이 아니라 함정으로 변한 이 세계에서 인간 삶을 찾아 탐사하는 것이다.

이 경계선에 서 있는 사람들을 임경숙은 아주 냉정하게 객관적으로 바라보면서, 그러나 매우 원만한 관용과 포용의 가슴으로 감싸 안는다. 인간의 본질적 소외문제를 섬세한 사회의식으로 접목시키며, 그 인간의 새로운 삶을 찾아 탐사하고 가능성을 제시하려 노력한다. '모든 인간 존재의 바탕에는 어떤 결핍의 원리가 있다'는 말에 딱 어울리게, 작가 임경숙은 이 결핍과 인간소외에 대해 집요하리만큼 천착한다.

이와 같은 명제를 부각시키는 데 있어, 작가는 곧잘 오해와 착각이 빚어내는 과거를 소환해 창작의 기제로 삼는 특이성이 발견된다. 가령 몇십 년 만의 학교 동창회라든가 칠순잔치, 또는 불의에 떠난 옛친구의 장례식장 참석을 통해, 까맣게 잊고 살았던 갖가지 추억을 뼈아프게, 또는 가슴 시리게 재생시키는 방식으로 다양한 이야기를 전개한다. 이 범주 안에서 가장 쉽고 흔하게 등장하는 소재는 단연 '첫사랑'일 터. 누구나 한 번쯤 뼈아프도록 경험하게 되는 첫사랑은, 그만큼 넓고 크게 공감을 불러일으키는 보편적 창작 공간이라 할 것이다.

　사람한테는 고유한 파장이 있는데 자신의 파장과 상대의 파장이 완벽하게 일치하면 증폭이 되어 서로에게 감응이 된다는 가설이었다. 그를 처음 본 순간부터 그랬다. 전기에 감전되듯 찌릿, 한순간에 파장이 일어났던 것이다. 이제까지 그 누구한테 한 번도 느껴보지 못했던 오묘한 감정이었다. 가슴이 무진장 설렜다. 그런 설렘은 처음이었다. 행복한 느낌이란 그런 것일까. 쉬는 시간에 복도에서 그를 만났을 때 나는 아주 공손하게 인사했다. 그가 빙긋이 웃으며 나를 쳐다봤다. 그 커다란 눈이 나를 빨아들이기라도 하듯 내 얼굴을 한참이나 들여다봤다.

　"이효린, 너 이 다음에 다 자라면 참 예쁘겠다. 멋진 아가씨가 될 거야."

　나는 이 한마디에 날개가 돋아난 것만 같았다. 지금은 미운 오리새끼지만 훗날에는 새하얀 날개를 펴고 푸른 하늘을 마음껏 날아다닐 것 같았다. 뭐라 말할 수 없는 묘한 감정이 소용돌이를 일으키고 있었다. 그의 말 한마디에 세상이 달라 보였다. 얼어붙은 땅 위에 처음으로 눈부신 햇살이 쏟아진 양 세상은 온통 빛의 잔치였다. ……그는 예식을 마치고 제주도로 신혼여행을 떠났다. 그의 부재는 또 다른 형태의 고통이었

다. 보고 싶을 때 볼 수 없고 목소리마저 들을 수 없는 시간은
새로운 절망으로 다가왔다. ……그를 등지고 떠난 내 영혼은
한없이 추웠다. 너덜너덜 찢어진 영혼의 틈새마다 맵찬 바람
이 불었다. 그와 은희는 오래전부터 교제가 있었던 모양이다.
그로 인해 아내와 다툼이 잦았다. 그의 아내는 두 사람 관계
를 스스로 목숨을 거둠으로써 용서하지 않았다. 다른 사람의
입장을 무시한 둘만의 사랑은 뜨거웠을까. 나는 나의 청춘을
그에게 걸고 기다림으로 도전하였다면 내 시간은 패색이 짙
은 삶이었다. 끝내 나는 그를 털어버리지 못했다. 나는 바로
나 자신으로 인해 영혼을 할퀴고 있었던 셈이었다.

—「첫사랑」 중에서

'첫사랑은 벌집이다'라는 말에 걸맞게 호된 홍역을 치른 작품
속 화자인 '나'는 마흔을 넘기기 전, 나와 엇비슷한 남자를 만나
첫 만남 이후 6개월 만에 결혼했다. 결혼을 서둘러 했듯 아이들
도 연이어 태어났다. 자식들 재롱과 남편의 든든함에 도낏자루
썩는 줄 모르게 시간은 또 화살처럼 흘러갔다.

'세상에 흐르는 것은 강물을 따라 바다에 이른다'고 작가는 작
품을 통해 설파하지만, 그러나 그 첫사랑의 시간은 아직도 여전
히 흐르는 강물에서 시선을 거두지 못하고 있다. 그 흐름은 「염
소 도둑」에서도 계속된다. 감수성이 여린 어렸을 적 상처를 아직
도 진한 분노로 고스란히 안고 있는 「염소 도둑」 속 화자인 '나'

역시 그렇다. 교실 난로에 불 피운 김영모의 엉뚱한 거짓 모함에 의해 담임으로부터 엄청난 체벌을 받은 나는, 수십 년 만에 친구 장례식장에서 그를 다시 만나지만, 그때의 악몽이 되살아나 견딜 수가 없다. 도저히 김영모를 용서할 수 없는데, 집으로 돌아가는 길에 다시 염소 도둑질하는 그의 사건현장까지 목격하게 된다. 그래서 경찰에 신고하고, 그런 나의 모습을 영모 또한 훔쳐보게 되면서 갈등은 더욱 증폭되지만, 나중에 그 염소 도둑질이 죽어가는 자기 어머니 약으로 쓰였다는 절뚝발이 영모의 고백을 듣고, 나는 또 망연자실 허탈해진다. 그 배경에는 여지없이 아득한 첫사랑의 여운으로, 홀로 서 있는 겨울나무의 외로움으로 남는다.

운명처럼 따라붙는 이 첫사랑의 가슴 시린 흐름은 「나는 걷는다」에 와선 꽤나 어른스럽고 성숙한 양상으로 전개된다.

창범이 그녀의 어깨를 감쌌다. 그녀는 창범의 품에서 전해지는 온기에 생뚱맞게 눈물이 났다. 몸도 마음도 휴면 계좌라 생각하며 살았다. 계좌는 개설했으나 입출금이 없이 장롱 속에 처박혀 존재감도 없이, 제대로 거래다운 거래 없이 마냥 맥을 놓아 자신의 생이 멈추었다고 믿어왔다. 그런데 창범에게서 전해온 온기 때문인지 몸과 마음이 움찔거린다. 그녀는 입술을 사려 문다. 가슴 속으로 뭔가 쿵, 떨어지는 소리에 지레 놀라 얼른 창범을 밀어낸다.

"힘들면 전화해. 속죄하는 마음으로 뭐든 다 들어줄게. 난 너를 항상 초대하고 있으니까. 정말 꼭 전화해."

"남자들은 첫사랑 여자를 만나면 세 군데가 아프대. 그 여자가 못 살면 가슴이 아프고, 잘 살면 배가 아프고, 또 같이 살자고 덤벼들면 머리가 아프다더라. 너는 어느 쪽일까?"

창범은 그녀의 농담에 킥킥거리다가 갑자기 웃음을 멈춘다. 그녀는 예기치 못한 창범의 울음소리에 당혹스럽다. 덩달아 솟구친 자신의 눈물도 당혹스럽다. 그녀는 눈물을 들킬까 봐 고개를 돌렸다. 홀로 건더온 서러움에 가슴이 얼쩍지근하다. 누구에게도 드러내고 싶지 않은 슬픔이 솟구쳤다. 들켜서도 안 되는 눈물이 볼을 타고 내렸다.

버스 출입문이 열렸다. 그녀는 등 뒤에 붉게 충혈된 눈빛으로 자신을 바라보고 있는 창범을 굳이 보고 싶지 않았다. 서둘러 좌석에 앉아 눈을 감는다. 서너 사람밖에 타지 않은 심야 고속버스는 서울을 향해 속도를 내기 시작한다. 그녀가 지난 세월을 반추하는 동안, 버스 안의 전자시계는 붉은 불빛을 깜빡거리며 막 0시를 지나고 있었다.

―「나는 걷는다」 중에서

빌려 입은 옷과 구두, 명품 백으로 치장하고 고교 동창회에 참석한 후, 뒤풀이 노래방에서 오롯이 오해와 상처로 얼룩진 옛 사랑을 해후한 한 이혼녀의 이야기를 다룬 이 작품은, 잃어버린 자아를 찾아가는 과정이 솔직담백하게 잘 그려져 있다. 아직 어린

아들을 홀로 데리고 살면서 경제적으로도 좀체 풀리지 않는 작은 옷가게를 운영하고 있을망정, 그녀는 결코 암울한 현실에 꺾이거나 자존감을 잃지 않는다. 이 작품의 마지막 문장 '막 0시를 지나고 있었다'는, 곧 새로운 하루의 출발을 암시한다.

그렇다면 이 첫사랑들과는 사뭇 다른 양상의 '짝사랑'은 또 어떤 모습일까. 한쪽의 일방적인 희생을 강요하는 짝사랑은, 또한 결말이 불행해질 수밖에 없는 '끝사랑'으로 귀결된다는 걸 미리 내포하거니와, 바람기 많은 어느 화가를 사랑하면서도 그의 진정성에 늘 회의를 품고 사는 노처녀의 번민과 정신적 방황이 그림처럼 잘 묘사되어 있다.

둘은 그림 전시회에 갔다가 우연히 안면을 튼 사이였다. 전시실에서 그림을 감상하고 있는 그녀에게 그는 물이 스며들듯 자연스럽게 다가왔다.

그즈음 그녀는 명퇴를 심각하게 고려하는 중이었다. 24년 몸담아 온 직장을 떠나기란 칼로 무 베듯 쉽게 내리치는 결단이 아니었다. 해가 바뀔수록 학교 아이들을 가르치는 일은 날이 갈수록 힘겹게 느껴진다. 아이들은 억세고 교사들은 위축되었다. 교사란 직업은 초라하다 못해 비겁해지고 있었다. 예전에 가졌던 직업에 대한 소명의식은 온데간데없이 사라지고, 다만 밥벌이 수단으로 생각하는 자신이 그녀는 두렵다. 그런데 사귀는 나이든 사내까지 전혀 진정성이 없고 무례한 불성실로 일관한다.

"당신에게 저는 무엇인가요?"

차마 그 말을 뱉고 싶지 않았다. 묻는 순간 이전과 같은 대답이 돌아온다면 와르르 무너질 것 같았다. 그녀는 비참했다. 어서 집으로 돌아가고 싶었다. 왔던 길을 되짚어 걸음을 더 재촉했다. 그가 등 뒤에서 허겁지겁 쫓아오는 소리가 났지만 개의치 않았다. 더는 그에게 신경을 곤두세우고 싶지 않았다.

"갑자기 왜 그래요? 이유가 뭔데요? 수연씨에게 무례하게 굴었나요?"

그가 헐떡이며 쫓아왔다. 그녀를 가로막고 손목을 움켜쥐었다. 그녀는 그의 손을 거칠게 뿌리쳤다.

"예, 그래요. 한없이 무례해요. 당신은 시앗이 시앗 꼴을 못 본다는 말도 몰라요? 우리가 알고 지낸 이후 벌써 몇 번째 예요? 셀 수도 없군요. 설령 새로운 여자가 생겼다 하더라도 입 다물고 없는 척이라도 해야 예의가 아닌가요? 제게 마음에 둔 여자 하나하나 호명하는 것이 얼마나 모욕 적인지 아세요? 다른 여자로부터 받은 상처를 말하다니 정말 기가 막혀서. 당신은 틀렸어요. 다 틀렸어요. 당신을 도와주는 여복을 여난이라 착각하고 사는 사람이지요. 저도 여복 중 한 명이라 생각할지 모르겠지만. 이제부터는 다 그만둘게요."

그녀는 거기에서 말을 멈췄다. 내키는 대로 감정을 다 드러내면 뒤를 감당할 자신이 없기 때문이다. 분을 못 이겨 과열된 말들을 억누르며 입을 다물었다. 그녀는 그와 나누었던 지난 시간이 점멸등처럼 깜빡거렸다. 그러나 스위치가 있다면 아예 꺼버리고 싶은 심정이었다.

그녀는 버스 터미널까지 오는 내내 침묵했다. 그녀와 그는 티켓 자동판매기 앞에서 각자의 목적지가 박힌 차표를 끊었다. 서로의 방향이 정반대다.

"수연씨. 전화하면 받겠다고 약속해 줘요."

그녀는 대답 대신 아주 가볍게, 가볍게 고개를 저었다.

버스 출발을 기다리는 동안 온종일 흐렸던 하늘에서 마침내 비가 내리기 시작했다. 그녀는 얼굴을 들었다. 빗줄기는 몹시 차가웠다. 뼛속까지 와닿는, 시린 겨울비였다.

—「거리두기 연인」 중에서

맨 처음 언급한 「첫사랑」과는 꽤나 대조적이면서도 뭔가 우울한 해학이 숨어있는 '끝사랑'의 풍경이다. 사랑은 그렇게 인생의 모든 것을 함의한다. 어느 땐 명쾌하고 단순하면서도 어느 땐 말할 수 없이 복잡하고 슬픈 애증의 덩어리로 돌변한다. 작가 임경숙은 바로 이 지점을 매우 날카롭고 섬세한 시각으로 포착하는 능력을 가졌다.

그런데 아내와 연인의 중간지대에서 '두 사랑'의 갈등을 그린 「폭우」에선 매우 유려하고 정확한 문장력을 한껏 발휘, 과시했음에도, 그 처리 부분에서는 조금 아쉬운 대목이 감지된다. 등장인물들의 치열한 애증이 구체적 대립이나 상황 전개 없이 너무 안

이하게 진행, 부각되었다는 사실이다. '나'의 개인의 번민, 혹은 고뇌어린 사념과 독백만 늘어질 뿐, 아내와 연인이 함께 등장해 서로 충돌하고 사건이 벌어지면서 그 매듭이 풀려 나가는 소설적 얼개가 부족해 보여서 그렇다.

앞에서 언급된 거의 모든 작품들에서도 그 결말을 미완의 장으로 남겨놓는 경우가 많은데, 출구는 여전히 보이지 않은 채 막연한 안개 속 질문이나 앞이 보이지 않는 숙제로 남겨놓는 건, 작가의 개성적 장점이면서 또한 단점일 수도 있는 조금 안이한 처리방식이 아닐까도 싶다.

작가 임경숙이 천착해 즐겨 다루는 또 하나의 소재와 주제는 '손가락이 아픈' 가족관계이다. 온 사랑으로 피와 살 섞고 사는 부부도 언제든 원수 같은 남남으로 갈라설 수가 있고, 깨물지 않아도 안 아픈 데가 없는 부모자식 간에도 애증어린 갈등문제는 늘 존재하기 마련. 그것이 형제자매들 사이로 번져간다거나 그 아래 자식 대에까지도 영향이 미치는 문제임을 감안할 때, 모든 가족관계의 갈등만큼 큰 공감대는 따로 없을 것이다. 시집을 가서도 여전히 철없는 애엄마인 딸을 돌봐야 하는 「손가락이 아프다」속 화자는 이렇게 토로한다.

자식과 함께 사는 것은 연중무휴 무임금 고강도 노동의 연속이었다. 재연은 나에 대해 미안해하거나 감사하기는커녕 늘 비난이나 원망 일색이었다. 나는 점점 인내심을 잃어갔다. 예전 같으면 저도 사는 게 제 마음대로 되지 않아 그러겠지, 제 수중에 쓸 돈이 없어 그렇겠지, 하면서 이해하려고 노력했다. 오죽 속상하면 엄마한테 퍼부을까. 엄마니까, 엄마니까 당연히 받아줘야지 하면서 넘어가던 것이 이제는 다 거슬렸다. 더 이상 견디기가 힘들었다. 하루하루 속이 다 타버려서 허깨비가 된 것 같았다. 재연이 내지르는 목소리마저 지긋지긋했다. 뭐라 몇 마디만 지껄여대도 내 속은 확 뒤집혔다. 나는 가사도우미 처우보다 더 열악한 위치에서 가끔은 소심하게 웅얼거리곤 했다.

내가 딸년 하녀라도 되는 것인지 내 신세도 참 그렇다.

내가 하는 일이 당연하다고 여기는 이 집에서 달아나고 싶다. 내가 사라짐으로써 빈자리가 얼마나 막막한지 그 넓이를 보여주고 싶다. 눈에 밟히는 아이들도 딸 내외도 생각해보니 모두가 내 어깨 위에 있는 짐 덩어리만 같다. 자나 깨나 어깨를 짓누르는 바윗덩어리 같다. 태어날 때부터 돌멩이를 이고 다니는 부판충이란 벌레처럼 날이 갈수록 점점 더 무거운 돌덩이를 지고 살다가 결국에는 그 무게에 짓눌려 죽을 것만 같다.

　　　　　　　　　　　　　　　　－「손가락이 아프다」 중에서

그 고통이 너무 심해서 주인공 화자인 '나'는 결국 딸네 집을 나와 남쪽 바닷가로의 여행을 떠나지만, 그 여행 끝의 파도와 바람소리에 따라 온 결론은 매번 '손가락이 아프다'는 쪽으로 돌아온다. 가족은 그렇게 언제 어디서나 아픈 손가락일 수밖에 없다는 당연한 깨우침만을 안겨 줄 뿐이다.

전부인에게 다시 돌아가는 남편의 배신을 절대 용서할 수 없는 「바람의 얼굴」속 주인공이 마지막으로 선택한 해결책 역시 계림桂林이 있는 중국여행이고, 병든 아버지와 닭모가지 칼질하며 식당 운영하는 어머니 밑에서 극심한 혼란을 안고 자립을 도모하는, 「샹그릴라」의 '나' 또한 우리가 이상향의 상징으로 여기는 중국 샹그릴라에의 여행으로 그 탈출구를 모색한다.

샹그릴라에 오면 마음 속 어둠을 몰아내고 해와 달이 새롭게 뜨는지도 몹시 궁금했는데, 그 샹그릴라는 끝내 손에 잡히지 않는 빈 그림자였다.

나는 그대로 너덜바닥에 누웠다. 이상하게도 마음이 아주 편안해졌다. 다시 아버지가 떠올랐다. 그때 온몸의 물기를 다 증발시켰으니 아버지도 이제 미라불이 되었을까. 아버지의 안부가 정말 궁금해진다. 눈물이 났다. 이제야 조금 알 것도 같다. 아버지를 떠나보내면서 한 방울도 흘리지 않았던 그때의 눈물이 주르륵 흘러나왔다. 내 안에 고여 있던 눈물이 자꾸만 봇물처럼 끓어 넘쳤다. 그 아이가 울었다. 큰 소리로 마음껏 울음보를 터뜨렸다. 빈 산 가득 울려 퍼져도, 내 울음소리를 듣는 이는 아무도 없었다. 엄마도 새삼스럽게 몹시 보고 싶었다.

　여기가 샹그릴라인가. 여기가 정말 샹그릴라가 맞는 것인가.

―「샹그릴라」 중에서

그러나 현실을 떠난 그 어디에서도 마땅한 해결책은 보이지 않는다. 아름다운 계림의 자연 풍광이나 이상향으로 손짓하는 샹그릴라는 다만 허상의 신기루일 뿐, 결코 소외와 결핍으로 얼룩진 내 인생을 마땅히 갈무리해 주진 않는다. 작가 임경숙은 바로 이런 어려운 명제를 여러 작품을 통해 다각도로 탐색하며 적시해 보여준다. 거기에는 '땅에서 쓰러진 자 땅을 짚고 일어나라'는 강렬한 메시지가 담겨 있다. 그래야 저 넓은 원융의 바다로 우리가 함께 노 저어 나갈 수 있다는 암시까지도.

다만 여기에서 필자는 소박한 몇 가지 주문을 임경숙 작가에게 던지고 싶다.

그 첫 번째는 '소설은 우선 재미있어야 한다'는 대전제를 늘 잊지 말아야 한다는 사실이다. 무거운 것을 무겁지 않게, 그 어떤 철학적 진지함도 펄펄 끓는 용광로처럼 녹여낼 수 있는 능소능대한 문장력이 소설의 가장 큰 덕목이다. 그래야 가슴 따뜻해지는 재미, 무진장한 슬픔과 감동이 절로 뒤따른다.

두 번째는 전지적 시점을 가져야 한다는 점이다. 주인공 화자가 '나'라는 사소설의 틀에 갇혀 있다 보면, 세상을 바라보고 읽어내는 눈도 그만큼 좁아질 수밖에 없다. 그와 당신이 나와 함께 공존하는 3인칭의 시야일 때, 작품세계도 따라서 더 넓고 다양하게 두터워지지 않겠는가.

마지막으로, 문학의 염결성에 지나치게 함몰되지 말라는 것이다. 특히 시를 오래 쓰다보면 소설이 갖고 있는 어떤 통속성이나 보편성, 오욕칠정이 다 동원되는 섬세한 묘사력을 짐짓 간과하기 쉽다. 소설은 시의 상징성이나 비유, 현란한 창조적 상상력까지를 두루 폭넓게 포괄하기 때문이다.

작
가
의

말

금년 여름처럼 무덥고 지루한 시절이 있었을까? 냉방기의 도움 없이는 한 시도 지낼 수 없는 시간이었다. 몸과 마음이 후끈 달아오른 것은 꼭 기후 탓만은 아니었다. 오래전에 써놓은 원고들을 꺼내 보니 원고지는 누렇게 변색하였고 갈피마다 묵은내가 진동했다. 글을 쓰고 싶을 때 편안한 마음으로 썼던 그 시절, 습작의 부피가 클수록 좋은 작가가 되기 위한 전제조건이라 생각했다.

책을 엮기 위해 막상 보따리를 풀어보니 건질 게 별로 없었다. 분명 글을 쓸 당시에는 작은 성취감을 맛보며 완성했던 작품이다. 훗날에 다시 읽어보니 세상에 내놓기에는 부족한 부분이 너무 많았다. 시의성이 떨어지는 것도 문제였다. 발표할 때를 놓친 것이 가장 큰 걱정거리였다. 한물간 글처럼 보일까 여러 날 고민했다. 그래도 고칠 부분은 고치면서 리폼을 해봤다. 뜻대로 되지 않았다. 십 년 이십 년 전의 옷을 꺼내놓고 재질이 좋다고 아까워하며 밤새 가위질과 박음질을 한다고 신상품은 나오지 않았다.

오히려 이상한 형태의 옷이 나와서 그 옷을 입고 밖으로 나갈 용기가 나지 않았다. 고칠수록 글이 꼬여서 기이했다.

처음으로 돌아갔다. 단순해지기로 했다. 글을 쓸 당시의 사고 방식을 고수하기로 했다. 그러자 순조롭게 글이 풀렸다. 글에도 운명이라는 게 있다. 고집이라는 게 있다. 팔자를 고쳐보겠다고 팔을 잡아끌어도 꼬이기만 했다. 나중에 의도한 대로 끌어당긴다고 해서 끌려오는 게 아니었다.

여름 내내 억지로 힘을 주며 어찌어찌 해보려고 진땀을 꽤나 흘렸지만, 이미 타고난 내 소설들을 그대로 내보내기로 했다. 못생겨도 내가 낳은 자식들인데 어찌 예뻐하지 않을까. 세상 속으로 나아가 누군가의 가슴에 공감하는 위로가 되었으면 한다.

나는 걷는다

초판 1쇄 인쇄 2024년 11월 27일
초판 1쇄 발행 2024년 11월 29일
저   자 임경숙
발행인 박지연
발행처 도서출판 도화
등   록 2013년 11월 19일 제2013－000124호
주   소 서울시 송파구 중대로34길 9－3
전   화 02) 3012－1030
팩   스 02) 3012－1031
전자우편 dohwa1030@daum.net
인   쇄 유진보라
ISBN 979－11－92828－69－5 *03810
정가 15,000원

*이 책은 2024년 충청남도·충남문화관광재단 후원으로 발간되었습니다.

도화道化, fool는
고정적인 질서에 대한 익살맞은 비판자,
고정화된 사고의 틀을 해체한다는 뜻입니다.